書下ろし

修羅の標的

傭兵代理店・改

渡辺裕之

祥伝社文庫

目次

『修羅の標的』関連地図

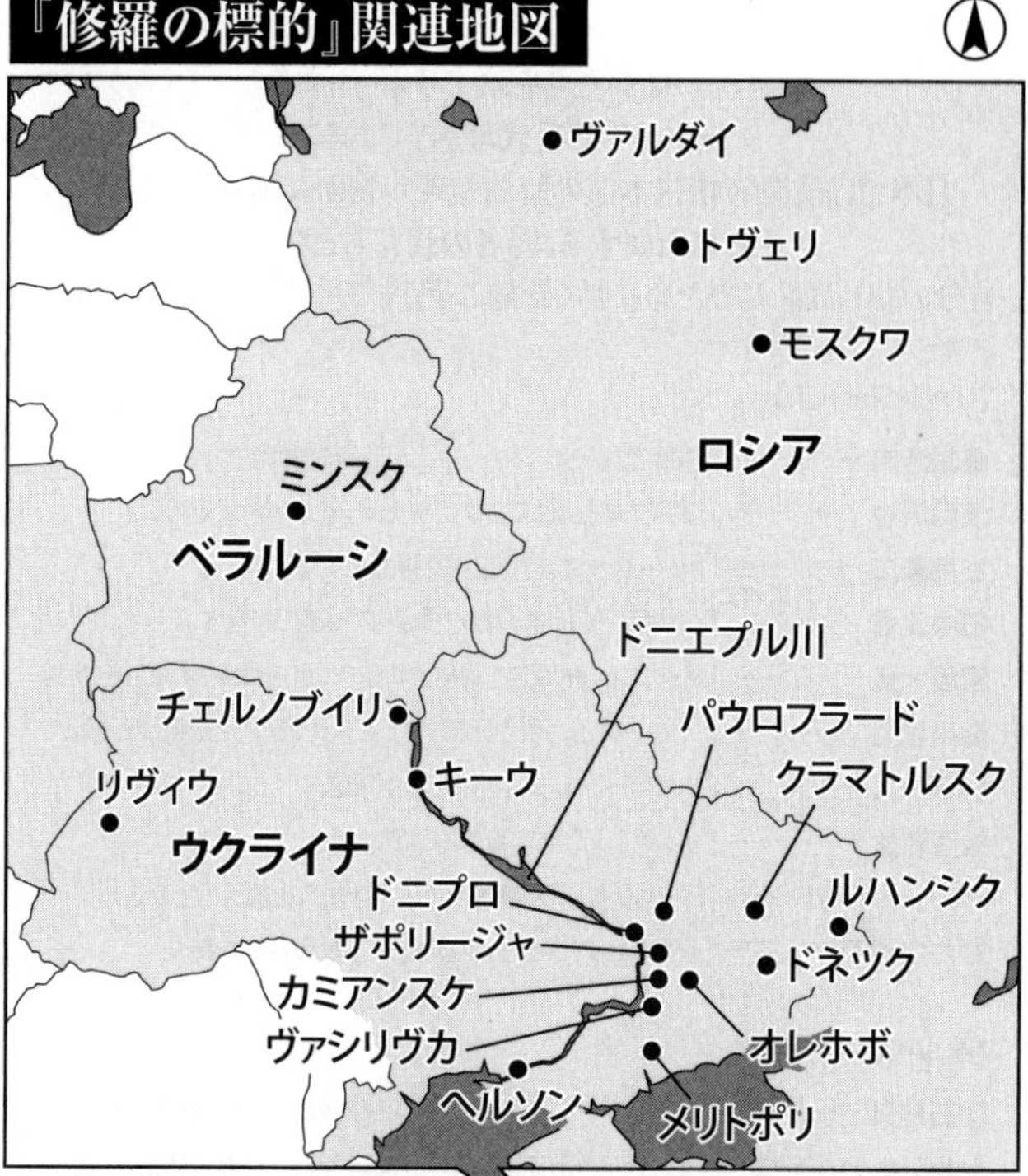
ヴァルダイ
トヴェリ
モスクワ
ロシア
ミンスク
ベラルーシ
ドニエプル川
チェルノブイリ
パウロフラード
キーウ
クラマトルスク
リヴィウ
ウクライナ
ルハンシク
ドニプロ
ザポリージャ
ドネツク
カミアンスケ
ヴァシリヴカ
オレホボ
ヘルソン
メリトポリ

ロシア
ベラルーシ
ポーランド
ウクライナ
アゾフ海
クリミア半島
黒海

各国の傭兵たちを陰でサポートする。
それが「傭兵代理店」である。
日本では防衛省情報本部の特務機関が密かに運営している。
そこに所属する、弱者の代弁者となり、
自分の信じる正義のために動く部隊こそが、“リベンジャーズ”である。

【リベンジャーズ】

藤堂浩志 ……………「復讐者(リベンジャー)」。元刑事の傭兵。
浅岡辰也 ……………「爆弾グマ」。浩志にサブリーダーを任されている。
加藤豪二 ……………「トレーサーマン」。追跡を得意とする。
田中俊信 ……………「ヘリボーイ」。乗り物ならば何でも乗りこなす。
宮坂大伍 ……………「針の穴」。針の穴を通すかのような正確な射撃能力を持つ。
瀬川里見 ……………「コマンド1」。元代理店コマンドスタッフ。元空挺団所属。
村瀬政人 ……………「ハリケーン」。元特別警備隊隊員。
鮫沼雅雄 ……………「サメ雄」。元特別警備隊隊員。
ヘンリー・ワット ……「ピッカリ」。元米陸軍デルタフォース上級士官(中佐)。
マリアノ・ウイリアムス …「ヤンキース」。ワットの元部下。医師免許を持つ。

【ケルベロス】

明石柊真 ……………「バルムンク」。フランス外人部隊の精鋭“GCP”出身。
セルジオ・コルデロ …「ブレット」。元フランス外人部隊隊員。狙撃の名手。
フェルナンド・ベラルタ …「ジガンテ」。元フランス外人部隊隊員。爆弾処理と狙撃が得意。
マット・マギー ………「ヘリオス」。元フランス外人部隊隊員。航空機オタク。

池谷悟郎 ……………「ダークホース」。日本傭兵代理店社長。防衛庁出身。
土屋友恵 ……………「モッキンバード」。傭兵代理店の凄腕プログラマー。
アレクサンドル・ラキツキー …… ウクライナ国防省情報総局の第三室長。浩志の旧友。
オレフ・フォメンコ …… ウクライナの特殊作戦軍、第五特務連隊の少尉。
森　美香 ……………元内閣情報調査室の特別調査官。藤堂の妻。

プロローグ

二〇二二年十二月二日、午後七時六分、ベラルーシ。

首都ミンスクの五つ星のクラウン・プラザ・ホテルミンスク。

スーツ姿の藤堂浩志《とうどうこうじ》は、ラウンジのソファーに座って雑誌を読む振りをして周囲を窺《うかが》っていた。すぐ近くで仲間の加藤豪二《かとうごうじ》も地元紙を広げて警戒している。

「うん？」

浩志はフロントのカウンターの下に小型のスーツケースが置かれていることに気付き、首を傾《かし》げた。持ち主らしき客がいないのだ。ベルボーイも気が付いていない。それにフロント係の死角になっている。

二人がラウンジで客に紛《まぎ》れているのは、ある人物をウクライナから追ってきたからだ。任務中のため、親切心でホテルのスタッフと接触するのはできるだけ避けたい。

「くそっ」

舌打ちをした浩志は立ち上がった。一度は無視してみたが、なにか嫌な予感がするのだ。

ラウンジから出た浩志はさりげなくカウンター下の小型のスーツケースを手にし、フロント横の通路の陰に入る。ポケットから小型のタクティカルナイフを出して、刃先でスーツケースの鍵《かぎ》をこじ開けた。

デジタル数字が見える。カウントは10を切っていた。

両眼を見開いた浩志は、大声で叫びながらその場から離れた。

「逃げろ！　爆弾だ！」

瞬間、轟音《ごうおん》とともに吹き飛ばされる。

粉塵《ふんじん》で視界が消えた。

体を動かそうとしたが、身動きが取れない。瓦礫《がれき》に埋まっているのだ。もがいていると、なんとか右手だけ動かせるようになった。頭の横の瓦礫を押しのけ、息ができるようにする。

腹部が猛烈に痛くなってきた。こんな時なのにアドレナリンが出ないようだ。

浩志は右手で腹部に触れ、眉《まゆ》を吊《つ》り上げた。直接見ることはできないが、何かが腹に刺さっているのだ。

「ついてねえな」

溜息《ためいき》を吐《つ》いた浩志は、意識を失った。

ドネツクの冬

1

二〇二二年十一月二十四日、午後五時二十分。

ウクライナ東部ドネツク州クラマトルスク。

明石《あかし》柊真《しゅうま》はＡＫ74Ｍを手に、街の北東部を東西に抜けるパレス・ストリートを歩いている。少し間隔を空《あ》けて仲間のセルジオ・コルデロ、フェルナンド・ベラルタ、マット・マギーの三人が続く。

柊真とスペイン系のセルジオとイタリア系のフェルナンド、それに米国先住民の血を引くマットの四人は、フランス陸軍の精鋭部隊と言われている第二外人落下傘連隊時代からの仲間で、普段から外人部隊のアノニマ（偽名制度）で付けられたレジオネール名をそのまま使っている。そのため、柊真も仲間からは影山明《かげやまあきら》と呼ばれていた。

四人は二〇二〇年に〝ケルベロス〟という傭兵チームを立ち上げて活動しており、同時にパリ郊外にある〝スポーツ・シューティング゠デュ・クラージュ（Du courage）〟という射撃場の共同経営者でもあった。世間的には射撃場が表稼業ではあるが、四人とも傭兵が天職だと思っている。人員も設立メンバーの四人から倍の八人になっており、残りのメンバーはフランスからウクライナに救援物資を届ける仕事に就《つ》いていた。

ケルベロスは、ドネツク戦線で活動する外国人傭兵部隊に参加していた。表立って軍事協力ができないためフランス政府の内務省は、フランス外人部隊の秘密結社である〝七つの炎〟を通じてケルベロスに依頼したのだ。ウクライナ政府が公《おおやけ》に傭兵を募集していることもあり、ケルベロスをウクライナに派遣することで非公式に援助していた。

傭兵である柊真らを極秘に派遣しているのは、マクロン仏大統領の許可なく行っているからだろう。というのもマクロン大統領が六月四日に「ロシアに屈辱を与えないことが重要だ」と言ったように、ロシアを擁護する発言をこれまで繰り返してきたからだ。ロシアと交渉できるのは自分だけという思い上がりゆえだろう。

ケルベロスが参加している部隊は、主にヨーロッパ圏の退役軍人が個人で参加している外国人傭兵部隊である。だが、柊真らのように政府の依頼を受けている者もかなりいるらしい。正規軍をウクライナに送れないため、欧米諸国は退役軍人の小隊を傭兵として送り込んでいるのだろう。

ロシアのエフゲニー・プリゴジンが創設した軍事会社である〝ワグネル・グループ〟に対抗し、米海兵隊の元大佐であるアンドリュー・ミルバーンが〝モーツァルト・グループ〟という非政府組織の傭兵部隊を創設して活動している。彼らは前線から脱出する市民の避難を助け、新兵教育も行っていた。

ケルベロスは前線に近い街に造られた訓練基地を転々としている。一ヶ所で長期間の訓練を行うと、ロシア軍に察知されて攻撃されるからだ。二週間前からクラマトルスクの北東部にある荒地となった農地でウクライナ人の軍人訓練の教官を務める傍《かたわ》ら、街の治安維持を任されている。

一週間前までウクライナ軍の中隊も駐屯していたが、前線に移動したため、現在は二個分隊十名が治安部隊として残っている程度だ。また、百二十五キロ西に位置するドニプロペトローウシク州のパウロフラードという街に新たに訓練基地が造られたので、今夜中に移動することになっていた。

ケルベロスの他に、二人の日本人を含む六人の傭兵チームが駐屯してウクライナ兵の育成を行っている。このチームは数日前に赴任したばかりで、彼らも教官として働いているが、交代制なのでまだ接触していない。戦闘経験がある元軍人の傭兵が教官として採用されるのは、ウクライナの熟練兵は戦場に駆り出されるからだ。

二月二十四日のロシアによるウクライナ侵攻が始まってから九ヶ月が経《た》った。ウクライナ軍の奮闘によるところも大きいが外国人傭兵の活動も陰ながら効果を上げており、劣勢だったドンバスの戦いでも反攻の兆《きざ》しを見せている。

九月三十日、プーチン大統領が「クレムリンでウクライナ東部のドネツク州とルガンスク州、南東部ザポリージャ州、それに南部のヘルソン州合わせて四つの州を永久的に併合する」と高らかに宣言した。

だが、その翌日の十月一日にウクライナ軍は、東部ドネツク州の要衝リマンを奪還している。

ゼレンスキー大統領が翌二日に、リマンはロシア軍から「完全に解放された」と宣言すると、それに呼応してロシア政府は「孤立したロシア軍は戦略的にリマンから撤退した」と言い訳がましく述べるに留《とど》まった。

誇らしげに宣言した直後だけにプーチンも危機感を覚えたらしく、十月二十日に併合した四州に戒厳令を敷く大統領令に署名したことを発表する。

遡《さかのぼ》ること九月二十一日には、予備役の「部分的動員令」の大統領令に署名したことを明らかにしている。ウクライナ侵攻を「特別軍事作戦」として、一般国民には関係のない軍事作戦としていたにもかかわらず、三十万人もの予備役を召集することにしたのだ。プーチンの慌てぶりは誰の目にも明らかで、ロシア国民は初めて戦争が身近な存在だと悟り、パニックに陥《おちい》った。国を脱出する者や今さらだが反戦デモが各所で起きた。

二〇一五年にノーベル文学賞を受賞したベラルーシ出身の作家、スベトラーナ・アレクシエービッチ氏は、「旧ソ連崩壊で自由になれると口々に叫んだ人々は、真の自由が何か知らなかった。そのため、大多数のロシア国民は、得体の知れない自由の享受よりもプーチンという強い指導者の下《もと》で思想的な自由はなくても不自由のない生活を送る道を選んだ」と言っている。まさに、プーチンの暴走を野放しにしていたロシア国民は、そのツケを払うことになったのだ。

九月以降、ウクライナ軍の反転攻勢を前にロシアは東部戦線から相次いで撤退を余儀なくされており、リマンはその象徴となった。

ロシア各地で召集された予備役のロシア人は、まともな訓練を受けるどころか軍服さえ支給されずに最前線に投入される。対するウクライナ軍は、標的として投入されたロシア兵に砲弾や銃弾を撃ち込んでひたすら軍備を消耗させる。その隙《すき》を狙《ねら》って戦争のプロであるワグネル・グループがウクライナ軍に打撃を与えるというのが十一月現在の前線の図式だ。

「この街は平和だな」

セルジオが呑気《のんき》にフランス語で言った。

パレス・ストリートは白樺《しらかば》の街路樹がある広い道路で、家路を急ぐ市民の姿が散見できる。三十キロ南東にバフムトという最前線の街があるとは思えない光景である。ロシア軍からの砲撃やミサイル攻撃も滅多《めった》にない。クラマトルスクは戦略拠点でないためだろう。

しかし、この街もこれまで何度も攻撃されており、子供を含む多数の民間人の命が奪われている。そのたびにロシア政府はウクライナ軍による砲撃だと嘘《うそ》の報道を流すのだ。

「どんだけ、戦闘に飢えているんだ。不謹慎だぞ」

マットが肩を竦《すく》めてセルジオを睨《にら》んだ。

ドンバス地方の中でもルハンシク(ルガンスクのウクライナ語読み)とドネツク東部で最も激しい戦闘が繰り広げられていた。そのためウクライナ兵は、最前線に近い街で軍事訓練を受けるとすぐに戦線に送り込まれている。

特にドネツク州の要衝であるバフムトでは、八月以降ロシアによる空爆とミサイル攻撃が激化し、ロシア軍の主力戦闘部隊が撤退する代わりにワグネルの傭兵による攻撃が熾烈《しれつ》を極めている。

十一月に入ってバフムトの攻防戦は、両軍ともに塹壕戦《ざんごうせん》に移って膠着《こうちやく》状態になっていた。激しい砲撃と銃撃戦で連日にわたって数百人の死傷者を出し、前線でのウクライナ兵の寿命は四時間とまで言われるほどだ。ロシア軍の方も予備役の新兵を大量に投入して、死体の山を築いていた。

だが、訓練次第で戦場での兵士の生存率は変わってくる。そういう意味でも、新兵教育はかなり重要であった。戦地で戦うよりも軍事訓練に寄与したほうが、役に立てると認識したからこそケルベロスは最前線から離れたのだ。

ケルベロスは藤堂浩志率いる傭兵特殊部隊である〝リベンジャーズ〟とともに、二月二十四日の開戦時のキーウで大統領暗殺を企《くわだ》てていたワグネルの特殊部隊と闘っている。壮絶な闘いの末、ワグネルの特殊部隊を殲滅《せんめつ》することができたものの、柊真と仲間は負傷したためフランスに一旦帰国した。再びケルベロスがウクライナ入りしたのは二ヶ月前で、以来ドンバスの戦場に留まっている。

「俺たちの任務が、重要なことぐらい分かっている」

セルジオは不服そうに首を左右に振った。

「だったら何だっていうんだ。ここのところ、様子がおかしいぞ」

マットは首を傾《かし》げた。

「俺たちは、ウクライナ人に軍事訓練を施しているが、一週間から二週間で彼らを戦地に送り込むことになっている。最前線で兵士が枯渇しているからだ。セルジオはそれが気になっているんだろう？」

柊真は振り返って言った。

「二週間程度の訓練で教えられるのは、せいぜい銃の扱い方と最低限の攻撃と撤退の方法ぐらいだ。それだけで彼らの生存率を上げることは難しい」

セルジオは立ち止まって答えた。

「経験不足の兵士を前線に送り込む俺たちは、結果的に彼らの死期を早めたことになる。そのうえ、訓練した兵士が彼らよりもさらに未熟な、兵士とも呼べないようなロシア兵を殺害すれば、俺たちが殺したのも同然になる。そう思っているんだろう？」

セルジオの前に立った柊真は、諭すように言った。セルジオが時折悩んでいることは知っていたのだ。

柊真だけでなくケルベロスの仲間も、外人部隊で新兵相手に臨時講師を務めた経験を持つ。だが、クラマトルスクでの新兵教育はまるで異質なのだ。教育した兵士が目と鼻の先の戦場に送り込まれ、次々と命を落としていくからである。

「そのことを気にしているのは、おまえだけじゃない。俺もそうだし、みんなだって同じだろう？　それに砲弾や銃弾が飛び交う最前線では、古参の兵士でも死ぬ確率は高い。彼らが死ぬのは、ロシアが仕掛けた前近代的な戦争のせいだ」

マットは背後に立つフェルナンドを振り返って言った。

「俺たちは、アフガニスタンやイラクでの戦闘も経験している。だが、この戦争はまるで違うだろう？　第一次世界大戦のような、戦略のないただひたすら屍《しかばね》の山を築く肉弾戦なんだ。俺たちの戦争じゃないとは思わないか」

フェルナンドは仲間の顔を一人ずつ見て言った。

「だからと言って、ウクライナを見捨てることもできないだろう」

マットが苦しげな表情を見せた。

「俺たちの知っている戦争じゃないことは確かだ。だが、この外道の戦いに背を向けることは、プーチンを許すのと同じことになる。とはいえ、このままでいいとは思っていない。何か方法を考えるべきなんだ」

柊真は自分に言い聞かせるように言うと、何度も頷《うなず》いた。

突然、空気を切り裂くような異音が耳をつんざく。

轟音《ごうおん》！

「くそっ！」

柊真は反射的に西を向いた。

二百メートルほど西側にあるアパート周辺が茶色い煙を吹き上げている。ミサイルによる爆撃を受けたのだ。

「行くぞ！」

柊真はＡＫ74Ｍを肩に担《かつ》ぐと、走り出した。救助活動も重要な任務なのだ。

「おお！」

仲間も呼応した。

2

空襲警報が鳴り響く中、二百メートルほど走った柊真らは、粉塵《ふんじん》に塗《まみ》れたアパートの前で立ち止まった。

建物は八階建てで、火災は発生していないが、東側にミサイルが着弾したらしく崩落している。

「この辺りは避難が進んでいるはずだが、まずは生存者を探そう」

柊真らは無線機をオンにすると、手分けして中央の玄関から階段を駆け上った。

「誰かいませんか？」

最上階に上がった柊真は、ウクライナ語で呼びかけながら廊下の奥へと進む。日常会話が満足にできるほどではないが、最低限の言葉は身に付けていた。

下の階でも仲間が声を張り上げて住民がいないか呼びかけている。柊真は各自二つずつフロアを担当し、五・六階をセルジオ、三・四階をマット、一・二階をフェルナンドが調べるように指示した。

「誰かいませんか？」

建物は東西に長く、中央に階段があり、廊下の左右に部屋がある。

柊真はドアを開けて部屋の中を確認しながら東に向かって歩く。どの部屋も無人のようだ。崩落している東端まで進む。最上階の天井や壁は崩れ落ち、空が見えた。身を乗り出して覗《のぞ》くと、北側の方が酷《ひど》く崩れていることが分かる。ミサイルは北東の方角から飛来してきたようだ。

足元のコンクリートは鉄筋が剝《む》き出しになっているが、これ以上崩れることはないだろう。また、空襲警報はすでに鳴り止んでいる。ミサイルは単発だったらしい。

柊真が廊下を後戻りすると、階段の向こう側の部屋のドアが開いた。

「東側には、ほとんど誰も住んでいないよ。ミサイルはいつも北東か東の方から飛んでくるから。アパートの東側の住人はみんなどこかに行っちゃったよ。だからって西側が安全なわけじゃないけどねえ」

顔を覗かせたのは、七十代と思《おぼ》しき女性である。避難を躊躇《ちゅうちょ》するのは、足腰が弱った高齢者が多い。戦争で一番の犠牲者はいつの時代も弱者である子供と老人である。

「このアパートに被害者はいないのですね？」

柊真は手振りを交えて尋ねた。

「一階に外国人が住んでいた気がするよ。無事ならいいけどね」

年老いた女性は首を振りながらドアを閉じた。出歩くことがほとんどないせいか、アパート内のことをあまり把握していないらしい。

柊真は首を傾げながらも階段を一階まで駆け下り、薄暗い廊下を見回した。照明は点灯していない。もっとも停電していたのは爆撃前からだが。

ロシアは十月上旬からウクライナの民間の電力インフラを攻撃する戦略爆撃に踏み切っている。ウクライナの電力網を破壊して暖房を止め、冬の寒さで市民を死に至らしめるのが目的だ。

市民は暖房もなく寒さに震え、薪《まき》を拾うような原始的な生活に追い込まれている。だが、ロシアへの憎しみが増してかえって士気は高くなっているようだ。

「上はどうだった？　一階の通路は塞《ふさ》がっている。外から確認してみるよ」

一階を調べていたフェルナンドが、通路の奥から現れた。

「崩落した東側にはほとんど誰も住んでいないらしい。だが、一階に外国人が住んでいたと住人から聞いた」

柊真は答えると、フェルナンドと一緒に外に出た。他の仲間はまだ担当階を調べているらしい。

「ヘルプミー！」

瓦礫《がれき》の中から叫び声が聞こえる。柊真らの話し声を聞いて助けを求めたのだろう。

「こちらバルムンク。瓦礫の中から人の声が聞こえる。全員、外に出てきてくれ」

柊真は仲間に無線連絡をした。コールネームを使うのは、習慣ということもあるが傍受を警戒してのことだ。周囲にロシア兵がいなくても、ウクライナにはロシアのスパイが腐るほどいる。それに、ドンバス地方にはウクライナ政府を敵だと思っているロシア系住民も多い。

「アキラ！」

先に瓦礫の山に足を踏み入れたフェルナンドが声を上げた。

「どうした？　なっ！　消防隊を呼ぶんだ」

柊真はフェルナンドの足元を見て眉《まゆ》を吊り上げた。瓦礫の隙間から腕が出ているのだ。四十センチ四方の穴になっているが、人が抜け出せるほどの大きさではない。気温は四度。急いで救助しなければ怪我《けが》だけでなく低体温症で死亡する可能性もあるだろう。

「任せろ」

フェルナンドがスマートフォンで電話を掛ける。紛争地に近い街だが、消防隊も警察官もまだ残っている。彼らは決して街を見捨てないのだ。

ウクライナに侵攻したロシアは、実効支配を進める都市でインターネット接続やモバイル回線をロシア経由へと強制的に切り替えた。そこでプロパガンダを垂《た》れ流し、ユーザーを検閲の対象にしている。

一方で、二月二十六日にスペースXの最高経営責任者であるイーロン・マスクが、同社の衛星インターネットサービス〝スターリンク〟をウクライナが無償で利用できるようにしたと発表した。ロシアの攻撃でウクライナの既存の通信網は破壊されたものの、ネット環境は意外といいのだ。

柊真が穴の横にあるコンクリート片を持ち上げると、アジア系の男の顔が覗いた。別の傭兵チームにいると聞く日本人かもしれない。柊真らもそうだが、アパートの空き部屋を宿泊施設として使うようにウクライナ軍から言われていたのだ。

「日本人か？」

柊真は日本語で尋ねた。

「岡田優斗《おかだゆうと》と言います。ここから出してもらえますか？　同室の浅野直樹《あさのなおき》も閉じ込められています」

岡田ははっきりとした口調で答えた。瓦礫に押し潰《つぶ》されているわけではなさそうだ。彼らの部屋は南側に位置していたためミサイルの直撃は免《まぬが》れたらしい。上階の壁や天井が落ちて小山になっており、岡田が顔を見せたのは部屋の窓部分からだったのだろう。一階の外壁がなんとか持ち堪《こた》えているようだが、いつまで持つかは分からない。

「私は影山だ。待っていろ。今助けを呼んでいる」

別のコンクリート片を取り除くと、すぐ近くの壁が崩れた。下手に撤去すれば、覆いかぶさっている上階の瓦礫の重みで潰れる可能性がある。

「まずいな」

柊真は少し離れて周囲の状況を調べた。

ミサイルは北東の二階辺りに命中し、パンケーキクラッシュで上階が崩落したのだろう。岡田がいる南側の一階の天井は落ちているようだが、かろうじて押し潰されない程度に柱や壁が残っているようだ。

「どんな感じだ？」

セルジオが尋ねてきた。その後ろでマットも心配げに瓦礫の山を見ている。

「少なくとも二人の日本人が生存しているようだ。だが、この隙間に支柱を立てないと、崩れる。あるいは、単純に瓦礫を上部から撤去するなら重機が必要だろう」

瓦礫を調べた柊真は答えた。

「重機は難しいな。だが、車のジャッキならすぐ見つかるだろう。廃車が腐るほど放置してあるからな。マットと探してくる」

セルジオはマットの肩を叩《たた》くと、一緒に走り去った。爆撃や銃撃を受けた住民の車が至る所に打ち捨ててあるのだ。

「消防に電話したが、立て込んでいるので時間が掛かるそうだ。街の中心部にもミサイルが命中したらしい。警察も同じだ。逆に救出を頼まれてしまったよ」

電話を掛けていたフェルナンドが、溜息《ためいき》交じりに言った。柊真らがいる場所は、街の中心部から三キロ以上離れている。消防や警察は当然のことながら、街の中心部の被災者を優先させるだろう。

「俺たちだけで対処するほかないんだな」

頷いた柊真は、瓦礫の山に戻った。さきほどまで顔を覗かせていた岡田の姿がない。

「岡田。大丈夫か？」

柊真は声を掛けながらタクティカルバックパックとAK74Mを地面に下ろした。バッグのポケットからハンドライトを出し、腹這《はらば》いになって穴の中を照らす。

二段ベッドの上に天井が落ちている。というよりベッドがかろうじて天井を支えていると言った方がよさそうだ。浅野と思われる男はベッドの下に倒れており、岡田はその傍らで跪《ひざまず》いていた。

「大丈夫です。浅野は頭部を打って気絶しています。大きな傷はないので、脳震盪《のうしんとう》を起こしているだけだと思われます」

岡田は立ち上がってキビキビと答えた。受け答えが明瞭《めいりよう》である。たぶん元自衛官なのだろう。だが、右腕を負傷しているらしく、血を流している。

「天井が崩れる可能性がある。あまり動くな」

「了解です！」

岡田は柊真の指示に即答した。

「ジャッキを持ってきたぞ」

セルジオが両手にパンタグラフ型車用ジャッキを持って走ってきた。マットは二メートル近い鉄パイプを両手で抱えている。

柊真は岡田が顔を覗かせた穴の上に突き出しているコンクリートの塊《かたまり》に、鉄パイプを横に挟んだ。

セルジオとマットが鉄パイプの両端の下にコンクリートブロックを積み上げ、その上にジャッキを固定した。

「ゆっくりだ。ゆっくり動かせ」

柊真は指示すると、挟み込んだ鉄パイプが横に動かないように別の鉄パイプで押さえつけた。

「了解」

二人はクランク棒を使ってジャッキアップする。

「止めろ」

柊真は二十センチほどジャッキアップしたところで、自分の持っていた鉄パイプを支柱になるように瓦礫の下に差し込んだ。瓦礫の穴は幅九十センチ、深さ六十センチほどに広がった。脱出させるにはこれで十分だろう。これ以上無理に広げれば、崩落してしまう。

「ジャッキが動かないように注意していてくれ」

柊真はセルジオに言うと、瓦礫の穴に飛び込んだ。床にはガラス片と砕けた壁が散らばっている。

「なんて、無茶な人だ」

岡田が右腕を押さえながら柊真を見て啞然《あぜん》としている。

「その怪我じゃ、相棒と脱出するのは無理だ。手を貸すから先に脱出しろ」

柊真は命じると、岡田の背中を叩いた。

「わっ、分かりました」

岡田は頷くと、瓦礫の穴に左手をかけた。

柊真は岡田の両足を摑《つか》んだ。体重は七十キロ程度だろう。

「うん」

柊真は軽々と岡田の体を穴の外に押し出した。

「もう一人出す。引っ張り上げてくれ」

倒れている浅野を背中から抱き抱えるように担ぎ、穴に背を向ける形で立った。気絶しているので腹這い状態で押し出せば、顔面を怪我してしまうからだ。浅野は、九十キロはありそうだ。岡田は一七五センチほどだったが、浅野は一八〇センチ以上ある。

「いいぞ」

セルジオが外から手を伸ばし、浅野の胸ぐらを摑む。柊真は浅野の腰の辺りを摑んで力任せに持ち上げる。浅野はセルジオに引っ張り上げられ、穴から抜け出した。

金属の弾《はじ》ける音がした。

「まずい。支柱の鉄パイプが外れた！」

セルジオの声がする。

天井が嫌な軋《きし》み音を上げている。

柊真は慌てて瓦礫をよじ登り、穴から這い出た。瞬間、鉄パイプを支えていたジャッキが弾け飛び、瓦礫で穴が埋まった。

「危なかった」

仰向《あおむ》けになった柊真が、息を吐き出した。

「馬鹿な真似《まね》しやがって」

セルジオとマットが笑顔で柊真の腕を摑んで立たせた。

3

ザポリージャ州エネルホダル。

ロシア軍はウクライナに侵攻した数週間後には、ザポリージャ原発を占拠して基地化している。

原発の破壊を恐れるウクライナ軍からの攻撃を避けられ、しかも一方的に攻撃ができるという姑息な戦略によるものである。それだけでなく、原発をいつでも破壊することができるという恫喝《どうかつ》行為でもあった。不測の攻撃で原発が破壊され、広範囲に放射能汚染が広がれば、人が住めなくなるという点ではミサイルや砲撃で街を破壊して無人化する焦土作戦と変わらない。いずれにせよ、前代未聞の地球環境をも人質にした、有史以来、最悪の作戦であることは間違いないだろう。

同じくロシア軍は、侵攻直後に首都キーウにも近いチェルノブイリ原発も占拠し、基地化した。

チェルノブイリ原発は一九八六年四月二十六日に原子力発電史上最悪の事故を起こした。爆発後も燃え続ける四号炉を封じるため、核分裂抑止用のホウ素や砂などが五千トンも投下され、後に〝石棺〟と呼ばれる炉を囲い込むコンクリートの構造物は、同年六月から十一月までかけてようやく完成した。電力事情の逼迫《ひっぱく》から、事故後にも一号、二号、三号炉は運転を続けていたが、二〇〇〇年にすべてが停止、廃炉作業が進められていた。

だが、三十六年経った今も、放射線量が高い立ち入り禁止の区域は周辺に数多くある。ロシアの部隊は、あろうことか放射線量が最も高い〝赤い森〟と呼ばれる危険区域に防護服も着用せずに塹壕を掘り、被曝した。指揮官以下、作業兵もチェルノブイリ原発の危険性を知らなかったという。作戦を立案したロシア連邦軍参謀本部の無知無能を露呈させたのだ。

チェルノブイリ原発を占拠していたロシア軍部隊は部隊を維持できないほど兵士らの体調が悪くなり、三月三十一日に撤退した。多くの将兵は帰国することも叶《かな》わず、ベラルーシの病院に搬送されたそうだ。

また、ロシア軍は占拠している間に百三十三個の高レベル放射性物質を盗み出したとも言われている。放射性物質を使った〝汚い爆弾〟を製造するためと思われるが、防護服も着けずに作業をさせられた兵士は死を免れないだろう。

ロシア国防省は十月二十四日、ウクライナの二つの組織が政府より〝汚い爆弾〟を製造するように指示を受け、作業は最終段階にあると主張している。ロシアは侵攻前からウクライナが化学兵器の開発を進めていると言及してきたが、今度は〝汚い爆弾〟説に切り替えている。ロシアは自分たちが〝汚い爆弾〟を使うための「偽旗作戦《にせはた》」だとして世界中から非難を受けていた。

十一月二十五日、午後二時四十分。

粗末な作業服姿の浩志は、ザポリージャ原発近くの変電所の建物の屋上に土嚢《どのう》を積み上げていた。

「風が出てきましたね」

同じ服装で作業している爆弾のプロ、〝爆弾グマ〟のコードネームを持つ浅岡辰也《あさおかたつや》が、体をぶるっと震わせた。

気温は十度で耐えられないほどではない。だが、曇り空なうえ、建物の屋上にはドニエプル川の冷たい河風が吹き付け、体感温度が下がるのだ。

「おい、労働者。無駄口を叩くな」

ロシアの軍服に身を包み、少佐の徽章《きしょう》を付けた〝ピッカリ〟ことヘンリー・ワットが、ロシア語で怒鳴《どな》った。彼は英語の他に日本語、ロシア語、スペイン語、アラビア語など数か国語を話すことができる。ウシャンカ（ロシア帽）を被《かぶ》り、軍服を着た彼はどこから見てもロシア兵だ。

リベンジャーズは、浩志の旧友でウクライナ国防省情報総局の第三室長であるアレクサンドル・ラキツキーから、ザポリージャ原発の奪回を極秘で依頼されていた。

ウクライナ軍は南部へルソン州のドニエプル川西岸を奪回し、東岸地域にも軍を進攻させようとしている。

対するロシア軍はザポリージャ原発の敷地内に多連装ロケット砲を設置し、ザポリージャ州や隣接するヘルソン州やドニエプル川対岸のミコライウ州を攻撃している。

ザポリージャ原発からロシア軍を追い出すことができれば、ウクライナ軍はヘルソン州奪回に向けて大きく動くことができる。だが、原発周辺はロシア軍が駐屯しているためウクライナは軍を進めることが難しい。また、原発への誤爆の危険性もあり、砲撃すらできないのが現状であった。

浩志をはじめとした日本人のリベンジャーズの仲間八名は、北朝鮮の労働者に扮《ふん》している。またワットは、ロシア語が堪能なオレフ・フォメンコ少尉率いるウクライナ第五特務連隊の六名とともにロシア軍の支援兵科の工兵小隊に成りすましていた。

総勢十六名でザポリージャ原発に潜入しているのだ。基地化するにあたっての労働兵の増援要請に応えた形で偽の命令書を持参し、堂々と入り込んでいる。ロシア国内の北朝鮮労働者は紛争地まで駆り出されているので怪しまれないのだ。もっとも、ウクライナ侵攻で危険を感じた北朝鮮労働者が多く逃亡していることも事実である。

また、ワットが所属していた米軍最強の特殊部隊〝デルタフォース〟の元部下である黒人のマリアノ・ウイリアムスは、今回の任務から外れていた。

マリアノは首都キーウに残って後方支援に徹している。旧ソ連構成国では黒人がほとんどいないので怪しまれるからだ。旧ソ連は欧米諸国のようにアフリカ奴隷貿易時代を経験していないため、国民に黒人がほぼいないという歴史的な背景がある。

「ワット。周りにロシア兵はいないんだ。演技とはいえ、俺たちを奴隷のように扱うのは止《や》めてくれ」

辰也が腰に手を当てて英語で文句を言った。リベンジャーズでは、英語が共通言語である。

「何を言っている。俺はロシア兵に成りきっているんだ。怪しまれずにこられたのは、俺様のおかげだろう」

ワットはロシア語で捲《まく》し立てて、胸を張った。原発施設までは見通しがいいので、双眼鏡等で覗かれている可能性を警戒しているのだ。

「まあ、おまえのクソ度胸は認めるがな」

辰也が苦笑した。

リベンジャーズとウクライナ第五特務連隊は、ロシア製の小型軍用四駆であるUAZ－469とオフロードトラックであるウラル－4320に分乗し、ドニエプル川沿いに南下してザポリージャ原発に入っている。途中でロシア軍の検問を何度も通過しているが、そのたびにワットは平然と偽の命令書を見せ、三時間ほど前に到着したのだ。

車両はウクライナ軍のものだったが、車体にロシア軍の識別記号でもある「Z」の文字をペイントしてある。また、ウラル－4320の荷台の床は二重構造になっており、銃や弾薬が隠してあった。

「よし、二十分間の休憩を許可する」

ワットは銃を構えたまま偉そうに言った。

彼はマリアノとともに米軍の退役軍人だけで構成された小隊を指揮してドンバス地方で闘っていたが、四月にロシア軍の砲撃を受けて小隊は壊滅した。その際、ワットとマリアノも負傷したため、戦線から離脱している。

　ポーランドで一ヶ月ほど養生した後、一旦米国に帰った。そして、軍資金を集めて二ヶ月後の八月中旬にウクライナに戻っていたのだ。

　浩志らは二月のキーウでワグネルの大統領暗殺計画を阻止し、そのままウクライナで転戦した。四月に入って暗殺計画の指揮を執《と》っていたセルゲイ・ダビドフの居場所が分かり、アフリカまで追っている。

　ワグネルは中央アフリカ共和国やマリ共和国など、国家体制に問題があるアフリカの国々と結びついていた。反体制派やテロ組織を掃討し、その見返りに金品だけでなく利権を得るなど収益を上げていたのだ。ダビドフはアフリカにおけるワグネル傭兵部隊の新たな指揮官となっていたのだ。

　リベンジャーズはケルベロスと協力してマリ共和国でダビドフの部隊を見つけ出し、激しい戦闘の末に殲滅させた。任務を終えた浩志らは一旦日本に帰国したが、負傷者の完治を待って一ヶ月後にウクライナの戦線に戻った。八月に入って再びウクライナ入りしたワットとマリアノと合流して、ウクライナ各地で作戦行動をしている。

　ラキツキーは、メンバーが揃《そろ》ったリベンジャーズを正規軍と同じ扱いにすると同時に極秘の任務を依頼し、今回の作戦を実行することになったのだ。

　三月二十八日、ウクライナの軍情報部は、ハッキングによって得た情報としてＦＳＢ

（ロシア連邦保安庁）の六百二十人の諜報員のデータを公開している。生年月日や出生地、FSBでの経歴、最新の住所や電話番号、Eメールアドレス、旅券番号や所有車のナンバー、それに人物評価まで記載された情報である。

この情報によって、身元を割り出されたFSBの諜報員が欧米諸国から追放された。無論ウクライナ国内からも諜報員が炙《あぶ》り出されて逮捕されている。だが、古くから送り込まれている工作員やスリーパーセルが国内に多数存在しており、すべての工作員を排除することは不可能だった。そのため、ラキツキーは長年の付き合いと実績がある浩志率いるリベンジャーズを頼ったのだ。

「さて、作業に戻るぞ。いつまで休んでいるんだ！」

ワットは浩志らに銃を向けて怒鳴った。

ザポリージャ原発は、ドニエプル川に突き出した三角おにぎりのような形をした地形の西側にある。その広大な敷地の北から南に向かって、九十メートル間隔で六基の原子炉が並んでいた。

浩志らがいる変電所は、ザポリージャ原発から東北東に三キロの地点に位置している。三日前にこの変電所にウクライナ軍のロケット弾が命中し、その修理を命令されているのだ。不発弾だったものの、送電線や変圧器はいくつか故障した。これはウクライナ軍の協力のもとで引き起こされたもので、労働部隊に扮したリベンジャーズを送り込むための偽装攻撃である。

リベンジャーズは変電所施設を復旧する工事をしながら、建屋をアジトに作り替えていた。土嚢を積み上げているのは、防備を固めるためである。資材はザポリージャ原発にあるのでいくらでも調達できた。

変電所の周囲に、ロシア兵に扮した第五特務連隊の六名の兵士を見張りに立たせている。浩志とワット、辰也、それに海上自衛隊の最強特殊部隊と言われた特別警備隊員だった〝ハリケーン〟こと村瀬政人《むらせまさと》と〝サメ雄《お》〟と呼ばれている鮫沼雅雄《さめぬままさお》の五人で変電所の建物の補強などを行っていた。

また、追跡と潜入のプロである〝トレーサーマン〟のコードネームを持つ加藤豪二と陸上自衛隊空挺部隊出身で〝コマンド1〟のコードネームを持つ瀬川里見《せがわさとみ》の二人は、オレフ・フォメンコ少尉が運転するUAZ－469で原発まで斥候《せっこう》に行かせている。

ロシア兵に扮したフォメンコが、二人の北朝鮮人の労働者とともに変電所の修理に必要な資材を発電所の倉庫に取りに行くという設定である。斥候をするのは加藤で、瀬川はそのサポートである。

――こちらへリボーイ。UAZ－469が戻ってきました。

動くものならなんでも操縦ができ、修理もできるというオペレーションのプロ、田中俊信《たなかとしのぶ》から無線連絡が入った。彼は、〝針の穴〟というコードネームを持つスナイパーである宮坂大伍《みやさかだいご》と行動を共にしている。彼らは不発ロケット弾で破壊された施設の修理をする体《てい》で見張りに就いていた。斥候に出ていた加藤らが戻ってきたらしい。

「作業を中断する」

無線を受けた浩志は屋上にいる仲間に命じた。

4

午後三時十分。ザポリージャ州。

リベンジャーズがアジトとした変電所は、原子力発電所から送られた電気を超高電圧へ昇圧するためにある。同時に近隣の街や村に配電する役割もあるようだ。建屋には制御室の他に、作業員の休憩室やメンテナンス用の部品や工具が置かれた倉庫もあった。

百平米ほどの広さがある制御室の壁際に、旧式の高電圧変換器の管理装置や受変電設備機器がずらりと並んでいる。

「まずは代理店から送られてきた最新の衛星写真を見てくれ」

浩志は制御室の北側の壁前に立ち、自分のスマートフォンを操作した。浩志の前には、修理しながら見張りに立っている宮坂と田中以外のメンバーが集まっている。

北側は装置がなく、コンクリート剝き出しの壁があった。壁から三メートルほど離れた場所にスマートフォンよりも小さい携帯プロジェクターが置かれている。今や屋外のブリーフィングでは必需品である。衛星モバイルＷｉ－Ｆｉに接続された浩志のスマートフォンからザポリージャ原発の衛星写真が壁に投影された。

日本に帰国した際、武器以外の装備を整えてきたのだ。また、ウクライナ国内での活動を傭兵代理店がバックアップしている。

だが、いつものように天才的ハッカーである土屋友恵《つちやともえ》や元リベンジャーズのメンバーだった中條修《なかじょうおさむ》、それに防衛省情報本部出身である岩渕麻衣《いわぶちまい》の三人のスタッフだけでは、長期間のサポート体制を取ることは不可能である。そのため、麻衣がいた情報本部の上司である栗林敦《くりばやしあつし》三等陸佐が三人の部下を連れて助っ人に入った。

傭兵代理店が政府や防衛省に海外の極秘情報を流していることは、防衛省幹部クラスでは今や常識となっている。また、政府の極秘任務を傭兵代理店を介してリベンジャーズが受けていた。

計算高い代理店社長の池谷悟郎《いけたにごろう》は政府要人に、欧米諸国に倣《なら》って極秘にウクライナへ軍事協力をすべきだと提案していた。すでにリベンジャーズはウクライナで活動しているので、政府が頷けば活動資金を得られるという目論見《もくろみ》である。

池谷はいつものごとく策を巡らし、ウクライナ政府に裏工作をしていた。侵攻当日の大統領暗殺計画を阻止したリベンジャーズの働きに対して、非公式に日本政府に謝意を伝えるよう勧めていたのだ。ウクライナ政府から期せずして礼を言われた政府がそれに応えざるを得ないのは分かっていた。池谷はまんまとリベンジャーズの活動資金を政府から極秘にせしめていたのだ。

政府から了承を得た池谷は、セキュリティレベルの高い情報本部に協力を要請した。ウクライナの最新情報が得られるとあって政府の許可と予算に加え、防衛省からも協力を得られることになったのだ。

「原発の第一号機、第二号機、第三号機のそれぞれの西側にある道路上にBM－30が停められている。衛星写真で確認できる武器はそれだけだ」

浩志は簡単に説明すると、加藤に手招きした。斥候の報告をさせるのだ。BM－30は、〝スメルチ〟と呼ばれるロシア製の多連装ロケット砲のことで、旧ソ連時代に開発された8×8輪駆動の大型軍用車両であるMAZ－543に300ミリロケット弾の十二連発発射機を装備していた。一回の射撃で十二発のロケット弾を三十八秒で撃ち切る能力がある。

「BM－30は、衛星写真の通り、三つの原子炉のすぐ近くに配備されています。一、二号機傍《そば》のBM－30の弾頭は9M55K、三号機の近くの方には9M528が装塡《そうてん》されていました」

加藤は淡々と報告する。軍事衛星の写真からBM－30と判別はつくが、搭載されているミサイルの種類までは確認できない。加藤は各ＢＭ－30の近くに用意されているミサイルを確認したのだろう。ちなみに９Ｍ55Ｋは対人クラスター弾頭で、９Ｍ５２８は破砕性弾頭で建物を破壊するのに向いている。

「どっちのミサイルも厄介《やっかい》だし、最大射程は七十キロある。だが、たかだか七十キロだろう？」

ワットは肩を竦めた。多連装ロケット砲は大型軍用車に搭載され、移動しながら攻撃ポイントを変えることで最大限の効果を発揮する。原子力発電所では攻撃されないという利点はあるが、固定された同じ場所からＢＭ－30を発射すればその効果は落ちる。半径七十キロのエリアを支配下に置くだけでは不十分だと言いたいのだろう。

「第三号機と第四号機の建屋の間を拡大してもらえますか？」

加藤はワットの意見を意に介することもなく、浩志に言った。

「分かった」

浩志は衛星画像をスマートフォン上で拡大した。

「うん？　これはパイプなのか？」

辰也が投影画面に近付いて首を捻《ひね》った。原子炉がある建物からいくつもの排水管が出ている。第三号機と第四号機に挟まれた敷地に、排水管と同じようなパイプが建築資材のように置かれていた。

「パイプは偽装です。カモフラージュネットの下に〝グラウラー〟が、隠されていたのです」

加藤はワットの方を振り向いて答えた。

「パイプは地面じゃなくて、カモフラージュネットの上に載せてあるのか」

浩志は眉を吊り上げた。衛星写真では構造物の高さは判断しにくい。

NATOコードでSA－21〝グラウラー〟は、ロシア製S－400〝トリウームフ〟と呼ばれる超長距離地対空ミサイルシステムのことである。

「〝グラウラー〟なら、射程は四百キロもあるぞ。キーウ近郊まで攻撃できる。まして、東部に展開しているウクライナ軍の部隊をすべて射程に入れることも可能だ」

ワットは両眼を見開いて言った。

「ミサイルシステムは以上でした。軍用車両はUAZ－469が五台、ウラル－4320が三台です。目視できる範囲で兵員は八十人ほどで、事前に聞いていた通り二個小隊が駐屯しているようです」

加藤は表情ひとつ変えずに報告を終えた。原発内の駐屯軍は八十人ほどとたいした人数でないことは分かった。もっとも、発電所近くの街には一個小隊、数十キロ離れた東部には一個中隊のロシア軍が駐屯している。それに州内の小都市にも漏れなくロシア軍が駐屯していると言っても過言ではない。

「〝グラウラー〟を使用する際は、前進させるか、カモフラージュネットを撤去させればいいのか。だが、ＢＭ－30もそうだが、爆破するにも小規模に収めないと建屋だけでなく原子炉まで傷つく可能性があるな」

辰也が腕組みをして呟《つぶや》くように言った。

「〝グラウラー〟と原子炉の建物までの距離は二十メートル、ＢＭ－30と建屋は三十メートルです」

加藤が補足した。

「外壁が爆発で崩れたところで問題ないだろうが、冷却用のパイプが破損したら原子炉が暴走する可能性がある。ミサイルシステムの発射装置のコントローラーだけでも破壊すれば、使い物にならなくなるはずだ。それなら小型の爆弾でも事足りるだろう」

ワットが無精髭《ぶしようひげ》を摩《さす》りながら言った。

「そうだな、発射システムだけ破壊すればいい。予備も含めて爆弾は多めに用意してくれ」

浩志は辰也に言った。

「了解。すぐに取り掛かります」

頷くと辰也は、自分のバッグから道具を出して作業を始めた。

今回爆弾をいくつか持ち込んでいる。中でも直径十センチ、厚さ三センチの円盤型爆弾は秀逸だ。辰也が設計したもので、ウクライナの武器工場で生産して規格化もされている。表面にキッチンタイマーのようなボタンが付いており、爆破までの時間を自由に設定できる。局所を破壊するためのもので、爆発力は強力なうえ指向性を持たせた。

「〝グラウラー〟とBM‐30を破壊すれば、ロシア軍がここに踏み留まる理由はなくなる。連中と銃撃戦をしなくても撤退させられるだろう」

浩志は、映像が映し出されている壁を拳《こぶし》で叩いた。

「そのアイデア、いけるぞ。それから、俺からの提案だ。作戦名が必要だ。〝ドニエプルの嵐〟はどうだ？」

拳を握ったワットが、気合を入れて言った。

「気に入った」

辰也が珍しくワットに賛同した。

「まあ、いいだろう。〝ドニエプルの嵐〟作戦のブリーフィングを終わる」

浩志はプロジェクターの電源を消した。

5

午後十時二十分。

気温は八度。一時間ほど前から激しい雨が降っている。

浩志は潜入チームを二つに分けた。

ワット率いる第五特務連隊の兵士をB《ブラボー》チームとし、浩志がリーダーとなった残りのリベンジャーズの仲間をA《アルファ》チームとした。また、宮坂と鮫沼は三百メートル北西にある沈《ちん》砂《さ》池《ち》の管理棟の屋上で待機させている。取水後の発電用水の沈砂池は六つの原子炉の西側にあり、南北に長く、管理棟はその近くにあった。三台のBM－30が見渡せる絶好の位置にあるため、宮坂はウクライナ軍から支給されたドラグノフ狙撃銃で二つの潜入チームをサポートしている。

旧ソ連で開発されたドラグノフは、7・62ミリライフル弾を使用するセミオートの狙撃銃である。有効射程距離は八百メートルで、部品数が少ないため壊れにくく頑丈で信頼性が高い銃だ。管理棟から一番離れているBM－30までは五百メートルだが、宮坂には何の問題もない。

浩志を含めて他の仲間は、アサルトライフルのAK74Mと9ミリ拳銃のMP－443、それにRGD－5手榴弾を装備している。武器や弾薬は、すべてウクライナ軍から供与されたものだ。

Aチームは、北端の第一号機原子炉建屋の近くにいる。Bチームは南端の第六号機のすぐ近くに迫っていた。ほとんどのロシア兵は原子炉建屋から百メートル東側にある中央制御棟に宿泊しており、検問所と武器の見張り以外に外にいる兵士はいない。

——こちらトレーサーマン。リベンジャー、応答願います。

加藤から無線連絡が入った。

「こちらリベンジャー」

——見張りの兵士は各MAZ−543の助手席に座っています。〝グラウラー〟には、見張りはいませんので、爆弾を設置しました。

加藤は斥候のついでに爆弾まで仕掛けたようだ。辰也が設計した円盤型で、午後十一時に爆発するようになっている。また、無線で起爆するパーツを事前に組み込んでいた。

BM−30の車体部であるMAZ−543は、中央に巨大なエンジンを挟んで運転席と助手席が独立した構造になっている。弾道ミサイルを倒して運ぶ際、低くなっている中央のエンジン部の上にミサイル先端が収められる構造なのだ。また、ミサイル連射装置の制御装置は、車体の後部にある。

氷のように冷たい雨が降っているので、見張りの兵士は助手席にいるのだろう。前方と右サイドの窓以外の視界は遮《さえぎ》られ、背後はまったく死角になっているはずだ。もはや見張りとしては役に立たないが、襲撃する側にとっては都合がいい。

「了解。現在位置は？」

浩志は周囲の闇を見回しながら尋ねた。雨は容赦《ようしゃ》なく降り注ぐ。目立たないように軍用ポンチョではなく、透明のレインコートを着ている。だが、すでに下着まで濡《ぬ》れそぼっていた。

——まだ、〝グラウラー〟の近くにいます。

加藤は声を潜めて答えた。

「Aは一号機と二号機、Bは三号機の見張りを倒せ」

浩志は指示をすると、右手を前に振って前進する。

一号機の建物の角から瀬川と村瀬、それに辰也と田中が駆け出す。

四人はMAZ－543の後部から近付く。

辰也と田中は、一号機側のMAZ－543を通り過ぎて二号機に向かう。瀬川と村瀬はMAZ－543の側面からゆっくりと助手席に近付く。辰也らが攻撃できる位置に行くまでタイミングを測っているのだ。

——こちら爆弾グマ。位置に就きました。行動します。

辰也と田中が二号機側のMAZ－543の背後に着いたようだ。

浩志は援護するため建物から出てMAZ－543の助手席から狙撃できる位置に就く。

連絡を待っていた村瀬が助手席のドアを開けると、瀬川は見張りの兵士を助手席から引きずり下ろし、地面に叩きつけて気絶させた。

——こちらコマンド1。見張りを倒しました。爆弾を仕掛けます。

――こちらピッカリ。見張りを倒したので、爆弾を仕掛ける。Bチームのワットからも連絡が入った。ここまで問題なく進行している。大雨は味方になったらしい。

――大変です。MAZ‐543に爆弾が仕掛けてあります。すでに起爆タイマーが動いています。

辰也の甲高《かんだか》い声。

「何！　残り時間は？」

浩志は眉を吊り上げて聞き返した。

――十分を切ったところです。

「分かった」

浩志は第二号機近くのBM‐30に向かって走った。

――こちらピッカリ。爆弾を設置した。俺も解除を手伝おうか？　ワットも含めて全員が無線を聞いている。彼も爆弾に関してはかなり詳しい。

「頼む。他のメンバーはAチームと合流してくれ」

――了解。

「爆弾グマとピッカリ以外のメンバーは、撤収。脱出ポイントAに向かえ」

浩志は仲間に命じると、第二号機西のBM‐30の後方に近付いた。辰也は爆弾が仕掛けてある場所に、持参した遮光シートを被せている。爆弾を解除するためにライトを点《つ》ければ敵に見つかるからだ。

ちなみに脱出ポイントはＡとＢの二ヶ所用意してあった。

ポイントＡはザポリージャ原発の北東の角にある放射性廃棄物集積場の駐車場で、ここまで乗ってきた軍用四駆のＵＡＺ－４６９とオフロードトラックのウラル－４３２０を重機と並べて置いてある。

ポイントＢはザポリージャ原発の敷地外にある南の森の中で、駐屯している小隊から盗み出したＵＡＺ－４６９とウラル－４３２０を一台ずつ隠してあった。

仲間は第五特務連隊と合流すると、無言で撤収していく。

「どうだ？」

浩志は遮光シート越しに尋ねた。辰也とワットはシートの内側で作業をしている。

「まいったな。爆弾の外側のフレームを外したところだ。起爆装置は鋼鉄のパッケージで密封されている。解除できない。しかも、爆薬はＣ４だ。量からして第二号機の建屋だけでなく、原子炉も破損するだろう」

ワットが答えた。起爆装置は、解除できないように鋼鉄製の箱に入っているらしい。

「箱を切断しない限り、解除は不可能ですよ」

辰也も溜息を吐《つ》きながら答えた。

「おまえたちは、脱出ポイントに向かえ」

浩志はそう言うと、MAZ-543の運転席に乗り込んだ。キーは挿さったままになっている。MAZ-543を少しでも原子炉から遠ざけるほかないのだ。

「一人で抜け駆けはずるいぞ」

ワットが後部座席に乗り込んできた。

「本当ですよ」

辰也が助手席に飛び乗った。

「しょうがない奴らだ」

苦笑した浩志はONの位置にキーを回し、腕時計を見た。残り時間は八分である。午後十時三十九分に爆発するということだ。

予熱表示灯の点灯。

浩志はキーをSTARTの位置まで回した。だが、エンジンが始動しない。予熱表示灯が点灯していたにもかかわらず、エンジンは冷え切っているのだろう。ディーゼルエンジンはガソリンエンジンと違ってエンジンが暖まらないと、言うことを聞かないのだ。

舌打ちをした浩志は、間隔を空けて再度キーをONの位置に戻して予熱表示灯を見守った。

「まだか?」

後部座席のワットが身を乗り出してきた。

「慌てるな」

浩志は腕時計を見ながら言った。残り時間は六分。時間が短くなれば、距離は稼げないのだ。

「頼むぞ」

祈るような気持ちでＳＴＡＲＴの位置まで回すと、エンジンが唸《うな》り声を上げた。

「行くぞ」

浩志はアクセルを踏んだ。

6

午後十時三十四分。

浩志がハンドルを握るＭＡＺ－５４３は、放射性廃棄物集積場の横を通り過ぎ、角を右折した。

八百メートル先に発電所の正門があり、ロシア駐屯軍の検問所が設けられている。正門脇に二台のＵＡＺ－４６９が停められ、ドラム缶がゲート代わりに置かれて道を塞いでいた。夜間も十人前後の兵士が詰めており、加藤の話ではポンチョを着た四名の兵士が交代で見張っているそうだ。

仲間はすでにUAZ－469とウラル－4320に分乗し、発電所から出ている。トラブルもなく、正門を通過したようだ。

脱出ルートは二つ。Aルートなら車で西に向かってヘルソン州まで行ってドニエプル川をインフレータブルボートで渡り、対岸のウクライナ軍の陣地に入る。ヘルソン州まで行けば、川幅が三キロほどしかない場所もあり、手漕《てこ》ぎのボートでも充分に渡ることができる。ウラル－4320には、インフレータブルボートが三艘《そう》、折り畳んだ状態で隠してあった。小型の電動空気入れを持参しているものの、完全に膨らませるのに時間が掛かるのが難点だ。

Bルートは南東に進んでマリウポリの六十五キロ南西にあるベルジャンシクの港に出て貨物船を奪取し、アゾフ海から黒海に逃走する経路だ。サポートしている友恵が、使えそうな貨物船が停泊していることを確認している。難点は移動距離が百六十キロと長く、ロシア軍の野営地を抜けることだ。

どちらの脱出ルートを使うかは、ロシア軍次第である。ドンバス地方の戦況は膠着状態にあるが、戦闘が激しい前線では、ロシア軍よりもワグネルの傭兵部隊に注意しなければならない。また、撤退と前進を繰り返しながら移動しているロシア軍と遭遇する可能性もあった。

どちらのルートでも、ザポリージャ原発から二十五キロ南にあるヴェリカ・ビロゼルカという小さな街の外れで合流することになっている。

「派手にやろうぜ」

ワットはＡＫ74Ｍを握りしめ、後部座席の窓を開けて笑った。

――右側の敵は任せてください。

助手席に座っている辰也が、無線連絡を入れてきた。

「ゲートを突破するぞ」

浩志は速度を落とさず正門の手前でハンドルを切った。

前方でゲートの兵士が両手を振って騒いでいる。連絡もなく、ＭＡＺ－５４３が暴走している事態が呑み込めないのだろう。

浩志はアクセルを緩めずにゲートのドラム缶を薙《な》ぎ倒し、突破した。

ゲートの兵士が一斉に銃撃してくる。だが、すぐに銃撃は止んだ。積んでいるロケット弾の爆発を恐れたのだろう。

「どうする？　このまま集合地点には行けないからな。あと四分だ」

ワットは鼻歌交じりに言った。すでに原子炉から五百メートル以上離れているので安心しているのだろう。だが、周囲には民家があるので、もっと人気《ひとけ》のない場所に行かなければならない。

——こちらモッキンバード。東北東二キロ先にカルチャー・タ・ヴィドポチンクという公園があります。そこなら、半径八百メートルに住居はありません。

友恵から連絡が入った。彼女とは無線をオンの状態にしていた。普段傭兵代理店とは衛星携帯電話で通話するが、作戦中はIP無線機を使っている。ザポリージャ州もネットワーク事情がいいのだ。

「了解。位置は分かる」

浩志はプロミスロヴァ・ストリートをまっすぐ東に向かう。作戦行動を起こす前に原発周辺の地理は頭に叩き込んである。浩志も東の街外れで爆発させるつもりだった。

——その公園のさらに東にあるビクトリー・パークの東端の入江に、小型ボートなどが係留されている桟橋《さんばし》があります。

「サンキュー」

浩志はにやりとした。まずは時限爆弾を安全に爆発させることだけ考えていたので、その後、どうやって脱出するかは後回しにしていたのだ。

三分後、広大な駐車場の脇を抜けた。カルチャー・タ・ヴィドポチンク公園の駐車場である。

「一分を切ったぞ。もう大丈夫だろう」

ワットが声を張り上げた。

「分かっている。脱出！」

急ブレーキを掛けると、浩志は車から飛び降りた。

「ムーブ！　ムーブ！」

車から降りたワットが手を振って叫ぶ。

「何をやっている。おまえも逃げろ！」

遅れて車を離れた辰也がワットを急《せ》き立てた。

「前方に森がある。走れ！」

浩志は走りながら二人の肩を叩いた。

三人は二百メートルほど駆け抜けて森に入る。

「ちょっと待ってくれ。真っ暗でよく見えない。これだけ離れれば大丈夫だろう」

ワットが肩で息をしながら歩き出した。

「休むな。走れ」

浩志は振り返って手招きした。

閃光《せんこう》。

轟音とともにＭＡＺ－５４３が爆発した。

凄《すさ》まじい爆風とともに瓦礫が四方に飛ぶ。

浩志らは咄嗟《とっさ》に倒れ込んで頭を抱えた。

ＭＡＺ－５４３の車体やロケット弾の残骸《ざんがい》が、猛烈な爆風とともに森の木々を薙ぎ倒す。

「言った通りだろう。もう大丈夫だって」

体を起こしたワットが、笑ってみせた。

「そうでもないぞ。おまえはもう少しで死んでいた」

辰也がワットの脇をハンドライトで照らした。ワットの数十センチ右の地面にロケット弾の破片が突き刺さっているのだ。当たれば確実に死んでいただろう。

「オー・マイガッ！　あのまま爆発させていたら、原子炉まで吹き飛んでいたぞ」

ワットが座ったまま後退《あとずさ》りしている。

「急げ。ロシア軍が来るぞ」

浩志はワットの手を摑んで立たせた。

露軍制圧地域

1

十一月二十六日、午前五時三十八分。市谷《いちがや》、傭兵代理店。

防衛省の北門に程近いマンション〝パーチェ加賀町《かがちょう》〟の地下二階に、傭兵代理店の本部はあった。

エレベーターを地下二階で下りると、正面にブリーフィングルームがあり、その奥に「作戦司令室」とも呼ばれるスタッフルームがある。

スタッフルームにはパソコンが置かれたデスクが、二十席設置されている。普段は中條と麻衣が使うだけだが、空《あ》いている席は緊急時に備えてのことである。

友恵と池谷の他に、支援スタッフとして防衛省の情報本部の栗林と、彼の部下で情報技官である茅野由伸《ちのよしのぶ》、織畑淳也《おりはたじゅんや》、白川仁美《しらかわひとみ》の三人も詰めていた。彼らは十日前から研修という名目で派遣されている。

リベンジャーズは個人でウクライナ軍に参加した傭兵と違い、非公式ではあるがウクライナ政府からの要請を受けて働いている。日本政府も防衛省による傭兵代理店への協力を通して、極秘かつ間接的にウクライナを支援する形を取っているのだ。表立って武器援助ができない日本は、リベンジャーズを支援することでウクライナに軍事支援する欧米諸国と同じだと言いたいのだろう。また、リベンジャーズがもたらす紛争地の情報は、世界情勢に疎《うと》い日本にとって貴重なものとなっていた。

スタッフルームの奥の壁には、〝中央モニター〟と呼ばれる一〇〇インチモニターを中心に四〇インチのモニターが無数に並んでいる。いつもはすべてのモニターに世界中のニュースなどが流されているが、作戦中は中央モニターだけ使われていた。

室内の全員が中央モニターの映像を見て唖然《あぜん》としている。友恵はスタッフルームの自席でウクライナ上空の米国の軍事衛星をハッキングするなど、リベンジャーズの作戦をサポートしていた。彼女の席はスタッフルームの一番左にあり、彼女の能力に合わせてメインモニターの左右と上部にサブモニターが設置してある。

中央モニターにはザポリージャ原発周辺の衛星映像が映っているのだが、眩《まばゆ》い閃光《せんこう》で画面が一瞬ホワイトアウトした。浩志が運転していたＭＡＺ－５４３の時限爆弾が爆発したのである。

「友恵くん。藤堂さんたちの安否を確認してください」

我に返った池谷が、友恵に呼び掛けた。

「はい」

友恵はＩＰ無線機で浩志に呼び掛けながら、中央モニター映り込んでいる爆発現場を拡大した。

「あっ！　人影が東に向かって移動しています！」

麻衣が中央モニターを指差して叫んだ。サーモグラフィが反応し、人影がオレンジ色で動いている。だが、浩志らは冷たい雨のせいで体が冷え切っているのか、認識できるほどはっきりした色ではない。

「無線の応答はありませんが、三つの人影は、藤堂さん、ワットさん、辰也さんの位置情報とも合致します」

友恵は中央モニターの衛星画像をＴＣ２Ｉ（タクティカル・コマンド・コミュニケーション・インテリジェンス）の画面に切り替えて報告した。落ち着きを取り戻したようだ。画面に三つの位置情報が、動きながら表示されている。

傭兵代理店はリベンジャーズのメンバーのスマートフォンだけでなく、ＧＰＳ発信機でも位置情報を把握している。

また、作戦中は友恵の開発したＴＣ２Ｉという戦略情報システムを使っている。

米軍は、特殊部隊の個人装備として、スマートフォンやタブレットPCで使用できる〝C4I〟（コマンド・コントロール・コミュニケーション・コンピュータ・インテリジェンス）システムを採用している。これにより、いつでも軍事衛星や偵察ドローンからの情報を共有することができる。友恵はそれに倣《なら》ったのだ。本来は軍事衛星の情報だけだが、小型のドローンからの情報も反映するように設定してあった。もっとも、携帯しているドローンを飛ばせる余裕がリベンジャーズにあればの話である。

三つの人影はビクトリー・パークの森を抜け、入江の桟橋《さんばし》に出た。桟橋には四艘《そう》の船が係留してある。その中でも二十六フィート（約八メートル）クラスの船に三人は乗り込んだ。他のリベンジャーズの仲間や第五特務連隊を乗せるために船を選んだのだろう。キーは付いていないだろうが、彼らなら機関部に細工してエンジンを始動させることができるはずだ。五分後、船は桟橋から離れた。

「これで一安心ですね。動きも機敏でしたし、大きな怪我《けが》もしていないでしょう」

立ち上がって見ていた池谷が胸を撫《な》で下ろした。

「リベンジャーズはウクライナを救いましたね」

固唾《かたず》を呑《の》んで見守っていた栗林が、口を開いた。

「ウクライナだけではありませんよ。世界を救ったのです。ちゃんと、上司に報告してくださいね」

池谷は自慢げに言った。栗林は助っ人ではあるが、代理店で得たウクライナ情勢を情報本部に報告することになっている。当然のことであるが、情報本部から内閣情報調査室にも報告がいく。

ただし、内調は情報を出すタイミングや内容を理解しているので、右から左に情報を垂《た》れ流すようなことはしない。情報は精査して内閣閣僚に伝えられるのだ。所詮《しょせん》政治家である閣僚を彼らは信用していない。政治的な忖度《そんたく》で国家機密が漏れることもあるからだ。

「ウクライナ政府にも報告すべきだと思いますが、外務省に教えてもいいのでしょうかねえ？」

栗林は池谷を見て首を捻《ひね》った。政府内でも情報を拡散すれば、マスコミに嗅《か》ぎつけられる可能性は高くなる。今回の極秘任務は、ウクライナ政府からの依頼でもあるが、資金を出しているのは日本政府のため、リベンジャーズは存在すら知られてはまずいのだ。

「内調の室長には、口止めをお願いしてあります。私から直接ウクライナ国防省情報総局に連絡することになっています。外務省が持っているパイプはあてになりませんから、彼らを使うことはあり得ませんよ。それに下手《へた》に直接ウクライナ政府に情報を入れられてしまうのも危険です」

池谷は苦笑を浮かべ、スマートフォンを出した。世界情勢も知らない政治家や官僚にウクライナの極秘情報は扱えないと思っている。

「傭兵代理店の池谷です。ご報告があります」

池谷はラキッキーに英語で電話をかけた。最初は強張《こわば》った表情で話をしていたが、次第に笑顔も見せ、危機を回避したことを強調している。報告のついでにしっかりとセールストークすることも忘れない。

「かなり動揺していましたよ」

五分ほどで通話を切った池谷は、近くの椅子《いす》に腰を落とすように座った。緊張が解けて疲れが出たのだろう。

「一体、誰が爆弾を仕掛けたのでしょうか？」

栗林が首を捻った。

「これまでも原発への攻撃は、ウクライナとロシア両国ともに否定していますが、今回に限ってはウクライナの関与はあり得ないでしょう。あれだけの爆発なら、すぐ近くの二号機だけでなく、一号機と三号機まで破壊されたはずです。そうなれば、チェルノブイリ原発の被害を上回ると思いますよ。しかも、ドニエプル川に放射性物質が流れ出して黒海《こっかい》まで汚染は広がります。考えただけで恐ろしい結果になったでしょう。ウクライナによる偽《にせ》旗《はた》作戦ならＢＭ－30を破壊するだけで充分ですから」

池谷は身震いした。

「しかし、ザポリージャ原発には、二個小隊のロシア兵が駐屯しています。時限爆弾の爆発でも見張りの三人は死亡したでしょうが、原発を破壊するとなれば、巻き添えで駐屯している百人近いロシア兵の命も奪われたでしょう。仮に偽旗作戦だったにしても、そこまでロシアはしますかねえ」

栗林は腕組みをして首を捻った。

「核攻撃を仄《ほの》めかしているロシアなら分かりませんよ。『ウクライナが準備している汚い爆弾の放射能汚染は最大千五百キロに及ぶ』とロシア側は言っていました。まさに今回の作戦の布石としての発言だったのではないでしょうか。プーチンは大統領になるために三百人以上の市民を殺害した男です。百人の兵士の命など屁《へ》とも思いませんよ」

池谷は首を振ると、鼻先で笑った。

一九九九年九月二十三日、ＦＳＢ長官から首相に就任して間もないプーチンはモスクワなどロシア南部の都市で起きた連続爆破事件を、チェチェン独立派武装勢力によるテロと断定し、チェチェンへの空爆を命じた。

八月末から九月にかけてモスクワやヴォルゴドンスクといった都市で、大規模アパートなどが爆破される事件が複数回発生し、三百人以上の民間人が死亡していた。チェチェン空爆命令によりテロに怯《おび》えていた国民の圧倒的な支持を集めたプーチンは、翌年三月の大統領選挙で圧勝するのだ。

だが、空爆の直前である九月二十二日に発生した集合住宅爆破未遂事件では、ヘキソーゲンという高性能爆薬が探知、確認されている。この爆薬は軍で厳格に管理されており、チェチェン独立派武装勢力が入手することは不可能であった。また、起爆装置を仕掛けたとして警察に一時的に拘束された男女はＦＳＢのロシア人工作員で、すぐに釈放されている。

また、元ＦＳＢ職員のアレクサンドル・リトビネンコ中佐は英国に亡命して、これら一連の事件はＦＳＢの裏工作だったと事件の真相について証言した。だが、彼は二〇〇六年十一月に放射性物質ポロニウム２１０によって毒殺されている。銃や即効性のある毒物で殺害しないのは、放射性物質によって体が徐々に蝕《むしば》まれて衰弱死することで、ＦＳＢというよりプーチンに対する裏切り者として見せしめにするためだ。

「確かにそうかもしれません。もし、そうだとしたら、あまりにも恐ろしい攻撃ですね。人命をなんだと思っているのでしょう」

栗林は眉《まゆ》を寄せて言った。

「プーチンの侵攻作戦の号令で、ウクライナ人とロシア兵を合わせて十万人以上が死亡しています。彼のたったの一言で、多くの人命を奪ったのですよ。この戦争自体、絶対に許されることではありません」

池谷は立ち上がって口調を荒らげた。栗林に説明するうちに、怒りが抑えきれなくなったらしい。

「社長。傭兵ブレンドをどうぞ」

麻衣が池谷の目の前にコーヒーカップを突き出し、にこりと笑った。あまりにも興奮しているので、落ち着けと言いたいのだろう。〝傭兵ブレンド〟は、凝《こ》り性《しょう》の池谷自らアラビカ種の豆をブレンドしたコーヒーで、甘い香りがしてリラックス効果があると自賛している。それだけでは飽き足らず、スタッフに〝傭兵ブレンド〟で仕事中のストレスを和《やわ》らげるようにと推奨していた。

「あはっ。ありがとう」

池谷はコーヒーカップを受け取り、友恵の目を気にしながら大人しく座った。友恵が睨《にら》んでいたのだ。

「栗林さん。軍事衛星でボートをロックオンしましたから、そちらのチームで監視を交代してください」

友恵は栗林に冷ややかな口調で言った。

「はい、はい」

栗林は頭を掻《か》きながら頷《うなず》いた。

2

十一月二十六日、午前零時十八分。

二十六フィートの小型運搬船が、流れに任せてドニエプル川を下っている。

「腹減ったな。それに死ぬほど寒い。なんとかしてくれ」

船首でワットは雨に打たれながら呟《つぶや》いた。攻撃時に着ていた透明のレインコートではなく、ポンチョに着替えている。雨が染《し》み込むことはないが、顔には容赦《ようしゃ》なく掛かるのだ。

浩志とワットと辰也は、ビクトリー・パーク近くの桟橋から盗み出した小型運搬船に乗り込んだ。桟橋には他にも船外機付きの小型ボートが三艘あったが、いずれも燃料切れだった。それで仕方なく、古い木造ではあるが、運搬船を拝借したのだ。操舵《そうだ》装置の上に屋根があるだけの代物で、操舵室というほどの設備はない。

闇夜のドニエプル川をライトも点灯させないで航行するのは自殺行為である。そのため、ワットは船首で暗視双眼鏡を使って見張りをしていた。

浩志は、スマートフォンの地図上の位置情報を頼りに操舵している。スマートフォンの光が漏れないように画面の輝度を落とし、なおかつシートの下に置いていた。障害物があればワットが知らせてくれるはずだ。辰也は雨に濡《ぬ》れないように浩志の足元で休んでいる。雨風にさらされる船首の見張りは厳しいので、十分ごとに交代にしていた。

別行動の仲間は、宮坂が指揮を執って行動している。ただし、第五特務連隊のフォメンコが地理に詳しいので、彼の指示に従うように命じてあった。仲間とは、ヴェリカ・ビロゼルカという街の近くで合流する予定だったが、浩志らが船を手に入れたので変更している。

ザポリージャ原発に配備されていた〝グラウラー〟と三台のBM－30を結果的に破壊することに成功した。直接敵と交戦したわけではないが、基地を無力化させたという点では概《おおむ》ね作戦は成功したと言えよう。

今回の任務完了後は、浩志はリベンジャーズを前線から後退させて役割を新兵教育に切り替えるつもりだった。長期にわたる闘いで仲間が疲れ切っていることもあるが、軍事訓練もまともに受けず、ろくな装備も持たないロシア兵を標的のように倒すことに疑問を持ちはじめたからである。高度な戦闘能力を持つリベンジャーズにとって、戦争とはいえ素人《しろうと》同然の兵士を倒すのは殺戮《さつりく》に過ぎないからだ。

ザポリージャ原発から四十キロ下流に半島のように突き出した地形があり、その北端にウシュカルカという村がある。当初合流予定だったヴェリカ・ビロゼルカからは北西に五十キロほどの距離だ。そこで、仲間をピックアップして対岸に渡る計画である。

「そろそろワットと交代してきます」

辰也は欠伸《あくび》をしながら立ち上がった。

「交代して五分も経《た》っていないぞ」

浩志はスマートフォンの時計を見て苦笑した。

「あいつ、ぶつぶつうるさいんですよ。それにもうすぐ目的地に着きますから」

辰也は肩を竦《すく》めた。ワットは無線で聞こえるようにわざと独り言を呟いているのだ。

「おまえの方が若いからな。代わってやれ。俺も次に見張りに就く」

浩志は笑《え》みを浮かべて言った。

十分後、ウシュカルカに近い川岸から突き出した栈橋に船を着けた。雨で増水したせいで流れが速く、栈橋に寄せるのに苦労した。

浩志は銃を手に船縁《ふなべり》に立った。操船はワットがしている。砂浜のような河岸の向こうに高さ三メートルほどの崖《がけ》のような急斜面があった。その先は船の上からは見えない。宮坂らはロシア軍に遭遇したために迂回《うかい》して向かっているので、到着に時間が掛かるようだ。

「ワット。いつでも出せるようにしてくれ。斥候《せっこう》に出る」

浩志は振り返って言った。周囲の状況が分からない場所で停泊するのは危険である。傭兵代理店から周辺にロシア軍は駐屯していないようだと報告を受けている。だが、夜間で天候も悪いため、監視映像が不鮮明であることは最初から織り込み済みだ。最終的に自分の目で確認するほかない。

「二十四時間営業のダイナーがないか探してきてくれ」

ワットはいつもの冗談を言った。気を付けて行けということだ。

「任せろ」

浩志はボートから桟橋に飛び降り、足を滑らせながらも崖をよじのぼった。崖の上は林になっている。近くの木の後ろに立つと、暗視双眼鏡を出して周囲を見回した。林の向こうは畑が続き、三百メートルほど南東に民家がある。

浩志は眉を吊《つ》り上げた。林の中に小さな明かりが灯《とも》ったのだ。炎に照らされてヘルメットを被《かぶ》った男の顔が闇に浮かぶ。ロシア兵が木の下で煙草《たばこ》に火を点《つ》けたのだ。兵士は四十メートルほど東の茂みにいる。風が吹いているが炎は消えない。オイルライターを使っているのだろう。

オイルライターの火は、男の周りにいる複数の兵士を照らし出した。七、八人はいるようだ。傍《かたわ》らの別の兵士が同じ火で煙草に火を点けた。桟橋に船を寄せる際のエンジン音を聞きつけられた可能性はある。だが、桟橋から五十メートル近く離れており、風もあるため聞こえているとは思えない。

木の下で煙草を吸っている二人は指揮官なのだろう。他の兵士らが作業をはじめたが、手伝う気配はない。

「そういうことか」

浩志は小さく頷いた。

兵士らがシートとカモフラージュネットを取り払った。その下には2A65　152ミリ榴弾砲〝ムスタ－B〟が置かれていたのだ。重量七トン、砲身長は七・二メートル、標準榴弾なら射程は二十四・七キロ、ロケット補助推進弾なら射程は二十八・九キロある。砲は対岸を向いているので、最前線のウクライナ軍を叩《たた》き潰《つぶ》そうとしているのだろう。悪天候の中で作業しているのは、ウクライナ軍の監視ドローンに位置を特定されることを避けるためだろう。

〝ムスタ－B〟は一門だけらしい。とすれば、二分隊八名から十名の兵士がいるというところだろう。彼らを倒せば、このエリアを安全にできると同時に〝ムスタ－B〟を破壊することでウクライナ兵も守ることができる。

「こちらリベンジャー。ピッカリ、爆弾グマ、応答せよ」

浩志はロシアの分隊から離れ、ワットと辰也に無線連絡をした。

――ピッカリだ。どうした？

「〝ムスタ－B〟の砲撃分隊がいた。クリアしたい。二人とも来てくれ」

浩志は小声で答えた。

――ピッカリ、了解。

——爆弾グマ、了解。

二人から遅滞なく返事がきた。

「お待たせしました」

辰也が暗闇から現れた。遅れてワットも泥だらけの顔を見せた。崖は急斜面で、しかも雨で足元が滑りやすかったので手こずったのだろう。

「早いとこ、RGD－5を食らわせて終わりにしようぜ」

ワットは手榴弾で手っ取り早く敵を殲滅《せんめつ》させるつもりだ。

「馬鹿な。近くに他の分隊がいたら、どうする？」

浩志は首を振った。

「まずは、周囲の偵察だろう」

辰也も頭を掻きながら言った。

「どっちみち〝ムスタ－B〟は爆発させるんだろう？　同じことだ。別の敵がいたら船で逃げるまでだ」

ワットは肩を竦めた。

「チームが全員揃《そろ》っているのなら、それでもいい。だが、もし、銃撃戦になったら、宮坂たちと合流できなくなる可能性もあるぞ」

浩志はあくまでも慎重路線である。長年戦場で生き残ってこられたのは、臆病《おくびょう》なまでに慎重な行動を選んできたからである。

「分かった。手分けして偵察をしよう」

ワットは渋い表情で頷いた。

「うん？」

浩志は右手を上げて聞き耳を立てた。崖下で人の声が聞こえるのだ。

辰也も気付いたらしく、崖の上まで走っていく。

——まずいです。ロシア兵に船がバレました。

辰也が無線で連絡してきた。

「何！」

浩志も崖の上まで行って河岸を見下ろし、舌打ちをした。

二人のロシア兵が桟橋に出ると、ナイフで係留ロープを切断したのだ。運搬船は川の流れに囚《とら》われ、暗闇に呑み込まれていった。

砲撃分隊からパトロールが出されていたらしい。運搬船の持ち主は不明であるものの、ロシア軍の物ではないのでとりあえず使えないようにしたのだろう。

略奪か破壊か、二者択一という中世の戦法を引き継いできたロシア軍の戦略である。

「退路を断たれたな」

隣りから覗《のぞ》き込んだワットは笑っている。敵が分隊クラスなので動揺することはないのだろう。

「仲間が到着する前に、ここをクリアする」

浩志は辰也とワットにハンドシグナルで指示した。

3

午前一時十分。ウシュカルカ。

浩志は民家の陰に身を隠し、ロシア軍の砲撃分隊の様子を窺《うかが》っていた。

雨は二十分ほど前に止んでいる。

――こちらピッカリ。西部に敵兵なし。

ワットから無線連絡が入った。

ドニエプル川は、ザポリージャ州からヘルソン州の北東部にかけて東から西に流れていた。浩志らがいるウシュカルカ村を過ぎた辺りから南西に角度を変える。

ロシアの砲撃分隊は浩志が読んだ通り、二分隊だけ駐屯しているらしい。作業している兵士はパトロールをしていた二人も含めて九人だけである。だが、民家まで調べたわけではないので、他にも兵士がいるかもしれない。

村の外れにウラル－4320が一台だけ停めてあった。〝ムスタ－B〟は自走式ではないため、ウラル－4320で牽引《けんいん》してきたのだろう。また、六トンまで搭載できるので、二分隊なら全員乗せることも可能だ。

〝ムスタ－B〟を中心に浩志は南側、ワットは西側、辰也は東側の偵察を行っていた。南側には民家が八軒あったが、住民の姿はなかった。疎開したのか、ロシア軍が強制的に連れ去ったのかは分からない。

――こちら爆弾グマ、東部に敵兵なし。

一番遠くまで偵察に行った辰也から連絡が入った。

「二人のパトロール兵は戻っていないぞ。どこにいる？」

暗視双眼鏡を覗きながら浩志は二人に尋ねた。

――南に向かったことは確認しています。本隊に戻ったと思っていました。

辰也が答えた。

――南に向かったのなら、トラックで煙草でも吸っているんだろう。

ワットが小声で言った。すでに本隊の近くにいるようだ。

「トラックなら俺が近いな。確認してくる」

浩志は立ち上がると、南に向かって進んだ。百メートルほど歩き、村外れに出る。ウラル－4320は、二軒の家の屋根に渡して張ってあるカモフラージュネットの下に隠してあった。幌《ほろ》付きの荷台から紫煙《しえん》が上がっている。ワットが言ったように煙草を吸ってサボっているらしい。

浩志はウラル－４３２０に近付き、９ミリ拳銃のＭＰ－４４３を手にした。だが、思い直してホルダーに戻し、シースからコンバットナイフを抜く。

ウラル－４３２０の荷台は一メートル以上の高さがあり、ラダーはあるが、よじ上る前に荷台の後方にいる兵士らに気付かれてしまう。だからといって銃を使い、本隊の兵士に銃声を聞かせることはできない。

耳を澄ませると、ロシア語の会話が聞こえてくる。「テレビ」や「ラジオ」などの単語が耳に入ってくることからすると、お互いの戦利品の自慢話をしているのだろう。ロシア兵の中には略奪品をベラルーシで売り捌《さば》いたり、宅配便でロシアの自宅に送ったりする者もいる。また、何を盗むべきか家族から指示を受ける兵士もいるらしい。

二月二十七日、ウクライナ東部クピャンスクは、当時の市長が同意したことで、戦闘行為の停止と引き換えにロシア軍に明け渡された。九月十日にロシア軍が撤退するまで占領下に置かれ、その間、家電製品だけでなく便器や豚まで、ありとあらゆるものがロシア軍により組織的に略奪されたと市の職員は報告している。

また、ベラルーシの調査報道グループである〝ハユン〟は、国境に近いベラルーシのマズィルの小荷物所から、ロシア兵が略奪品を自宅宛に計二トン以上発送したとして、その証拠のビデオを公開した。

浩志はナイフで運転席側の幌を切り裂き、裂け目から安全ピンを抜かないでRGD－5を投げ込んだ。RGD－5は、荷台の床にごつんと大きな音を立てる。

ロシア兵の悲鳴。

予想通りの反応である。手榴弾が投げ込まれたのだ。安全ピンの有無を確認する暇などないだろう。

浩志はナイフを構える。

二人の兵士が、武器も持たずに荷台から飛び降りてきた。慌てるあまりAK74Mを荷台に置き忘れたのだろう。

舌打ちした浩志は、ナイフの柄《え》で手前の兵士の後頭部を殴って昏倒《こんとう》させた。すかさずもう一人の兵士の胸ぐらを掴《つか》んで引き寄せて顔面に頭突きを喰《く》らわせ、鳩尾《みぞおち》に強烈な膝蹴《ひざげ》りを入れて気絶させる。浩志は気を失っている二人の兵士を、車の下に転がした。

「ふう」

軽く息を吐き出し、天を仰《あお》いだ。雨が再び降り始めたのだ。みぞれ交じりの雨で、雨音が闇夜に響く。

「こちらリベンジャー。二人のパトロール兵を倒した」

浩志はナイフをシースに戻し、仲間に連絡をした。

――こちらピッカリ。攻撃ポイントに着いた。

――こちら爆弾グマ。攻撃位置に着きました。

すかさず二人から返事がきた。

「二分後にまた連絡する」

浩志は無線連絡を終えると、右眉を吊り上げた。雨音に混じって足音が聞こえた気がしたのだ。

背後に殺気を覚え、身を屈めながら振り返った。頭上をナイフが掠《かす》めた。

立ち上がった浩志は、繰り出されたナイフを払って右掌底《しょうてい》を相手の顎《あご》に入れた。

「むっ！」

浩志は振り返った。瞬間、こめかみに衝撃を受け、星が飛んだ。

いつの間にか目の前にポンチョを着た兵士が立っていた。雨で気配が消されていたらしい。男は棒のような物を持っていた。だが、頭部を殴られたせいで、視界がボケる。霞《かす》んだ視界を振り切ろうと、首を振って構えた。

「ふん」

男は鼻先で笑うと、棒の先端で浩志の胸を突いた。体中に電流が走る。

「うっ！」

浩志の意識は飛んだ。

4

午前七時二十六分。市谷、傭兵代理店。

ヘッドホンをした友恵はスタッフルームの隣りにある自室で、メインモニター上のTC2Iの映像を見つめている。

昨年から本格的に稼働しているスーパーコンピュータをネットワーク経由で使えるため、社内ならどこでも同じパフォーマンスで仕事ができる。自室には以前からある六台のモニターに加え、奥の壁には一〇〇インチのディスプレーがあるため作業がはかどるのだ。また、友恵が自分で開発したAIの〝ガラハッド〟により、顔認証と生体認証が行われることでセキュリティを高めている。

自室のソファーで二時間ほど仮眠していたが、二十分ほど前に目覚めてコーヒーを飲んでいた。スタッフルームでは中條と麻衣が、ウシュカルカ村に到着した浩志らのサポートをしている。

浩志らがBM-30を爆破させて運搬船に乗り込んだ後は、栗林のチームにサポートを依頼していた。浩志らが合流地点に移動するまでは三、四時間掛かるため、傭兵代理店のスタッフは交代で仮眠を取っていたのだ。

正面のメインモニターにはドニエプル川に近い林に配備された〝ムスターB〟を中心にウシュカルカ村の軍事衛星の映像が映っていた。

暗視モードなので画面全体が緑がかっている。また、人間は体温に応じてオレンジ色に表示されていた。

〝ムスターB〟の周りに七人の敵兵がいる。砲撃準備のため砲身を調整しているようだ。ウクライナ軍の位置情報の連絡を待っているのだろう。

〝ムスターB〟の百五十メートルほど南と西、それに東にそれぞれ浩志とワットと辰也の人影が映り込んでいた。

TC2Iでは、浩志とワットと辰也の位置情報が軍事衛星の映像に重ね合わせてある。天候が悪いためセンサーが働かなくなり、人影が表示されなくなることもあるが、浩志らには位置情報が示されているので見失うことはない。また、位置情報がない人影は、敵ということになる。

TC2I上で映像を切り替えると、武器を持った敵兵が赤いポイントとして表示される機能がある。また、画像認識システムで軍事車両や武器などを識別することも可能だ。

現在、台湾のメーカーに衝撃に強いスマートウォッチを特注しており、完成したらリベンジャーズに支給することになっていた。TC2Iに組み込むことで位置情報が把握できるだけでなく、心拍数や体温などから体調管理もできるようにするのだ。また、負傷した際の危機管理も可能になる。

浩志の位置情報が百メートルほど南に移動した。

「あらっ？」

友恵は眉を顰《ひそ》めた。監視映像上の人影が薄くなっていくのだ。体温を奪う冷たい雨がまた降り始め、サーモセンサーが感知できなくなっているらしい。画面上には浩志らの位置情報だけが表示されている。浩志の位置情報が、ウラル－４３２０にゆっくりと近付いていく。

〝ムスター B〟の傍《そば》の敵兵の姿は、監視映像ではほとんど確認できなくなっている。ポンチョを着て作業をしているらしいが、周囲の草木と同レベルまで体温が下がっているのだろう。

――こちらリベンジャー。二人のパトロール兵を倒した。

浩志は二人の敵兵を倒したらしい。

「よかった」

友恵は胸を撫で下ろした。作戦行動中のリベンジャーズのサポートを何年もしてきたが、敵と交戦する際はいつも心臓の鼓動が高まり、冷たい汗を掻く。無線機や映像を通してリアルに状況が分かるだけに、これぱかりは慣れるものではない。

――こちらピッカリ。攻撃ポイントに着いた。

――こちら爆弾グマ。攻撃位置に着きました。

ワットと辰也が〝ムスタ－B〟から八十メートルほどの位置まで近付いている。

――二分後にまた連絡する。

ワットらの報告に浩志が答えた。

「うん？」

友恵が小首を傾《かし》げた。浩志の位置情報が二十秒ほど動かなくなり、北ではなく十メートルほど西に移動したのだ。位置からすると、近くの民家に入ったらしい。浩志は無線連絡でワットらに「二分後にまた連絡する」と言っていた。〝ムスタ－B〟の攻撃ポイントではなく、その前に民家を調べるのだろう。

友恵はパソコンの時計で時間を測った。だが、二分経っても浩志の位置は変わらない。

「こちらモッキンバード。リベンジャー、応答せよ」

友恵は浩志を無線で呼び出した。

――こちらピッカリ。リベンジャー、どうした？

――こちら爆弾グマ。リベンジャー、応答せよ。

ワットと辰也も呼び出している。

――こちらピッカリ。モッキンバード、応答せよ。

ワットが友恵に連絡を入れてきた。

「モッキンバードです。どうぞ」

――リベンジャーの位置情報は合っているか?

ワットは尋ねてきた。

「スマートフォンと位置発信機の情報は、TC2Iの表示の通りです」

友恵はモニターで確認しながら答えた。

――了解。爆弾グマ、作戦は中止だ。リベンジャーを捜すぞ。

ピッカリが反応した。

――爆弾グマ。了解。

辰也も即応した。

「藤堂さんを捜してください。お願いします」

友恵は祈るような気持ちで呟いた。

5

午前一時三十八分。ウシュカルカ。

ワットと辰也は、〝ムスターB〟から二百二十メートルほど南に進んだ。

三十メートルほど先に一軒の民家があり、二つの屋根の間にカモフラージュネットが張ってある。その下にウラル－４３２０が隠してあった。

「こちらピッカリ。モッキンバード、リベンジャーの位置は変わらないか？」

ワットは無線で友恵に尋ねると、自分のスマートフォンのＴＣ２Ｉの画面を見た。夜間モードに設定してあるので、画面の光を気にすることはない。

――まだ、動いていません。

友恵は不機嫌そうな声で答えた。リベンジャーズのメンバーなら誰でもＴＣ２Ｉを使うことができる。自分で確認しろと言いたいのだろう。

「念のために聞いた。サンキュー」

ワットは無線連絡を終えると、傍らの辰也に右手を振ってウラル－４３２０の左側にある家に近付いた。浩志の位置情報が示している家である。

二人は家の周囲を調べると、ＡＫ74Ｍを構えて玄関ドアの左右に立った。出入口は正面の木製のドアだけである。窓は鎧戸《よろいど》で閉ざされており、家の中を覗くことはできなかった。

ワットは音を立てないように玄関ドアのノブをゆっくりと回した。鍵《かぎ》は掛かっていない。ドアを開けると辰也が突入し、ワットも続く。

二人は一階を調べると狭い階段を上がった。二階部分は屋根裏部屋のような部屋が二つあった。だが、浩志はおろかロシア兵の姿もどこにもない。

「クリア！」

二つ目の部屋を確認した辰也は、銃を下ろして肩を竦めた。

「おかしい」

ワットはAK74Mのストラップを肩に掛けると、スマートフォンを出してTC2Iの画面で浩志の位置情報を確認した。

「藤堂さんの位置情報は、この家で間違いないぞ。地下室があるとでもいうのか」

辰也も自分のスマートフォンで確かめ、首を捻った。

「こちらピッカリ。モッキンバード、応答せよ」

ワットは友恵に無線連絡をした。

——モッキンバード。どうぞ。

「リベンジャーの位置情報に従って家を調べたが、見つけられない。TC2Iは、スマートフォンとGPS発信機の二つのデータを使っていると聞いている。どうなっている？」

ワットはTC2Iの画面を見ながら尋ねた。

——基本的に感度が良い方の情報が反映されます。……現在スマートフォンの電源は切られているようです。表示されているのはGPS発信機の位置情報です。

友恵はすぐに確認して答えた。今回使用しているGPS発信機は、直径二十八ミリ、厚さ三ミリと小型で、個々人によって隠し場所は異なる。

「俺はブーツに隠しているが、浩志はどこに隠していたのか知っているか？」

ワットは辰也に尋ねた。

「ブーツ？　靴の中は故障の原因になるぞ。俺はバックルだ。確か藤堂さんもベルトに隠し持っていたはずだ」

辰也は銃を構えながら階段を下りた。

「ベルトもいいが、俺のタクティカルブーツはヒールに隠し場所がある特注品だ」

ワットは自慢げに言いながら辰也の後に続く。

屋根裏部屋のような二階には、二つの寝室と納戸があった。一階は台所と浴室、それに暖炉付きのリビングがあり、建坪は六十平米ほどと、こぢんまりとしている。

リビングの中央には八つの椅子が並べられた大きな食卓テーブルがあり、テーブルの上に二つのコーヒーカップとウォッカの小瓶が置かれていた。暖炉の火は点いたままである。

「ついさっきまで人がいたことは確かだな」

ワットはテーブルのカップを手にした。コーヒーが残っているのだが、ウォッカの匂いがする。ロシアンコーヒーのようだが、卵黄までは入れていないらしい。寒さ凌《しの》ぎにコーヒーにウォッカを入れたのだろう。

「住人じゃないとしたら、二人のパトロール兵か？」

辰也はハンドライトを出し、床を照らしながら言った。

「パトロール兵はウラル－４３２０でサボっていたはずだ。それに浩志が片付けたと言っていた。この家には俺たちが探知していない別のロシア兵がいたのかもしれないぞ。そいつらが、浩志と接触したのかもな。外を調べてくる」

ワットはポンチョのフードを目深《まぶか》に被り、家から出た。

みぞれ交じりの雨はまだ降っている。

浩志が倒した二人のロシア兵は仲間が見つけていなければ、まだ気を失っているはずだ。もっとも、浩志が殺していなければの話だが。

「やっぱりな」

ワットはウラル－４３２０の下をハンドライトで照らし、にやりとした。二人の兵士が車の下で倒れている。一人は、鼻の骨が折られているらしく夥《おびただ》しい鼻血を流して気絶していた。もう一人の兵士は、特に外傷はなさそうだ。頭を殴られてせいぜい脳震盪《のうしんとう》を起こしている程度だろう。ワットはその兵士を引きずり出して担《かつ》ぐと、ふたたび家に戻った。

「ご苦労さん」

辰也は部屋に入ってきたワットに、右手に握ったベルトを振ってみせた。

「浩志のベルトか？」

ワットは担いできた兵士を床に転がして尋ねた。

「暖炉に捨ててあったんだ。危うく燃えてしまうところだった」

辰也は気絶している兵士を後ろ手に縛ると、頬《ほお》を軽く叩いた。

「どうして発信機がベルトに隠してあると分かったんだろう？」

ワットはポンチョを脱ぐと、食卓テーブルの椅子に掛けた。まだロシア軍の軍服を着ている。ロシア軍の占領地域から脱出するには、ロシア兵に扮《ふん》していた方が何かと便利だからだ。

「捕虜にするならベルトや靴紐《くつひも》は取り上げられる。武器になるからな。もっともそこまで徹底する兵士は、プロ中のプロだ。砲撃分隊の兵士じゃないだろうな」

辰也は兵士を壁にもたれさせ、その腹を蹴った。

「うっ！」

兵士は両眼を見開いて咳《せ》き込んだ。

「名前を聞こうか？」

ワットは兵士の前に跪《ひざまず》き、ロシア語で尋ねた。

「ドミトリ・ロマノフ。あんたたちも、バリア部隊の兵士か？」

ロマノフは上目遣いで尋ねた。

バリア部隊とは督戦隊のことで、自軍を監視し、脱走兵や降伏しようとする兵士を処罰する部隊である。旧ソ連時代から存在し、前線から兵士が後退しようとすれば容赦なく撃ち殺すという。プーチンは十一月四日にバリア部隊を配備したと言われている。ロマノフの口ぶりからしてロシアンコーヒーを飲んでいたのは、バリア部隊の兵士らしい。その兵士が浩志を拉致《らち》した可能性がある。

「口の利《き》き方に注意しろ、伍長《ごちょう》。さっき到着したばかりだ。バリア部隊の兵士が二人いたはずだが、どこにも見当たらない。どこに行ったのか、知っているか？」

ワットは低い声で凄《すご》んだ。

「しっ、知りません。私は何者かにいきなり殴られたのです。おそらくこの地方のパルチザンでしょう。ひょっとしたら、あの二人も襲撃されたのかもしれません」

ロマノフは首を横に振った。

「彼らが襲撃された形跡はない。パルチザンを拘束し、どこかに連れて行ったのだろう。心当たりはないか？」

ワットは優しい声音で言った。

「パルチザンを拘束？　その場で殺さないのなら、司令官級の大物なのでしょう。だとしたら、メリトポリに連れて行ったのかもしれませんね。あの街にはパルチザンやウクライナ兵を拷問する施設があります。バリア部隊は我々とは常に別行動を取っています。この近くに軍用車が停まっていましたから、その車で連行したのでしょう」

ロマノフは小さく頷きながら答えた。ロシア軍はメリトポリを二月二十六日に占領し、以来支配下に置いている。

「砲撃分隊に黙って連れて行ったのか？」

ワットは訝《いぶか》った。砲撃分隊を見張っていたが、彼らは攻撃準備の手を休めることはなかったからだ。

「失礼ですが、バリア部隊は大統領直下の部隊と聞いています。我々のような末端の分隊に許可を得る必要はないと思いますが」

ロマノフはワットと辰也を交互に見て首を傾げた。

「俺たちはさらに特別なんだ」

ワットは大きく頷くと、ロマノフの顎にパンチを入れて昏倒させた。

6

午前一時四十分。

一台のウクライナ製オフロードトラック、ＫｒＡＺ－５２３３が、ドニプロペトローウシク州の北部を抜けるヴァル・シュチャ通りを走っていた。

ウクライナ兵が運転し、荷台には柊真らケルベロスの仲間と二人の日本人傭兵だけでなく、新兵教育を受けるウクライナ人が十一人乗っている。柊真らはドネツク州クラマトルスクの任務を終えて、ドニプロペトローウシク州のパウロフラードに向かっていた。パウロフラードの新兵訓練所の教官としての任務を新たに受けているのだ。

新兵訓練所は、最前線に近いウクライナ東部の都市近郊にあるが、所在がロシア軍に知られると爆撃の対象になるため、東部各地を転々としている。もともと、移動することは決まっていたが、昨日の爆撃で前の訓練所は閉鎖された。

日本人の傭兵である岡田と浅野は、ケルベロスと行動を共にすることを望んだ。というのも、彼らが所属していた傭兵チームが昨日のロシアの攻撃で壊滅したからである。また、柊真が、命を助けたことに恩義を感じて付いてきたようだ。

彼らは今年の二月まで陸自の第一空挺団第二普通科大隊に所属していたが、ロシアによるウクライナ侵攻を目の当《ま》たりにし、三月末で陸自を退官した。そして、ウクライナに渡航し、傭兵チームに参加したのだ。二人のように密《ひそ》かに傭兵として参加している日本人はかなりの数に上る。

クラマトルスクからパウロフラードまでは、ロシア軍支配地域に近い南回りではなく、未舗装だが北回りのロゾバヤ経由で来た。だからといって安全とは限らないので、ウクライナ人を荷台の奥に座らせ、柊真らはいつでも発砲できるように銃を手にしている。

ＫｒＡＺ－５２３３は兵士の移動だけでなく住民の避難用としても使用されているらしく、簡易な造りではあるがベンチシートが荷台に取り付けられていた。柊真らは無言で硬いシートに座っている。

「なんだか、前線から逃げているような気がするな」

柊真の隣りに座っているセルジオが、囁《ささや》くように言った。パウロフラードもウクライナ東部ではあるが、最前線であるルハンシクからは二百キロ以上離れている。

「逃げているわけじゃない。最前線から一度離れて冷静に考える時間が必要なんだ。それにドニプロに近い。支援物資の護衛をしているウィリアムらとも合流できるだろう。ドニプロに行けば、銃は不要になるはずだ。日常生活に銃が不可欠ということ自体が、問題だと思わないか？」

柊真は、一度フランスに帰った方がいいとも思っていた。ウクライナ戦争に参戦した理由は、ロシアというよりプーチンに対する義憤である。短期的に闘う理由としてはそれで充分だった。

だが、闘いが長引けば、義憤だけでは戦闘行為を維持できない。ウクライナ人は祖国防衛という大義があるので闘い続けることはできるだろう。ウクライナ人でない柊真らにとっての戦闘は、ロシア軍によって奪われたウクライナ人の土地と自由の奪回が最大の目的ではあるが、長期戦になるにつれて、どうしても徐々にモチベーションは下がるのだ。

ケルベロスの残りの四人のメンバーは、フランスからの支援物資輸送の護衛という仕事に就いている。ポーランドから列車に乗って国境の街リヴィウを経由し、列車でドニプロまで、時には列車を乗り換えて物資を運んでいた。彼らと合流できれば、一ヶ月ぶりの再会ということになる。全員が揃ったところで、今後の行動を決めようと思っていた。

別のチームの指揮は、ウィリアム・ボリが執っていた。戦時下の鉄道での移動は時刻通りにはいかない。

ウクライナ西部のリヴィウで支援物資を列車に積み込み、キーウで護衛の兵士を乗せ、ドニプロを経由してザポリージャで積荷を下ろす。ウクライナ軍の支配地域を通るルートではあるが、ドニプロ・ザポリージャ間はロシア軍支配地域が近いため、油断はできない。そのため、キーウで兵士を乗せるのだ。

支援物資の中には武器弾薬も含まれている。ウクライナ軍によって武器の横流しが行われているという噂《うわさ》もあり、フランス政府としては武器が最前線に到着するまでの監視役をケルベロスに極秘に要請したのだ。

「傭兵に銃は不可欠だ。だが、日常生活と言われると、確かに首を傾げるな。ウクライナに長居すると、パリに帰った後、普通の生活に戻れるか心配になる」

セルジオは苦笑した。

「弱音を吐くわけじゃないが、俺たちがいくら頑張ってもロシアはウクライナから出て行くことはないだろう。少なくとも一、二年は、紛争は続くと思っている。だからといってロシア軍が強いというわけでもない。プーチンは弱体化したロシア軍を量でカバーする。

そのうち、銃も足りなくなって、新兵にツルハシやバールを持たせることになるだろう」

柊真は溜息《ためいき》を吐《つ》いた。

「ロシアが侵攻してきた序盤戦は、ロシア軍特殊部隊やワグネルの傭兵部隊も手強《てごわ》かった。だが、こっちに戻ってきて驚いたのは、ロシア軍の質が著《いちじる》しく落ちていることだ。もっともそれを補うために砲撃やミサイル攻撃が激しくなっている。もはや、戦場で決着をつけるのは難しいんじゃないのか？　おまえも『このままでいいとは思っていない。何か方法を考えるべきなんだ』と言っていたよな」

セルジオは柊真の目を見据えて言った。

「言いたいことは分かっている。究極の選択だがな」

柊真は険《けわ》しい表情で見返した。プーチンが始めた戦争を終わらせることができるのは、プーチンの死だけだからだ。それ以外の停戦、あるいは終戦の選択はウクライナが不利になるだけである。一方的に侵略されて国土を破壊され、国民を殺戮されたウクライナ人が到底受け入れられる結果ではないだろう。

「方法を考えてもいいんじゃないのか？」

セルジオは真面目な顔で言った。

「方法は考えられるだろう。だが、俺たちでは机上《きじょう》の空論になるだけだ。それに道義的に暗殺はケルベロスの主義に反する」

柊真は首を横に振った。プーチンの暗殺となれば、戦闘力はもちろん情報収集力も問われる。米英は暗殺という非常手段は使わないだろうが、たとえ彼らでも、暗殺部隊を組織した上で情報機関の総力を挙げても困難な作戦になるはずだ。

「だよな。俺たちは暗殺部隊じゃないからな」

セルジオは両手で頭を掻いた。

「うん？」

柊真はポケットから振動するスマートフォンを抜き取った。メールが着信を知らせている。友恵から暗号メールが届いていた。早速、メールを開いてみる。傭兵代理店から支給されているスマートフォンで、通信はすべて暗号化される。しかも、本人以外は絶対使えないようにセキュリティがかかるという優《すぐ》れものだ。

「何！」

柊真は思わず声を上げた。

「どうした！」

眉を寄せたセルジオは、いつも冷静な柊真が珍しく取り乱しているので驚いているようだ。

「藤堂さんがロシア軍に拉致されたらしい」

柊真は険しい表情で答えた。

メリトポリの監房

1

十一月二十六日、午前六時二十分。

ワットと辰也を乗せたウラル－4320は、ヘルソン州東部の幹線であるM14号線をメリトポリ方面に向かって東に進んでいた。

ウシュカルカ村の砲撃分隊の車を拝借したのだ。車には無線機が積んであった。そのうえ兵士の足と〝ムスター B〟の移動手段も奪ったので、分隊は身動きが取れないだろう。

もっとも、ロシア軍の通信網は旧式で使い物にならないらしい。そのため、彼らはスマートフォンで連絡を取り合っているそうだ。ウクライナの情報機関によってそうした通信は傍受され、ロシア軍の戦略はウクライナ側に筒抜けになっている。

「やっとここまで来られたな」

ハンドルを握る辰也が、スマートフォンの地図アプリを見ながら言った。数時間前まで作業服を着ていたが、ウシュカルカ村で尋問した兵士の軍服に着替えている。途中のロシア軍の検問ではワットが会話を担当し、問題なく通り抜けてきた。

ロシア軍の支配地域は全くと言ってもいいほど統制が取れておらず、トラックや戦車の車体に「Z」マークが書かれていれば自由に行き来できるらしい。そもそも一般の兵士に身元を確認する術《すべ》もないのだ。

ウシュカルカ村を午前二時に出ているが、途中でロシア軍の戦車がウクライナ軍のドローン攻撃に遭って立ち往生し、通行止めになった。迂回《うかい》するにも道がなく、近くの荒地で待機のついでに二時間近く仮眠を取ったために時間が掛かったのだ。

「次の交差点を左だ」

助手席のワットが、指示した。

辰也は畑の交差点でハンドルを左に切って、二百メートルほど先の荒地に車を入れた。ザポリージャ州とヘルソン州の州境にあるドルジビフカ村の外れである。

荒地にはウラル－４３２０とＵＡＺ－４６９が停められている。車の陰から宮坂らリベンジャーズの仲間が現れた。彼らはまだ作業服姿である。ＵＡＺ－４６９の傍《そば》に軍用テントが張ってあった。誰が見てもロシア軍の分隊が駐屯しているようにしか見えない。住民どころかロシア軍さえも疑うことはないだろう。

メリトポリはロシア軍の中隊クラスが駐屯しているため、迂闊《うかつ》に近寄れない。そのため、ドルジビフカ村で合流することにしていたのだ。

「お疲れ」

ワットは宮坂らと一緒にテントに入った。

テントの奥にスクリーン代わりの白い布が吊《つ》るされている。フォメンコと部下が話し込んでいたが、ワットが顔を見せると一斉に敬礼した。キーウの攻防戦でワットはフォメンコのチームのアドバイザーという立場だったが、実質的に指揮を執っていたので彼らにとって上官という意識があるようだ。

「ミスター・トウドウの救出に協力するように部隊長から命じられました」

フォメンコが幾分顔を強張《こわば》らせて言ったものの、恐れている様子はない。ロシア支配地域からの脱出は先送りされたということだ。

彼はザポリージャ原発の極秘作戦を命じられた際、第五特務連隊の中から志願者を募ったが、作戦を聞いて六名の枠に二十名の応募があったという。彼らは決死の覚悟をしている。そのため、脱出が遅れても問題はないらしい。

「ありがとう。助かる」

ワットはフォメンコの手を固く握って握手をした。

「電話を代わってくれ。ワットが到着したら、連絡するように言われていたんだ」

宮坂は自分の衛星携帯電話をスピーカーモードにしてワットに渡した。

「こちらピッカリ」

ワットは首を傾《かし》げながら電話に出た。

――バルムンクです。我々はザポリージャで待機しています。いつでも作戦に参加しますよ。

柊真であった。

「クラマトルスクじゃなかったのか？」

ワットは思わず声を上げた。ケルベロスの活動は傭兵代理店を通じて、ある程度把握していたのだ。

――新しい任務のためにパウロフラードに向かっていました。移動中にモッキンバードからリベンジャーのことを聞いたので、ザポリージャまで来たのです。

柊真は淡々と答えた。

「合流したばかりで、まだ、作戦は立てていない。とりあえず、街の状況を調べてからだ。リベンジャーの居場所も分からないからな」

――新兵教育で会ったウクライナ人の話では、ロシア軍は占領地域の主要行政庁舎を占拠して街の支配権を奪うそうです。その際、警察署をウクライナ人の留置場兼拷問所にするようです。メリトポリには市警察署と州警察署、併せて八ヶ所あります。その中で留置場がある警察署は三つだそうです。その三ヶ所のどれかにリベンジャーが監禁されている可能性が高いですね。

柊真の話に合わせて宮坂は自分のスマートフォンを小型プロジェクターに接続し、白い布にメリトポリの地図を投影させた。

ワットは宮坂に頷《うなず》いてみせながら指先で円を描き、先に進めるように指示した。宮坂は地図アプリにウクライナ語で「メリトポリ」と「警察署」という単語を入力して絞り込んだ。すると、市内の八ヶ所に赤いマークが表示された。

「なるほど。いずれにせよ。街に潜入する必要があるな。俺がチームを組んで行く。こちらがA《アルファ》チーム、そちらはB《ブラボー》チームとしよう。状況が分かったら連絡する。それまでは待機していてくれ」

ワットはフォメンコの顔を見て言った。

——了解です。こちらはいつでも出撃できるように準備しておきます。

「ケルベロスの協力が得られるとなると、心強いな」

柊真との通話を終えたワットは、にやりとした。

2

午前六時三十分。

ザポリージャの街の南端にウクライナ軍の検問所があった。そのすぐ近くに閉鎖されたスーパーマーケットの倉庫があり、検問所に詰めているウクライナ兵の宿泊施設として利用されている。

柊真は、倉庫の外に出て衛星携帯電話機でワットと通話していた。

気温は十一度、曇り空で気温はさほど低くはないが、寒風で指先が凍《こご》える。宮坂から電話があったので、手袋も嵌《は》めずに外に出たのだ。

「了解です。こちらはいつでも出撃できるように準備しておきます」

通話を終えた柊真は、倉庫に入った。

ケルベロスの仲間は、吹きっさらしの倉庫の一角にあるドラム缶のストーブで暖を取っている。そこに岡田と浅野の二人が、仲間に馴染《なじ》んで加わっていた。

ウクライナ軍からパウロフラードでの新兵教育の依頼を受けていたが、緊急事態が生じたと説明して断っている。仲間を救助するためにロシア支配地域に入ると言ったところ、岡田と浅野が同行を申し入れてきた。

生きては帰れないと断っても、是が非でも付いていくと言う。ミサイル攻撃で一度は落とした命なので、有効に使いたいと逆に説得されてしまった。しかもこれを機会にケルベロスに参加させて欲しいとまで頼まれている。

ケルベロスの仲間は、全員フランスの外人部隊で精鋭といわれた第二外人落下傘連隊出身者だが、そこにこだわるつもりはない。だが、リベンジャーズのように特殊部隊として活動できるよう、能力の査定はするつもりだ。一緒に闘いたいという意志は尊重するが、能力の差ゆえに仲間を危険に晒《さら》すような事態は避けたい。救出作戦での彼らの働き如何《いかん》で許可するかどうか決めるつもりである。

岡田らは英語とウクライナ語は問題ないようだが、フランス語は片言のようだ。そのため、今は仲間同士の会話も英語にしていた。ケルベロスの普段の会話はフランス語なので、仲間入りするのなら彼らもフランス語の習得は必須である。

また、ケルベロスの仲間は、アラビア語など、どの紛争地でも最低限の会話ができるように努力していた。リベンジャーズもそうだが、世界中どこでも闘えるという方針は変えるわけにはいかないのだ。

「リベンジャーズは揃《そろ》ったようだ。ムッシュ・ワットは、メリトポリの偵察に出ると言っていた。おそらく第五特務連隊と一緒に行動するのだろう。彼らはAチーム、我々はBチームとして行動することになった」

柊真はストーブに手を翳《かざ》して言った。

「偵察は必要だが、時間は掛けられないだろうな。ロシア軍に拷問されて殺される可能性があるからな。俺たちはここで呑気《のんき》に待っていていいのか?」

セルジオが心配顔で言った。メリトポリまでそう遠くはない。だが、途中でロシア軍と必ず遭遇するだろう。呼ばれて簡単に行ける距離ではないのだ。

「ここで待つつもりはない。メリトポリから一番近いウクライナの陣地はここザポリージャだ。それなら、我々はリベンジャーズの脱出路を確保するべきだろう」

柊真は仲間の顔を見て答えた。

「そうこなくちゃ。だが、メリトポリまでの百十キロ、その途中に駐屯しているロシア軍を殲滅《せんめつ》させるつもりか?」

セルジオが肩を竦《すく》めた。不可能だと言いたいのだろう。

「その必要はない。というか、そんなことをしたら、こっちが危ないだろう。まずはコスチュームと移動手段の確保だ」

柊真は悪戯《いたずら》っぽく笑《え》みを浮かべた。

「いいねえ」

セルジオが相槌《あいづち》を打つと、仲間は顔を見合わせて笑ったが、岡田と浅野はきょとんとしている。

「とりあえず、ウクライナ軍の最前線まで行こう」

柊真は仲間に指示すると、おもむろに衛星携帯電話機を取った。


午後一時三十八分。市谷、傭兵代理店。

「了解です。少し待ってください」

友恵は自分のスマートフォンを手に自室を出ると、スタッフルームに駆け込んだ。現在、スタッフルームに詰めているのは、麻衣と中條だけである。栗林ら情報本部の四名は仮眠を取るために傭兵代理店が用意した同ビル三階の部屋で休んでいる。池谷は緊急時に備えて、マンションの空き部屋を宿泊施設として使えるように改装していたのだ。

「作戦室に移動しました。スピーカーモードにします」

友恵はスタッフルームの麻衣の背後に立ち、彼女の肩に優しく手を乗せて言った。

――これから、ウクライナの最前線であるカミアンスケに移動します。その間にカミアンスケからメリトポリまでのロシア軍の部隊の配置を確認してもらえませんか？

柊真の声が友恵のスマートフォンから流れる。

麻衣のＰＣのモニターには軍事衛星の映像が映っている。彼女は柊真の話を聞きながらカミアンスケの上空映像を出し、拡大する。

「了解です。とりあえず、カミアンスケ周辺の衛星写真を送ります」

友恵が再び麻衣の肩を軽く叩《たた》くと、麻衣は柊真にメールで画像を送った。ドニエプル川はザポリージャ南側から湖のように膨れ上がり、ウシュカルカの辺りで窄《すぼ》まった、人間の胃袋のような形状になっている。カミアンスケはその胃袋の中程の東岸にあり、ドニエプル川に流れ込む川を堰《せ》き止めた湖を中心にできた街である。街は湖で南北に分かれており、南側はロシア軍の支配地域になっていた。また、街の北側はウクライナ軍の強固な守備隊が固め、ロシア軍の北進を防いでいる。

――さすが、早いですね。確認しました。ありがとう。

柊真からの通話は切れた。

「麻衣ちゃん。カミアンスケの南部を拡大してTC2Iを立ち上げて」

友恵は麻衣に指示すると、隣りの席に座り「ガラハッド、ログイン」と呟《つぶや》いてコンピューターにログインした。

「メインモニターに反映します」

麻衣は自席のモニターの映像を一〇〇インチのメインモニターにも映し出した。ザポリージャからメリトポリまでは、E105号線で繋《つな》がっている。メインモニターにはカミアンスケから二十八キロ南南西にあるヴァシリヴカという街までが映し出されていた。

「要所にロシア軍の機動部隊がいるわね」

友恵はTC2I上で表示されている戦車やトラックを見て言った。TC2Iには世界中で使われている戦車、装甲車、軍用トラックなどのデータが入力されており、AIが画像で認識して詳細をテキストで表示させる機能がある。

E105号線沿いにロシア軍の戦車であるT－80やT－72や軍用トラックなどが赤く表示されていた。

ロシア軍はウクライナにT－90、T－80、T－72を約二千五百両配備したが、これまでに半数以上を失っていると言われている。また、ロシア兵は弾薬や燃料が尽きた戦車や装甲車を破壊せずに放棄するため、かなりの数の無傷の車両がウクライナ軍に鹵獲《ろかく》されていた。

ウクライナはもともと戦車の生産能力があるため、鹵獲した戦車や装甲車を改造やメンテンスをして戦場に送り込んでいる。ウクライナには欧米から武器が供給されているが、その最大の供給国はロシアだと揶揄《やゆ》されるほどだ。

「あら、どういうこと？」

友恵は軍事衛星の映像を拡大表示させた。戦車が映っているのに、TC2I上では未確認タンクと表示されているのだ。

「T－62ですよ。ロシア軍は戦車が枯渇しかけているため、骨董品《こっとうひん》を引っ張り出しているんです」

いつの間にか現れた池谷がメインモニターを見て指摘した。T－62は一九六〇年代に生産された旧ソ連時代の主力戦車である。一九七〇年代末には生産終了し、後継のT－72に主力戦車の座を譲っている。

「T－62！　まだ、データとして入力していませんでした」

友恵はキーボードを叩きながら苦笑した。

「ロシアでは予備保管兵器としてT－62を数千両も保持しています。大半は屑鉄《くずてつ》同然ですが、八月下旬からT－62を再整備してウクライナに投入しています。ただ、ロシア兵が見限って戦場で乗り捨てるケースが相次いでいるので、ウクライナ軍は戦車大隊を組織できるほど鹵獲していると聞いています」

池谷は出入口近くのコーヒーメーカーで傭兵ブレンドを淹《い》れながら言った。彼は防衛庁時代の情報本部に在籍していたが、情報収集の手腕は衰えていないようだ。

「私はTC2Iで認識できない武器や車両を再確認します。麻衣ちゃんは、兵士がいる場所を確認してください」

友恵はT－62のパラメータを入力しながら言った。

3

ザポリージャ州メリトポリのフェドロフ市長は九月十三日、「ロシア軍部隊が市内からクリミア半島に向けて逃走を始めた」とSNSにアップしている。

ウクライナメディアがフェドロフ市長のSNSを世界に発信したのだが、実際はウクライナ軍の攻撃で一部のロシア軍部隊が撤退したに過ぎず、十一月二十六日現在もロシア軍がメリトポリを支配下に置いていることに変わりはない。

市内のインターカルチャル通りとオレクサンドル・ネフスキー通りとの交差点角に、メリトポリ市警察署がある。だが、それもロシア軍が侵攻してくる前の話で、現在はロシア軍に反抗的な市民とウクライナ兵を監禁・拷問する施設に成り下がっていた。

「うっ」

浩志は身震いすると、両眼を見開いた。薄汚れた天井が視界に入ると同時に、鼻を衝《つ》く動物臭がする。それにやけに寒い。

「目が覚めたか？」

英語で呼び掛けられた。

体を起こした浩志は、声が発せられた方を向いて顔を顰《しか》めた。首を捻《ひね》った拍子に後頭部に痛みを覚えたのだ。手で触ってみると、コブになっている。殴られたのかもしれない。それにコンクリートの床の上で眠っていたらしい。

五十前後の髭《ひげ》を蓄えた男が、二段ベッドの下段に座っている。顔面を殴られたらしく、両眼の周囲が赤黒く腫《は》れ上がっていた。

「ここはどこだ？」

浩志はジャケットのポケットを探りながら、英語で尋ねた。狭い部屋が鉄格子《てつごうし》で仕切られており、部屋の奥に剝《む》き出しの便器が設置してある。三十センチ四方の薄汚れた高窓から曇り空が見えた。

刑務所か留置場のどちらかだろう。だが、ウシュカルカ村で二人の兵士を倒した後の記憶が欠落していて、なぜここにいるのか分からない。

「メリトポリにある警察署の留置場だ。私は、ウクライナ人のマクシム・ベラノフだ。日本人か？」

ベラノフは腰を上げ、立ちあがろうとする浩志に手を貸して尋ねた。

「テルアキ・マキタだ。どうして分かった？」

浩志はウクライナ国内で使っている偽名で答えた。いつものように傭兵代理店で偽造パスポートを用意してもらっている。受け入れ側のウクライナ政府も、それを承知で入国を許可していた。浩志らのウクライナ入国はあくまでも自由意志によるものだが、ラキツキーを介してのウクライナ政府の要請でもある。そのため、特別な処遇を受けている。偽名を使うのは、マスコミ等に情報が漏れた際の対策ということもあるが、リベンジャーズのメンバーが業界ではあまりにも名前が知られているからでもある。過去にも戦闘経験のあるロシアでは、危険人物としてブラックリストに挙がっていた。

浩志がポケットを探ったのは、牧田輝明《まきたてるあき》名義の偽造パスポートが抜かれているか確認するためだ。牧田輝明の名前で日本ジャーナリスト協会に登録してある。もっとも、殴り倒された時に銃を所持していたので、ジャーナリストだと信じてはもらえないだろうが。

「監視の兵士が、教えてくれたんだ。暇つぶしになるだろうってね。君は真夜中に連れてこられたんだ」

ベラノフは足を引きずりながらベッドに腰を下ろし、肩を竦めた。立っているのがかなり辛《つら》いらしい。

「ここは長いのか？」

浩志は鉄格子から廊下の様子を窺《うかが》いながら尋ねた。向かいの房にも二人の男が入れられている。拷問を受けたのか、二人とも顔が腫れ上がっていた。ロシア軍は占領した街の警察署に拷問部屋を設けているらしいとは噂《うわさ》には聞いていたが、真実だったらしい。

「三日になる。ここから逃げるのは無理だ」

ベラノフは浩志の様子を見て笑った。

浩志は鉄格子から離れ、後頭部を触りながら記憶を辿《たど》った。ウラル－４３２０の荷台から降りてきた二人の兵士を倒し、車の下に転がしたのは覚えている。その直後、人の気配を察知して振り返ったことを思い出すと、別の兵士の姿が脳裏に浮かんだ。

兵士は長い棒を持っており、それを浩志の胸に押し当てた。瞬間、電流が体を駆け巡り、さらに後頭部に衝撃を受けて意識を失ったのだ。長い棒は、中国でも拷問に使われるバトン型スタンガンだったのだろう。スタンガンで気が遠くなったが、その記憶はおぼろげにある。さらに後頭部を殴られたことで、意識が完全に飛んだのだろう。

「脱出を試してみたのか？」

浩志は背中を壁に付けたまま座った。立っていると、眩暈《めまい》がするのだ。

「まさか。この施設には少なくとも二十人のロシア兵と親ロシア派の警察官が数人いる。それだけじゃない。街中ロシア兵だらけだ。ここから出られたとしてもこの街からの脱出は不可能だ。殺されてしまう」

ベラノフは大きく首を横に振った。

「ここに何人ぐらい捕まっているんだ？」

浩志は首をゆっくりと回しながら尋ねた。

「質問攻めだな。ジャーナリストか？」

ベラノフは首を傾げた。

「フリーの戦場ジャーナリストだ。去年はアフガニスタンにいた。ザポリージャ原発を取材しようとしてロシア兵に捕まったんだ」

浩志は平然と答えた。紛争地で捕まって傭兵と名乗る馬鹿はいない。戦場ジャーナリストを名乗るのが安全である。

「何人のウクライナ人が捕まっているのかは分からない。私はロシア国籍にされるのを拒否したら反逆者だと捕まったのだ。そんなウクライナ人はいくらでもいる。だから、ここには数えきれないほどのウクライナ人がいるはずだ。しかも拷問に耐えられなくなったら殺される。ジャーナリストなら、この恐ろしい事実を世界中に知らせてくれ」

ベラノフは涙を流しながら訴えた。

ロシアはヘルソン・ザポリージャ両州からウクライナ国民をクリミアへ連行し、強制的にロシア国籍証明書を取得させ続けている。

「この警察署なら、四、五十人は留置できるだろう。本当にひどい話だ。はやくここを出てSNSで記事を発信したい」

浩志は話を合わせながら、廊下を見た。廊下に軍靴《ぐんか》の音が響いてきたのだ。

「午前九時を過ぎた」

ベラノフの目が泳いでいる。

「どうして時間が分かるんだ？」

浩志は廊下を覗《のぞ》き込んで首を傾げた。目視できる範囲に時計はない。

「午前九時から尋問がはじまるんだ。私は樹脂製の警棒で背中や足をさんざん打ち据えられた」

ベラノフの顔が引き攣《つ》っている。樹脂製といっても硬質で傷はつかないが、打撃力は充分あるのだろう。

やがて靴音は浩志らの監房の前で止まった。二人のロシア兵が鉄格子の前で立っている。一人は軍曹の徽章《きしょう》をつけてバトン型スタンガンを手にし、もう一人の兵士は伍長《ごちょう》の徽章を付けてＡＫ74を構えていた。

「ヤポンスキー（日本人）。両手を出せ」

バトン型スタンガンを持った兵士が、鉄格子にある四角い窓を叩いた。

「ロシア語、話せない」

浩志はたどたどしくロシア語で言った。

「ベラノフ。おまえは英語の教師だったはずだ。死にたくなかったら、英語でヤポンスキーに言ってやれ。おまえも一緒に連れて行ってもいいんだぞ」

別の兵士がベラノフに銃口を向けた。

「すまない。鉄格子の窓から両手を出してくれないか」

ベラノフは身振りを交えながら英語で言った。

浩志が仕方なく両手を出すと、スタンガンの兵士が浩志の手首に手錠を嵌《は》めた。もう一人の兵士は一歩下がって浩志に銃口を向けている。

「出てこい」

スタンガンの兵士が鉄格子のドアを開けて手招きをした。

浩志は無言で監房から出た。

4

午前九時十分。メリトポリ市警察署。

浩志は二人のロシア兵に連れられて階段を上がった。

留置場は半地下にあったらしく、一階奥の窓もない部屋に連れて行かれた。三十平米ほどの広さで、中央に鉄製の椅子《いす》が置かれている。元は資料室か倉庫だったのか、片隅にスチール棚が寄せられていた。

「ヤポンスキー。椅子に座れ」

スタンガンの兵士が、命じた。

「ロシア語、話せない」

浩志は肩を竦めて首を振った。

「ヤポンスキー。死にたいのか」

兵士は浩志の太腿《ふともも》にバトン型スタンガンを押し当てて電流を流した。

「うっ」

浩志は思わず跪《ひざまず》いた。

二人の兵士は浩志の両脇を抱えて無理やり鉄製の椅子に座らせ、後ろ手に手錠を掛け直した。

「尋問官はまだか？」

スタンガンの兵士が、伍長に尋ねた。

「待たせたな」

鉄製のドアが開き、迷彩戦闘服姿の二人の兵士が入ってきた。

一人は口髭《は》を生やした四十代前半の兵士で、もう一人は三十代半ばで身長が一九〇センチはある体格のいい兵士である。

「グルシャコフ少佐、バリア部隊のあなたがヤポンスキーを尋問されるのですか？」

スタンガンの兵士が口髭の兵士に敬礼し、言葉遣いを改めた。同国人をその場で殺傷できる権利を持っているだけに、一般の兵士にとって督戦隊であるバリア部隊は特別な存在らしい。

「英語が堪能なロシア兵が、この部隊にいるのか？　それに私が連行したのだ。私に尋問する権利がある。問題があるのか」

グルシャコフは煙草《たばこ》を出し、オイルライターで火を点《つ》けながらスタンガンの兵士をじろりと見た。浩志を倒した二人の兵士の内の一人らしい。もう一人は少尉の徽章を付けている。

「それでは我々が補佐に付きましょうか？」

スタンガンの兵士が部下の伍長を見て言った。

「必要ない。私とバセノフ少尉だけで充分だ。それを貸してくれ。私のは電池切れだ」

グルシャコフは右手を伸ばした。この男が浩志にスタンガンを当て、部下のバセノフが後頭部を殴ったに違いない。

「了解しました」

軍曹はバトン型スタンガンをグルシャコフに渡し、部下とともに部屋から出て行った。

「まったく、ロシア軍には頭が悪い兵士が多すぎる。これだから簡単に勝てる敵を倒せないんだ」

グルシャコフは煙草の煙を吐き出しながら首を振った。

「どのランクにしますか？」

バセノフはグルシャコフに尋ねた。

「日本人だからといって手加減する必要はない。この男がジャーナリストのはずはないからな」

グルシャコフは壁際《かべぎわ》の木製の椅子に腰を下ろした。二人は浩志がロシア語は分からないと思っているらしく、気にかける様子はない。

浩志はわざと空《うつ》ろな目で床を見つめていた。項垂《うなだ》れているように見せかけているが、顎《あご》を引くことで衝撃に備えているのだ。

「了解です」

バセノフはポケットから革の手袋を出して嵌めると、いきなり浩志の右頰《みぎほお》にパンチを入れた。

「ぐっ」

歯を食いしばったが、口の中を切ったらしい。鉄錆《てつさび》の味がする。

「部下の挨拶《あいさつ》はどうだったかな？　ミスター・マキタ」

グルシャコフは、ポケットから浩志のパスポートを出して英語で話した。

「丁寧な挨拶で恐縮する」

浩志は口角を上げた。

「面白い。それでは尋問をはじめる。一人で〝ムスター‐B〟を攻撃しようとしたとは思えない。仲間は何人で今どこにいる？」

グルシャコフは足を組んで煙草の煙を天井に向かって吐き出した。

「取材に協力してくれていたウクライナ兵とはぐれてしまったのだ」

浩志はグルシャコフの目を見て答えた。

「嘘《うそ》をつけ」

バセノフはまた右頬にパンチを放った。今度は星が飛んだ。

「……左右均等にしてくれないか。バランスが悪いだろう」

顎が外れるかと思った。それほど強烈なパンチである。口を開けた拍子に溜《た》め込んでいた血が溢《あふ》れ出た。

「クレームがきたぞ。バセノフ。彼が言うように左右順番にパンチを入れるのが礼儀というものだ」

鼻先で笑ったグルシャコフが命じると、バセノフは左からパンチを浩志の顔面に二発続けて叩き込んだ。一発目は顎だったが、二発目はこめかみだった。左眉《ひだりまゆ》の辺りが切れたらしく、流れた血が目に入る。

「今度は、間違えません」

バセノフは左右のパンチを連打した。

「………」

浩志は歯を食いしばって耐えたが、気が遠くなった。ロシア軍は多くのウクライナ人を拷問で殺害している。この程度のことは拷問ではなく、尋問だと本気で思っているのだろう。

「どうした。今度はだんまりか？　そもそも、スマートフォンだけじゃなく、衛星携帯電話機、それに衛星携帯モバイルルーターまで持っていた。何者だ？」

グルシャコフは立ち上がると、バトン型スタンガンで浩志の頰を叩いた。

「ジャーナリストの三種の神器だ。常識だろう」

頭を振った浩志は目を見開いて答えた。

「二月二十四日、我が軍がキエフを攻撃した際に、日本人の傭兵特殊部隊が攻撃を妨害したという情報がある。何か知っているか？」

グルシャコフはバトン型スタンガンで浩志の喉元《のどもと》を突いた。

「ふん」

浩志は鼻先で笑った。

「どうやら、まともに答えるつもりはなさそうだな。二人のロシア兵を瞬《また》く間《ま》に倒した手際を見て只者《ただもの》ではないと思ったが、さすがだな。時間はたっぷりある。時間を掛けて取り調べるまでだ」

グルシャコフは鼻先で笑うと、スタンガンを浩志の首筋に当ててスイッチを押した。

「ううっ」

強烈な電流に揺さぶられ、浩志は意識を失った。

5

午前九時二十分。

UAZ－469とウラル－4320が、E58号線をメリトポリ方面に向かっていた。

畑が地平線まで続く田園地帯であるが、戦時下のため人影も農業機械もなく雑草が伸びきった荒涼とした風景である。道の至る所に破壊された乗用車や戦車などの残骸《ざんがい》が放置されていた。

ワットはUAZ－469の助手席に座っている。運転しているのは、フォメンコの部下であるサーボ軍曹で、後部座席にも二人の部下が乗り込んでいた。

フォメンコは、部下が運転する後続のウラル－4320の助手席に座っている。荷台には彼の二人の部下と辰也をはじめとするリベンジャーズが揺られていた。

ワットはフォメンコと彼の二人の部下を伴ってメリトポリの偵察に出かけるつもりだった。その際、チームを二分するのではなく、〝ドニエプルの嵐〟のように偽装作戦をすることにしたのだ。浩志が拷問の末に処刑されるのは、時間の問題だと判断したからである。そのため、偵察と同時に救出作戦を遂行するのだ。

柊真から連絡があり、ケルベロスもすでに動いているという。互いに状況をこまめに報告し、作戦の擦《す》り合わせをしながら行動することになった。

野営地としていたドルジビフカ村からメリトポリまでは約五十キロ、途中で障害がなければ一時間も掛からない距離だ。実際、分隊クラスのロシア軍の脇を何事もなく通過してきた。ロシア軍は指揮系統が乱れており、所属が違う分隊や小隊が散らばっているらしい。他の部隊が通り過ぎようが気に掛ける余裕もないようだ。彼らは「Z」と記されてさえいれば、単純に味方と判断するのだろう。

「検問まで一キロですね。さすがに色々聞かれるでしょうね」

ハンドルを握るサーボが強張った声で言った。E58号線はメリトポリの南西から市内に入る。

「大丈夫だ。こっちには命令書がある」

ワットはポケットから偽の命令書を入れた封筒を出した。

「それって、〝ドニエプルの嵐〟で使った偽の命令書じゃないですか」

サーボは訝《いぶか》しげにワットを見た。

「ザポリージャ原発の司令官もそうだったが、命令書なんてろくに見ないんだよ。むしろ階級が物を言う。だから、堂々としていれば、それらしく見えるというわけだ」

ワットは封筒をひらひらと振ってみせた。

「なんだか無茶苦茶ですが、本当に大丈夫ですか？」

サーボは横目でワットを見ながら首を捻っている。

「任せなさい。どーんと大船に乗った気分でいろ」

ワットは豪快に笑った。ポジティブと言えばそれまでだが、ワットの異常なまでの自信に満ち溢れた態度が周囲を戸惑わせるのだ。

「余計に不安になってきました」

サーボの顔色が悪くなった。


午後三時三十分。傭兵代理店。

スタッフルームに栗林のチームが入り、彼らの席に着いた。

浩志の救出にリベンジャーズとケルベロスが二方面から動いているため、傭兵代理店はリベンジャーズ、栗林のチームはケルベロスをサポートすることになった。

中央モニターにはメリトポリの衛星画像が映し出されている。市内には八ヶ所の警察署があり、その中でロシア軍が占拠し、留置場を使っていると見られる三ヶ所に赤いポイントが点灯していた。

一つはオレクサンドル・ネフスキー通り沿いのメリトポリ市警察署、二つ目はヘトマンスカ通り沿いの州警察署、三つ目はペトラ・ドロシェンコ通り沿いの州警察署だ。

「藤堂さんは、どこに収容されていると思いますか？」

池谷はメインモニターの前に立ち、友恵に尋ねた。

「三つの警察署の前にロシアの軍用車両が停められています。他の五ヶ所の警察署の周りには、軍用車両はほとんど見当たらないので占拠するほどの規模じゃないのでしょう。おそらく親ロシア派の警察官が業務を続けていると思われます。二つの州警察署の規模に差はありませんが、市警察署は一回り小さいですね」

友恵は自席に座ったまま説明した。

「とすると、州警察署に留置されている可能性が高そうですね」

池谷は衛星写真を見て何度も頷いた。

「こればかりは、分かりませんね。GPSで位置が確認できればいいのですが」

友恵は溜息《ためいき》を漏らした。

「辰也さんから藤堂さんの位置発信機を発見したと連絡がありましたが、スマートフォンのGPSは追えませんか？　うちが支給しているスマートフォンは、こちらからコントロールできるはずですよね」

池谷は振り返って言った。支給されているスマートフォンは、電源がオフの状態でも傭兵代理店の管理システムで起動させることができる。

「電波が届かない場所にあるか、破壊されたか、どちらかだと思います。ただ、ロシア軍はSIMカードを替えて使うと聞いていますので、破壊された可能性は少ないでしょう。

ですが、うちのスマホは特殊なＳＩＭカードでないと作動しません。それに顔認証でアクセス制限されています。使用不能となれば廃棄されるでしょう」

友恵は沈痛な表情で答えた。

「他に位置を知る方法はありませんかね？　藤堂さんは、衛星携帯電話機も持っていますよね」

池谷は腕組みをしてメインモニターを見た。

「衛星携帯電話機もそうですが、衛星携帯モバイルルーターもＧＰＳ機能があります。ですが、どちらも電源が切れています。それに民生機器なので、電源が切れていたらアウトです。簡単にリセットして他人が使うことができます。他人が使い始めたらそれは藤堂さんの位置情報じゃなくなります」

友恵は真顔で首を左右に振った。

「時間は限られています。ワットさんに、先に州警察署を調べるように伝えた方がよさそうですね」

池谷は友恵の顔を窺うように見た。

「そうですね。プライオリティを付けた方がいいかもしれません。麻衣ちゃん、ワットさんに暗号メールを送って」

友恵は浮かない顔で指示を出した。

6

午前九時四十分。ザポリージャ州。

カミアンスケの中央を南北に抜けるE105号線が通っている。その西側にはドニエプル川に面した人工湖があり、東側は田園地帯となっている。

E105号線の二キロ東に農道があり、人工湖に通じる川に架かる橋もあったが破壊されている。また、ドニエプル川に流れ込む川を堰き止めてある人工湖の堤防の上にカミアンスケを縦断する道があった。だが、未舗装の細い道なので戦車や装甲車は通り抜けできない。無理に通れば真っ直ぐに延びているだけにロケット砲の餌食《えじき》になるだけだ。

ザポリージャはカミアンスケの三十二キロ東にあるオレホボという小さな街とT0803号線で繋《つな》がっている。オレホボはウクライナ軍が強固に守っているが、前線だけに物流が滞《とどこお》り、兵士も市民も飢餓に苦しんでいると言う。

カミアンスケの人工湖に流れ込む川は水が涸《か》れ、雑草に埋もれて畑と見分けがつかなくなっている。田園地帯を抜けようとすれば、川や湿地帯に足をとられ、戦車でも身動きが取れなくなってしまう可能性もあった。ザポリージャ州に展開するロシア軍が北進するにはE105号線を通るか、州都ザポリージャを攻略する他に手段はないのだ。

ケルベロスの四人と二人の日本人傭兵はE105号線を避け、カミアンスケの東の外れにある農道を進んでいた。農道といっても背丈ほどの雑草に囲まれており、地元の住民以外に知らない抜け道である。

柊真らの前をユーリー・リバルカという地元のパルチザンが周囲を気にしながら歩いていた。ロシア軍の支配地域に入るために、カミアンスケに駐屯するウクライナ軍を介してパルチガンの隊長にガイドとして紹介してもらったのだ。

「湿地帯を抜けました。すでにロシア軍の占領地域です」

リバルカは周囲を見回しながら顔を強張らせた。いつもは数人の仲間と行動しているそうだ。仲間は数日前の戦闘で負傷したため、動けるのは彼だけだった。

「そのようですね。急ぎましょう」

柊真はスマートフォンで位置を確認しながらリバルカを促した。

ロシア軍に見つからないように時間をかけて遠回りしてきたのだ。湿地帯を越えたところで西南に進み、荒地に取り残された穀物倉庫に近付いた。

倉庫は二棟あり、E105号線から三百メートルほど東に位置している。この辺りに駐屯している小隊が兵舎として使っているらしい。倉庫の西側にはカモフラージュネットで隠された二台のUAZ－469が置かれていた。

リバルカにはカミアンスケに近いロシア軍の小隊の野営地に案内してくれるように頼ん

でいたのだ。メリトポリに行くために、ロシア軍の装備と車両を最前線のロシア兵から奪うのが目的である。

北側に六十平米ほどの倉庫と、南側に百五十平米ほどの倉庫がある。北側の倉庫は農繁期の臨時の宿泊施設も兼ねた事務所として使われていたらしい。現在は、ロシア軍が兵舎として使っているそうだ。南側の倉庫は砲撃を受けたらしく壁の一部が崩れており、人の気配はなかった。雨風が防げないため、使われていないのだろう。

ロシア軍は、倉庫から三百メートル西のＥ１０５号線にバリケードを築いて通行止めにしており、周辺は塹壕《ざんごう》が掘られてロシア兵が潜《ひそ》んでいるらしい。カミアンスケの南まで迫っているウクライナ軍と対峙《たいじ》しているのだ。ザポリージャに脱出するのなら、この辺りが一番の難所になるのは間違いないだろう。ウクライナ軍の南進を防いでいるのは、ロシア軍が守りを固めているからである。

周囲を調べた柊真らは、穀物倉庫の南側にある藪《やぶ》の中に身を潜めた。建物の周りに兵士の姿はない。だが、北側の倉庫の中から話し声が聞こえたので、無人でないことは確かだ。

「北の倉庫に、ロシア兵は何人いますか？」

柊真はリバルカに尋ねた。

「こんな近くまで来たのは初めてなので よく分かりません。休憩や仮眠に使われているのでたぶん二、三十人だと思います。バリケードの周囲の塹壕にはいつも六十人前後のロシア兵がいます。彼らは交代でバリケードを守っているのです。以前は二百人近くいましたが、戦闘で半減していると思われます」

リバルカは囁《ささや》くように答えた。

「最前線なのに百人程度なのか」

柊真は首を捻った。

「バリケードを構築し、ロシア兵は塹壕に隠れています。少数でも手強いですよ。それにヴァシリヴカには中隊クラスが駐屯しているらしいです。ウクライナ軍も迂闊に手は出せませんよ」

リバルカは首を振って答えた。

「倉庫を急襲するのなら、三十人程度を相手にすればいいということか」

セルジオが鼻息を漏らした。

「倉庫を急襲してバリケード周辺の兵士に知られれば、百人近い敵を相手にすることになるぞ。だからと言ってさすがに三十人を密《ひそ》かに倒すことは不可能だろう」

近くのマットが首を横に振った。

「密かに倒すのが無理なら、誘《おび》き出して派手に倒せばいいんじゃないのか？　狙撃ポイントを確保して圧倒的に有利な条件で部隊の半数を倒せば、残りのロシア兵は逃げ出すだろう」

セルジオがにやりとした。

「どうやって誘き出すんだ?」

マットが首を捻った。

「そこまでは考えていない」

セルジオが肩を竦めた。

「倉庫を燃やして連中が出てきたところを銃撃すればいい。抵抗しなければ捕虜にする」

柊真が冷淡に言った。ケルベロスの仲間は、ドンバスの戦闘地域でロシア軍に残忍な手段で殺害されたウクライナ住民の死体を数えきれないほど見てきた。武器を手にするロシア兵に国際条約の適用の必要はないとまで考えている。

「いいね。北の倉庫の出入口を狙撃できる場所を探そう」

セルジオが親指を立ててみせた。

「穀物倉庫の屋根が狙撃ポイントに適している。他の者は倉庫の東と西に狙撃ポイントを探してくれ。俺は穀物倉庫に潜入し、北の倉庫の正面から攻撃する」

柊真はセルジオに一緒に来るようにハンドシグナルで伝え、残りの仲間を二チームに分けると藪《やぶ》から飛び出した。セルジオはスナイパーとしてケルベロスの中で特に秀《ひい》でている。彼を屋根に上げるのだ。

二人は穀物倉庫の裏側にある外壁が崩れている場所から中に潜入した。窓もない倉庫の中は、昼間でも暗い。

「なっ」

暗闇に慣れた柊真は、目の前の光景に眉を吊り上げた。倉庫の中に二台の戦車が置かれていたのだ。

「驚いた。T－72B3じゃないか。ここならカモフラージュネットを使う必要もないし、最前線の格納庫としては最高だな」

セルジオが目を丸くして言った。

「ウクライナ軍が押してきた時の備えかもしれないが、最前線だけにドローン攻撃を恐れて隠してあるのだろう。タンクの上部に埃《ほこり》が積もっている。収容されてから時間が経《た》っているようだ。ここは絶好の隠し場所とも言えるな」

柊真は頷きながらT－72B3のボディを叩いた。ウクライナ軍は偵察用のドローンを頻繁に飛ばしている。カモフラージュネットで隠したとしてもすぐ見つかるだろう。

T－72はT－62の後継機として一九七三年から生産されている第二世代の戦車である。T－72B3は、二〇一二年からロシア軍に配備が開始された第三世代に相当する改良型だ。主砲は自動装填型の2A46M－1　125ミリ滑腔砲《かっくうほう》である。

「こいつを爆破すれば最前線のロシア軍にとって痛手になるな」

セルジオは背負っていたタクティカルバックパックを下ろした。ウクライナ軍からRGD－5手榴弾が支給されている。戦車の内部に投下すれば破壊することができる。

「T－72B3の最大射程は二千メートル以上あったな」

柊真はスマートフォンでT－72B3の性能を調べた。最大射程は直接照準で二千百二十メートル、間接照準で一万メートルあるようだ。

「まさか。こいつを使うつもりか？」

セルジオはT－72B3を指差して笑った。

「こちらバルムンク。ヘリオス、T－72B3の操縦はできるか？」

柊真はマットに無線連絡をした。

――こちらヘリオス。戦車の操縦は簡単だ。だが、主砲の撃ち方は見てみないと分からないな。武器装備はちょっと不勉強なんだ。

マットは航空機マニアでヘリコプターと軽飛行機の免許を持っている。最近はオペレーションのスペシャリストであるリベンジャーズの田中に感化され、あらゆる軍用機や軍用車両のマニュアルを読み漁《あさ》っていた。

――こちら信長《のぶなが》、自分は戦車のことならよく分かります。

浅野が割り込んできた。浅野は織田《おだ》信長から、岡田は伊達《だて》政宗《まさむね》からそれぞれ名前を取ってコールネームとして使っていた。欧米人から見ると、サムライというブランドはウケがいらしい。

「作戦を変更する。全員、穀物倉庫に集まってくれ」

にやりとした柊真は仲間を呼び出した。

7

午後四時五分。市谷、傭兵代理店。

浩志救出に備えて、友恵をリーダーに傭兵代理店チームがスタッフルームの左側の席に座り、栗林チームは右側の席で作業をしている。現地で動いている二つの傭兵チームを同時にサポートしているため、全員がヘッドホンかイヤホンで現地のチームの無線をモニターしていた。ちなみにそれぞれサポートしている傭兵のチームに倣《なら》って友恵はAダッシュチーム、栗林はBダッシュチームとしている。

「えっ！　T－72B3？」

栗林が柊真のチームの無線を聞いて腰を浮かした。

「土屋さん、Bチームの無線も同時にモニターできますか？」

栗林は友恵に声を掛けた。

友恵は頷くと親指を立てた。彼女は左耳でAチーム、右耳でBチームの無線を聞くために別々のイヤホンを付けていた。彼女はマルチタスクを得意とするだけあって聞き分けているのだ。

「栗林さん。Bダッシュチームで至急T－72B3の構造図や操作方法等を調べ出し、サーバーにアップして」

友恵はキーボードを叩きながら指示を出した。


午前十時十分。カミアンスケ南部。

穀物倉庫にケルベロスらBチームは集合した。

「T－72B3か。博物館ものだな」

マットはT－72B3に飛び乗り、前方のドライバーズハッチ脇に跪いて操縦室を覗き込んだ。

「砲撃は大丈夫です。理解できます」

浅野は戦車の最上部にあるローダーズハッチを開けて中を確認した。ハッチの下は砲手の席になっている。ちなみにその隣りにあるコマンダーズキューポラ（ハッチ）の下は、指揮官である車長の席である。

「直樹。滑腔砲の使い方は簡単か？」

柊真は腕組みをして浅野に尋ねた。ケルベロスではメンバー同士、名前で呼び合っている。岡田と浅野は正式にケルベロスに入ったわけではないが、一緒に行動する上でルールに従っているのだ。

「レーザー測定器を使う直接照準なら大丈夫でしょう。それに砲弾は自動装塡ですから、砲手は照準器で標的を定めて発射ボタンを押すだけです。しかし、間接照準は仰俯角《ぎょうふかく》を入力しなければならないので、訓練が必要です。私は短期間ではありますが、戦車隊にいたことがあるので使えますが」

浅野は柊真の唐突な質問に首を捻りながら答えた。

「右のタンクの滑腔砲で北側の倉庫を破壊し、同時に左のタンクでE105号線のロシア軍のバリケードと周辺の塹壕を破壊できないか？」

柊真もT－72B3に飛び乗り、浅野の傍《かたわ》らに立って尋ねた。宿泊施設としての北の倉庫そのものを破壊することで、ロシア兵を寒空の下に追い出すことができる。冬が近づく中、テントで野営するのは困難だろう。低体温症で死亡するロシア兵も多いと聞く。それだけでも最前線のロシア軍を弱体化できるはずだ。

「右のタンクの滑腔砲を私がセットし、砲撃ボタンを押すだけにすればいいでしょう。撃つたびに砲身を左右に動かせば倉庫は破壊できます。ただ、左のタンクの場合、目標の途中に障害物があります。三百メートル以上先を狙うというのなら、滑腔砲の着弾を報告してもらわないと仰俯角の修正ができません。闇雲に撃っても当たりませんから」

浅野は頭を掻《か》きながら答えた。

柊真のスマートフォンが反応した。

――モッキンバードです。T－72B3の正確な座標が分かれば、こちらからターゲットの仰俯角の数値が割り出せます。すでに計算式をプログラミングしていますので、軍事衛星で着弾地を確認し、修正角度も連絡します。

友恵から連絡が入った。無線をモニターしているので、こちらの戦略の意図を察しているようだ。

「了解です。どうやってこちらのT－72B3の座標を報告すればいいですか？」

柊真はスマートフォンを見ながら首を傾げた。

――うちのスマートフォンならサイドボタンを押すと座標が送れます。T－72B3の四隅の座標を送ってください。

柊真は代理店特製のスマートフォンを使っているが、まだ知らない機能があるようだ。

「了解です」

柊真は、言われた通りに二台のT－72B3の四隅でスマートフォンのサイドボタンを押し、座標を送り続けた。

――二台のT－72B3の正確な座標が得られました。バリケードと塹壕に砲撃するための仰俯角の数値をメールで送ります。

「了解です。ありがとうございます」

柊真はスマートフォンに頭を下げて通話を終えた。ほぼ同時にスマートフォンに数値が送られてきた。柊真はデータを浅野のスマートフォンに送った。

「素晴らしい。これで、滑腔砲を操作できます」

浅野が満面の笑みで答えた。

「いいぞ、直樹。ロシア兵を蹴散《けち》らしてやれ」

セルジオとフェルナンドが一緒に拳《こぶし》を上げた。マットが傍で苦笑している。

「直樹、準備だけだ。まだ、砲弾を装填する必要はない。Aチームがこのルートを通るとは限らない。もし、彼らが、オレホボ方面に向かったら、撤収する」

柊真は淡々と言った。

出メリトポリ

1

十一月二十六日、午前十時四十分。メリトポリ。

リベンジャーズと第五特務連隊は、市内のプラネタ・メリトポリホテルにチェックインしていた。ロシア軍が強制的に全室を借り上げているので、フロントでの支払いは不要である。ホテルはヘトマンスカ通り沿いの州警察署からも近い。

ワットはメリトポリ郊外の検問所で、支援兵科に所属する工兵小隊の命令書を見せて難なく通過している。ロシアが支配下に置いている街では、プーチンの命令で「復興」という名の下《もと》にロシア化が進められていた。ロシア系住民に対してロシア軍の正当性と安心感を与えると同時に、ウクライナ政府に対して自国領だと主張するためである。

復興支援のために派遣されたというワットの言葉を、検問所の兵士は疑うことはなかった。その際、ロシア軍の兵舎として指定されているホテルに入るように指示されたので、素直に従ったのだ。

傭兵代理店からは市内の警察署の中でロシア軍が占拠している可能性があるのは、三ヶ所だと聞かされている。一ヶ所ずつあたるほかないが、全員で動いては怪しまれるので、まずはホテルに作戦本部を設け、作戦会議をすることにした。

外見は教会のようなロマネスク調の四階建てのホテルだ。その最上階にある一室にワットはチェックインした。

「二つの州警察署とメリトポリ市警察署が、ロシア軍に占拠されているらしい。傭兵代理店からもメールで知らせてきたが、メリトポリ市警察署は小ぶりだから確認は一番後にしようと思う」

ワットはタブレットPCの地図を見ながら言った。部屋はツインで三十平米ほどあるが、十五人の男が集まるには狭すぎるため、打ち合わせに呼んだのは辰也とフォメンコの二人だけである。他のリベンジャーズの仲間は、それぞれチェックインした部屋で休んでいた。北朝鮮人に成りすました作業服姿のため、外出が憚《はばか》られるという理由もある。

「ロシア軍が警察署を占拠しているのは留置場を使うためだが、ロシア兵も詰めているのかな」

辰也は自分のスマートフォンを見ながら首を捻《ひね》った。

「警察署には夜勤のための仮眠室がありますので、それをロシア兵は使っているはずです。ただ、ベッド数はそんなにないと聞いています」

生真面目《きまじめ》なフォメンコは、辰也の独り言に答えた。

「規模から考えてもベッド数は五から十というところだろう。留置場から脱走する心配はまずないだろうから、詰めているロシア兵はベッド数よりも少ないかもな」

ワットは小さく頷《うなず》いた。

「いずれにせよ、十人前後の兵士を相手にしなければなりません。一つの警察署には、五十人前後のウクライナ人が拘束されているそうです。できれば、彼らも救出したいですね」

フォメンコが険《けわ》しい表情で言った。

「三つの警察署の中から、どうやって藤堂さんの居場所を掴《つか》むんだ？　まさか日本人を捕まえたかって聞いて回るのか？」

辰也は苛立《いらだ》ち気味に尋ねた。

「部下にこれを持たせて聞き込みさせています」

フォメンコは自分のタクティカルバックパックから、ウォッカの小瓶を出した。六人の部下を二つのチームに分け、州警察署の近くで聞き込みをさせている。

「ウォッカ？　訳が分からない」

辰也はワットとフォメンコを交互に見て肩を竦《すく》めた。

「ロシア軍の風紀の乱れは、日に日に悪化しているという情報を情報総局が得ています。元々前近代的なロシア軍は作戦中の飲酒を禁じていないんです。元々ロシア人の過度な飲酒はロシア人の過度な飲酒は有名ですが、最前線に近い部隊ほど飲酒の量は多いそうです」

フォメンコは真面目な顔で答えた。

「ロシア兵の死因に過剰な飲酒が激増しているそうだ。もともとロシア人にアルコール依存症が多いせいもあるのだろうが、何より戦場のストレスで酒が欲しくなるのだろう。ウォッカの小瓶ひとつで軍の機密情報を得られる可能性だってあるはずだ。俺も検問所でトラブルになりそうになったらこれを使うつもりだった」

ワットはにやりとし、いつも携帯しているのかズボンのポケットからウォッカの小瓶を出してみせた。

「なるほど。ロシア国民の約三十七％がアルコール依存症で、男性の平均寿命は六十八歳と低いと聞いたことがある。納得だ」

辰也は大きく頷いた。

フォメンコのスマートフォンが鳴った。

「私だ。……そうか、丁重にもてなしてくれ。金も惜しむなよ」

フォメンコの部下からの連絡らしい。

「部下が州警察署の元職員を見つけ出したそうです。ここではまずいので、セブンスデー・アドベンチスト教会に連れて行くことになっています」

通話を終えたフォメンコはワットらに説明した。セブンスデー・アドベンチスト教会は、ヘトマンスカ通りに面しており、州警察署の百メートルほど西に位置する。

五分後、ワットと辰也とフォメンコの三人は、通りと反対側にあるセブンスデー・アドベンチスト教会の裏口から入った。

「少尉。こちらです」

出入口近くに立っていたフォメンコの部下が、階段を下りて半地下の部屋に案内した。日差しが入る高窓があるので、防空壕ではなさそうだ。四十平米ほどで部屋の中央に六人掛けのテーブルがあり、壁際《かべぎわ》に埃除《ほこりよ》けの白い布が掛けられた荷物が置かれている。倉庫としても使われているようだ。

「あんたたち、本当にウクライナ軍の兵士か？」

椅子《いす》に座っていた男が、ロシアの軍服を着たワットと辰也を見て腰を浮かした。

「我々はロシア人でもウクライナ人でもない。俺はテイラー・ニック、米国人だ。彼はヤスオ・オガタ、日本人だ。俺たちは傭兵でウクライナ軍に協力している」

ワットは偽名で自己紹介した。

「米国と日本！　素晴らしい。私は、ミハイロ・ルニンです。あなたたちは、この街でパルチザンと一緒に闘うのですか？」

ルニンはウォッカの小瓶を手にし、首を捻った。喜んでみたものの、二人で何ができるのかと思っているのだろう。

「俺たちは傭兵特殊部隊だ。仲間が、ウシュカルカ村でバリア部隊の兵士に捕まった。ロシア兵を尋問したところ、メリトポリに移送されたらしい。どこの留置場に入れられたのか、知りたいのだ」

ワットは真剣な表情で言った。

「バリア部隊！　それは大変です。捕まったあなたたちの仲間は米国人ですか？」

ルニンは胸で十字を切って聞き返した。米国人なら死んでいると思ったのだろう。

「いや、日本人だ」

ワットはあえて名前は言わなかった。目の前の男を信用したわけではないからだ。もっとも、聞かれても偽名を教えるだけだ。

「私はヘトマンスカ通りの州警察署で、事務の仕事をしていました。ロシア軍に警察署を占拠され、今は雑用係をさせられています。警察官だった職員は殺されるか、街から逃走するかのどちらかです。私は事務職だったので生き残っていますが。留置場に日本人はいませんね。外国人が拘束されたらすぐに分かりますから。ロシア軍が留置場を使っている警察署は他にもあります。私のように雑用係や掃除夫として働かされているウクライナ人もいますから、彼らに聞いてみます。ただ、親ロシア派の警察官に気付かれないように行動しなければなりません」

ルニンは右拳《みぎこぶし》で自分の胸を叩《たた》いてみせた。

「急いで頼む」

ワットはルニンと握手をした。

2

午前十一時五十分。メリトポリ市警察署。

浩志は目を覚ますと、ゆっくりと瞼《まぶた》を開いた。左目の視界は問題ないが、右目が霞《かす》む。それに、瞼があまり開かない。

体を起こすと、監房のベッドに寝かされていたことに気付く。

「横になっていた方がいいぞ」

壁にもたれて座っていたベラノフが、心配そうな顔で言った。拷問を受けて気を失った浩志に下の段のベッドを譲ってくれたようだが、足が悪いので上の段に上れないのだろう。

「俺はどれくらい気を失っていた？」

浩志は首筋を指先でなぞってみた。スタンガンを当てられたところは、火傷《やけど》をしているようだ。顔を触ると、かなり腫《は》れているのが分かる。これほど、一方的に殴られたのは久しぶりである。

「二時間ぐらいかな。それにしても、酷《ひど》く殴られたものだな。私は、顔はあまり殴られなかった。そのかわり、背中とすねを殴られたよ。足を打つのは、逃げられないようにするためだ。あんたは、どうだ？」

ベラノフはズボンを捲《まく》り上げて赤黒く腫れた足を見せた。

「俺は素手で顔面だけ殴られた」

浩志は苦笑した。

「やっぱり、日本人だから違うのかもしれないな。警棒で殴られなかったんだ」

ベラノフは首を傾《かし》げた。

「俺を拷問したのは、ここの兵士じゃなく、バリア部隊らしい」

ベッドから足を下ろした浩志は何気なく言った。

「バリア部隊！」

ベラノフは声を上げて、自分の口を右手で押さえた。

「ここの兵士も驚いていた」

浩志はふっと息を漏らすように笑った。

「笑っているが、バリア部隊は血も涙もない。顔面しか殴らなかったのは、午後にでも本格的な拷問をするからだろう。悪いことは言わないから、何か情報があったらあいつらに教えるんだ。日本人なら許されるかもしれない」

ベラノフは声を潜め、暗い表情になる。

「教えたところで殺される。同じことだ」

浩志は立ち上がると、背筋を伸ばした。殴られっぱなしで済ませようとは思っていない。自力で脱出するつもりだ。拷問部屋に連れていかれた経路だけではあるが、署内を観察してすでに計画は練ってある。地下の留置場から一階まで、ロシア兵は二名しかいなかった。他の場所にもいるだろうが、ナイフか銃を奪えば切り抜けられるだろう。

仲間からはぐれて十時間前後は経《た》っている。傭兵は負傷した場合は、置き去りにするのが鉄則だ。仲間が浩志を見捨ててロシア支配地域から脱出していることを願うが、彼らは浩志救出のために必ず行動を起こすだろう。

だが、ロシア支配地域での行動は自殺行為と言える。それを防ぐには浩志が一刻も早くここを脱出し、仲間に連絡するしかない。一人でどこまで逃げられるのか分からないが、仲間と合流するにしても前線から離れた所まで行くつもりである。

「腹が減ったな。飯は出るのか？」

浩志はストレッチをしながら尋ねた。体を動かせば体調が分かる。状態は決して悪くはない。

「ここに入れられたウクライナ人が解放されるのは死体となったときだ。食事など出るわけがないだろう」

ベラノフは暗い表情で答えた。市民の虐殺、略奪、レイプなどあらゆる非道を平然と行うロシア軍にとって、拉致《らち》したウクライナ人の食事などどうでもいいことなのだ。

「それなら、空《す》きっ腹《ぱら》で動けなくなる前に出るか」

浩志は鉄格子《てつごうし》に顔を寄せ、廊下を覗《のぞ》き込んだ。廊下にロシア兵はいない。

「どっ、どうするつもりだ？」

ベラノフは怯《おび》えた声で尋ねた。下手《へた》に暴れられたら巻き添えを食うと思っているのだろう。

「すまないな」

浩志は腰を落とすと、座っているベラノフの首筋に手刀を入れた。ベラノフは泡を噴いて気絶した。

「看守！」

浩志はロシア語で叫んだ。

「ウクライナ人が失神した。医者を呼んでくれ！」

浩志は声を張り上げた。

「なんだ！　どうしたんだ！」

二人の兵士が現れた。さきほど浩志を一階の拷問部屋に連れて行った兵士らである。二人ともＡＫ74を構えていた。看守をしている兵士らは、一般兵と同じでハンドガンを持っていない。だが、ベルトの右側に樹脂製警棒を差し、左側にナイフを差し込んでいる。ある意味凶悪なのだ。

「急に心臓を押さえて倒れたんだ。医者に見せてやれないか？」

浩志はさきほどと打って変わって弱々しい声で言った。

「馬鹿な。医者に見せるわけがない。死体を片付けるから、おまえは壁まで下がれ」

兵士の一人が鉄格子の鍵《かぎ》を開け、もう一人の兵士は浩志に銃を向けた。

浩志は鉄格子の鍵を開けた兵士が、外の兵士と重なる位置に移動した。

「動くなよ」

兵士が銃を構えながら入ってくる。

「分かっているから、銃は向けないでくれ」

浩志は両手を上げて一歩下がった。

「まったく、面倒なことだ」

兵士は悪態を吐《つ》いて銃を下ろした。

浩志は機を逃さず兵士の腰のナイフを抜いて顎《あご》の下から突き刺し、声を封じる。兵士が顎の下に手をやったところを、すかさず心臓にナイフを刺した。

「何をしている！」

廊下の兵士が大声を張り上げ、銃口を浩志に向けた。彼の位置からは見えないのだ。

浩志は目の前の兵士が倒れないよう胸ぐらを掴み、その肩越しにナイフを投げた。

「がっ！」

ナイフは廊下の兵士の眉間《みけん》に深々と刺さった。

浩志は廊下に出て倒した兵士を監房に運び込み、服を脱がせた。服を汚さないように頭を狙ったのだ。

「しっかりしろ」

浩志はロシア兵の軍服に着替えながらベラノフの足を軽く蹴《け》った。

「……どっ、どうなっているんだ！」

目覚めたベラノフは、声を裏返らせた。眼前に二人のロシア兵が転がっている。ちょっとしたパニックに陥《おちい》っているらしい。

「ここを出る。一緒に来るか？」

浩志は軍服のボタンを閉めながら尋ねた。

3

午後十二時十分。メリトポリ市警察署。

三階建ての建物の最上階に職員の仮眠室があった。

地下の留置場を抜け出した浩志は、看守の兵士から奪ったAK74を構えながら最上階から調べている。一階で話し声がしたので、二人以上の兵士がいるようだ。だが、先に倒そうとすれば、上の階から仲間が下りてくる可能性があった。それに上の階に行く途中で外部から兵士が現れると、背中を狙われる。最上階から順に片付けていけば、背後から襲われるリスクを避けられるのだ。

一人で脱出するのなら裏口から出ればいいのだが、ここに囚《とら》われている四十人近いウクライナ人も一緒に脱出させようと思っている。大勢で人知れず抜け出すことはできないため、警察署にいるロシア兵をすべて片付けねばならない。

裏口を出て北側にある塀《へい》を乗り越えれば、裏手にあるビルの駐車場に出られる。そこから西に進んで裏通りから住宅街に入れば、逃走できるだろう。問題なのはウクライナ人たちがいずれも足を負傷しており、素早く動けないことである。そのためにも追手が掛からないように警察署内のロシア兵を始末する必要があった。

留置場で倒した二人のロシア兵の死体は、地下の倉庫に隠してある。ベラノフをはじめ留置されているウクライナ人は、いつでも脱出できるように待機させてあった。脱出は死と隣り合わせだと彼らに念を押したが、どのみち殺されるからと皆覚悟を決めていた。

最上階には二段ベッドがある十平米ほどの仮眠室が五つあり、そのうち二部屋に三人のロシア兵が寝かされていた。どの兵士もぐったりとし、やつれて弱っている。新型コロナに感染しているのかもしれない。医療処置も施されずに単純に隔離されているようだ。脱水症状を起こしている者もいるので、見捨てられているのだろう。

他の部屋には荷物が置かれていたので、兵士は街のパトロールにでも駆り出されているようだ。

仮眠室のロシア兵は弱りきっているので、放っておいても問題ない。念のためにシーツを裂いて紐《ひも》を作り、右腕だけベッドに縛った。口を塞《ふさ》ぐと呼吸困難に陥る可能性もあるため、騒げば殺すと脅しておいた。それで充分だろう。

三階をクリアした浩志は、二階を調べた。会議室と幹部の執務室などの部屋があったが、いずれも物色された後らしく書類が散乱し、金目の物は奪われ、もぬけの殻《から》になっている。

「うん？」

浩志は首を傾げて立ち止まった。幹部の執務室の床が微《かす》かに軋《きし》んだのだ。本棚の前にラグが敷かれているのだが、その下の床板が傷《いた》んでいるのかもしれない。だが、まるでその部分だけを隠すように、小さな楕円形をしていることに不自然さを覚える。念のためにラグを剝《は》がすと、五十センチ四方の金属製の蓋《ふた》があった。

「なるほど」

浩志は蓋を開け、鼻を鳴らした。グロック17が二丁と予備のマガジンが十個、それに予備の弾丸が二ケースも隠されていたのだ。不自然な隙間があるので、何丁か銃が持ち出されたのだろう。

浩志は二丁のグロックを手にし、予備のマガジンをすべてポケットに詰め込んだ。AK74を肩に掛け、グロックを両手に廊下の奥へと進む。銃身が短く、銃声も小さいので室内ではグロックの方が扱いやすいのだ。

浩志は途中にあるトイレに入ってタオルを見つけた。グロックの銃身に巻けば、消音効果があるのだ。突き当たりの休憩室と記された部屋で、三人のロシア兵がテーブルを囲み、食事をしていた。レーションではなく、缶詰とパンである。略奪してきたのだろう。

「動くな」

浩志は低い声で命じ、タオルを巻きつけたグロックを構えて部屋に入る。

対角線上のロシア兵が、足元のAK74を手にした。

浩志は即応し、トリガーを引く。鈍《にぶ》い音を立ててグロックから放たれた9ミリ弾は、兵士の眉間を撃ち抜いた。タオルの効果で、一階では銃声とは気付かないだろう。

「俺のロシア語は通じていないのか？」

浩志は近くの兵士の後ろに立ち、後頭部にグロックの銃口を突きつけた。タオルの焼け焦げた臭いがする。

「りっ、理解できる」

男は両手を上げて答えた。

「警察署にいるロシア兵は何名だ？」

浩志は銃口で男の後頭部を突いた。調べていないのは一階だけだが、あえて尋ねた。

「二階は我々だけだ。……三階に三名、一階に二名、……地下に二名だ」

男は戸惑いながらも答えた。三階の兵士のことも話したので嘘《うそ》ではなさそうだ。

「その中にバリア部隊のグルシャコフとバセノフはいるのか？」

浩志は対面にいる兵士に冷たい視線を浴びせた。

「まさかとは思うが、あの二人に復讐《ふくしゅう》するつもりか？」

口髭《くちひげ》を生《は》やした兵士が聞き返してきた。

「そのつもりだ」

浩志は表情もなく頷いた。プーチン直下の部隊に所属するというグルシャコフらの前近代的な手法が許せないのだ。だからと言って、追いかけてまで始末しようとは思わない。

凶悪ではあるが、ロシア軍の中でグルシャコフらは特別な存在ではないからだ。

「ここにはいない。彼らはバリア部隊と言っているが、本当は違うんだ」

口髭の男は妙なことを口走った。

「アルトゥル！　貴様、殺されるぞ」

銃を突きつけている兵士が首を横に振った。

「あいつらは、俺の友人を殺したんだぞ。やつらを殺すというのなら敵じゃない。おまえはあいつらの味方か？」

アルトゥルと呼ばれた口髭の兵士は、別の兵士を睨《にら》みつけた。

「どういうことだ？」

浩志は首を傾げた。バリア部隊は、戦場で怖気付《おじけづ》いた兵士にハッパをかける役割があるため嫌われているのは当然だ。

「あいつらは、上官に退却を進言した私の友人の頭を撃ち抜いたんだ。しかも、周囲にいた関係のない三人の兵士も見せしめに撃ち殺した。あんたが殺してくれるのなら喜んで情報を渡すよ」

アルトゥルは興奮気味に言った。

「さっき、バリア部隊とは違うと言っていたな。どういうことだ？」

浩志は尋ねた。

「ブラックユニットだ。バリア部隊の兵士が噂《うわさ》していたのを聞いたんだ。バリア部隊よりも階級は上だ」

アルトゥルは険しい表情で答えた。

ブラックユニットは、存在すら明らかになっていないが、大統領直下の部隊で戦線から離脱するロシア兵を殺害するためだけに構成された特殊部隊と言われている。

「今どこにいる？」

浩志は口髭の男を促した。

「ヴォロンツォフスキーホテルだ。午後はホテルのバーで飲んでいるはずだ」

アルトゥルが答えると、銃を突きつけている兵士が舌打ちをした。嘘ではないらしい。

「それじゃ、協力してもらおうか」

浩志は目の前の兵士の後頭部を殴りつけて昏倒《こんとう》させた。

4

午後十二時二十分。メリトポリ。

ＵＡＺ－４６９とウラル－４３２０が、ペトラ・ドロシェンコ通り沿いの州警察署前に停止した。三階建ての警察署前の駐車スペースには、ＵＡＺ－４６９と八輪駆動の装甲兵員輸送車BTR－80が停められている。

BTR－80は一九八四年に旧ソ連で採用されたBTR－70の改良型で、現在も主力兵員輸送車である。欧米の標準輸送機が後部にもハッチがあるのに対し、BTR－80は側面と上部にハッチがある。側面ハッチは設計者が乗用車の概念から抜け出せないためで、戦闘時の乗降が危険というのは致命的な欠点といえよう。

警察署の西隣りはDIYショップ、東隣りのロモノソワ通りとの交差点角にはスーパーマーケットがあり、道を隔てた向かい側にガソリンスタンドがある。だが、いずれも閉店していた。

交差点には郊外型のレストランもあったが、ロシア軍の侵攻で潰《つぶ》れている。その他にも周囲にはシャッターを閉ざした菓子店や廃墟《はいきょ》と化した自動車販売会社があった。住宅が近くにないこともあるが、警察署がロシア軍に占拠されたため、ウクライナ人が寄り付くエリアではなくなっている。

ワットがUAZ－469の後部座席から降りると、ウラル－4320の荷台から作業服姿のリベンジャーズの仲間も降りて、大きな木箱を下ろし始めた。中にAK74Mが隠してある。銃撃戦になった場合に備えて運び込むのだが、使わないに越したことはない。

気温は九度だが、冷え切った強風が吹いているので体感温度は数度下がる。

「ゴーストタウンですね」

助手席から出てきたフォメンコは、砂塵《さじん》が吹き抜ける街並みを見て言った。フォメンコの部下は、作業員に扮《ふん》しているリベンジャーズを監督する振りをして立っている。

「都合がいい」

ワットは鼻息を漏らして笑った。

ヘトマンスカ通り沿いの州警察署に浩志がいないことは、署に雇われているミハイロ・ルニンというウクライナ人から聞き出すことができた。彼に他の警察署の情報を得るべく、知人に連絡を取ってもらったが、警察署の関係者はいずれも行方が分からなくなっていた。そのため、短時間で敵を殲滅《せんめつ》することで、周囲のロシア軍に悟られないようにする電撃作戦を敢行することにしたのだ。

——こちら爆弾グマ。荷物は全部下ろした。

辰也が無線機のテストも兼ねて知らせてきた。

「了解」

ワットは十数メートル離れた場所で待機している辰也らを見て頷いた。

——こちらトレーサーマン。裏口を解錠しました。

加藤からの無線連絡だ。加藤と瀬川を先に車から降ろして、裏口を確保するように指示してあった。

「こちらピッカリ。待機してくれ」

ワットは軽く右手を振って仲間に合図をし、警察署の石段を上がった。フォメンコとリベンジャーズが続き、フォメンコの四人の部下は最後尾に付いた。残りの二人の部下は運転席で待機させている。フォメンコらはリベンジャーズに隠れるように銃を構えているのだ。

出入口から二人の兵士が現れた。外は寒いのでドアの内側で見張りに立っていたのだろう。

「工兵小隊のジェコエフ少佐だ。部隊長に会わせてくれ」

ワットは気怠《けだる》そうに敬礼した。

「……はい」

二人の兵士はワットの背後にいる作業服姿の東洋人を見て顔を見合わせた。

「彼らはモスクワでかき集めてきた北朝鮮の労働者だ。州警察署を兵舎に改築するように命令を受けている。おまえたち、資材を入れろ」

ワットは早口に説明すると、玄関ドアを開けて辰也らに建物に入るように手を振った。

玄関は防寒のために二重になっている。

フォメンコら第五特務連隊のチームは、外の見張りに残した。

「すっ、すぐ取り次ぎますので、ここで待ってください」

傍《かたわ》らの兵士が内側のドアを開けて中に入って行った。

「ロビーでいいから資材を置かせろ。内扉の外は屋外と同じで寒いんだぞ」

ワットは別の兵士を怒鳴《どな》りつけた。

「分かりました」

兵士は玄関のドアを開けた。

「分かればいいんだ」

ワットは先に建物に入り、作業服を着た仲間に荷物をロビーに運び込ませた。

木製のカウンターが正面にあり、その先に複数の机が置かれている。だが、書類や食べ物が散乱し、まるでゴミ溜《た》めのようだ。

「ここは何人の兵士がいる？　ベッドの増設を頼まれているので把握しておきたい」

ワットは室内を見回しながら尋ねた。

「ここは輸送分隊で、十六名です。十名分のベッドは欲しいです」

兵士は戸惑いながらも答えた。

「ところで、ここの警察官はどうした？」

ワットは床に染《し》み込んでいる血の跡を見て聞いた。至る所にあるので、かなりの死傷者が出たはずだ。

「命令通り、皆殺しにしました」

兵士は平然と答えた。

「それを聞いて安心した。トレーサーマン、ゴー」

ワットは加藤に無線連絡すると、ハンドシグナルで辰也と宮坂と田中の三人に階上に行くように指示をした。辰也らは頷くと無言で階段を駆け上がっていく。皆、懐《ふところ》にグロック17Cを隠し持っている。警察官を皆殺しにしたと聞いて、彼らは敵に対して容赦《ようしゃ》ない攻撃を加えるだろう。

アサルトライフルは、ロシア軍に扮するためにウクライナ軍から支給されたAK74Mを携帯していた。だがハンドガンの方は、米軍からウクライナ軍に支給されたグロック17Cを隠し持っている。

「えっ、どういうことですか？」

対応している兵士が戸惑っている。

「おまえの分隊は、俺たちが殲滅させるということだ」

ワットはニヤリとすると、隠し持っていたグロック17Cを見せびらかすようにズボンに差し込んだ。

「何！」

兵士は慌ててAK74Mの安全装置を外し、ワットに銃口を向けた。

ワットはすかさずグロックを抜いて兵士を撃った。早撃ちを自慢するわけではない。銃撃戦以外で銃口を向けていない兵士は殺さないというのが、リベンジャーズの暗黙のルールなのだ。

　上階から銃撃音がする。辰也らが敵を見つけたらしい。裏口から潜入した加藤と瀬川は留置場がある地下に行ったはずだ。

「村瀬と鮫沼、一階を確認。俺は地下に行く」

　ワットは指示すると、廊下の奥にある階段で地下に向かった。

「クリア！」

「クリア！」

　加藤と瀬川のクリアリングのコールが聞こえる。

　ワットはグロックを手に廊下を進み、薄暗い留置場に入った。途中に三人のロシア兵の死体が転がっている。

「俺だ！」

　ワットは構えていた銃を下げた。暗闇から銃を構えた加藤と瀬川が、現れたのだ。

「地階の敵は三名でした。監房はすべて調べていませんが、藤堂さんは見つかっていません」

　加藤も銃を下ろして報告した。

「囚われているウクライナ人を監房から出す際、浩志の情報を聞くんだ」

　ワットはポケットからハンドライトを出して、監房を照らした。

5

午後十二時三十分。メリトポリ市警察署。

ロシア兵の軍服を着てAK74Mを手にした浩志は、警察署の裏口に立ってウクライナ人が徒歩で脱出するのを見守っている。

警察署の一階にいたロシア人は銃を向けてきたのでやむなく対処し、署内のロシア兵をクリアした。

留置場で囚われていたウクライナ人は四十一人おり、ベラノフが言っていたように全員が足を負傷している。中でも骨折して歩行が困難な重傷者が三人いた。

重傷者のうちの一人がパルチザンらしく、ロシア兵から奪ったスマートフォンで市内に潜伏している仲間を呼んだそうだ。仲間はすぐに車で迎えに来るらしい。パルチザンはメリトポリでゲリラ戦を展開しており、ロシア兵や親ロシア派への攻撃を断続的に行っている。

駐車場の塀を乗り越えて、六人の男たちがやってきた。

早くもパルチザンが救援に来たらしい。メリトポリのパルチザンは機動力があると聞いていたが、噂通りのようだ。連絡した男がパルチザンの幹部だったのかもしれない。

「ヤポンスキー、ジャークユ（ありがとう）！」

男たちは浩志に軽い会釈をし、警察署に入って行く。彼らに助けを求めたいところだが、まだやり残したことがあるので声は掛けない。彼らもすぐにでもここを立ち去りたいので浩志に軽く挨拶《あいさつ》をする程度で済ませるつもりなのだろう。それに身元を知られたくないということもあるのかもしれない。

歩行不能なウクライナ人がパルチザンの男たちに担架で担《かつ》ぎ出されていく。彼らは水も食事も与えられず、死を待つばかりだった。脱走を躊躇《ためら》う者は誰もいなかったのだ。

三人の重傷者の後に武器を抱えた二人のパルチザンが出てきた。ちゃっかり、ロシア兵の武器を盗んできたらしい。武器まで奪われたとなれば、生き残ったロシア兵らは間違いなく処刑されるだろう。

「ありがとう。テルアキ」

最後に建物から出てきたベラノフは、浩志と握手をした。彼は責任感が強く、他のウクライナ人の面倒を見ていたのだ。

「二度と捕まるなよ」

浩志は手にしていたAK74Mをベラノフに渡し、警察署の二階に戻った。

「ウクライナ人を脱走させたのか？」

協力を申し出たアルトゥルが苦笑を浮かべた。彼は椅子に縛り付けてある。

「全員な」

浩志は冷めた表情で答えた。

「留置場の看守を命じられた我々は、バリア部隊に処刑される。それだけは嫌だ。私はあんたに協力して、ウクライナに亡命を希望する。助けてくれ」

アルトゥルは、縛り付けられている椅子を動かして言った。

「情報だけで充分だ。確認できたらおまえを逃してやる」

浩志は冷たい表情で答える。

「ヴォロンツォフスキーホテルは、カジノやナイトクラブもあるから士官専用になっている。一階に大尉がいたはずだ。彼の階級章を付けた方がいい。私の情報は役に立つだろう?」

アルトゥルは得意げに言った。

「これか?」

浩志はポケットから迷彩生地に四つ星の階級章を出すと、胸のベルクロの部分に貼り付けた。

「さすがだ。やはり、只者《ただもの》じゃないな。もうひとつ、情報をやろう。あんたの通信機器はバセノフが持っている。彼らはそれをモスクワに送って調べると言っていた」

アルトゥルは、にやりとした。

「どうして、そんなことを知っている？」

浩志は眉間に皺《しわ》を寄せた。

「私はグルシャコフがとにかく憎い。だから、ブラックユニットの戦争犯罪を証明するためにグルシャコフの行動を監視していた。ブラックユニットの戦争犯罪を暴けば、プーチンも断罪できるはずだ。だから時間がある限り、彼のスマートフォンを盗聴してきた。その情報をロシアのＳＮＳで暴露するつもりでいたが、可能ならば第三国に渡して国際裁判に持ち込めればと思っている」

アルトゥルは真剣な顔付きで答えた。

「盗聴？　どうやって」

浩志は首を傾げた。ペアリング技術はハッカーには普及していると友恵から聞いたことがある。彼女のことだから、『優秀な』という単語が抜けているのだろう。

浩志は倒したロシア兵からスマートフォンを取り上げたが、仲間に連絡するのを躊躇《ちゅうちょ》していた。市販のスマートフォンではウクライナだけでなくロシア側からも盗聴される可能性があるからだ。連絡することで仲間の居場所をロシア軍に特定される危険性があることも否定できない。盗んだスマートフォンを使うのは、ロシアの支配地域を抜けてからと決めていた。

代理店から支給されたスマートフォンや衛星携帯電話機なら盗聴の心配はない。それを取り戻せるのなら少々の危険は厭《いと》わない。

「二人のスマートフォンを私のスマートフォンにペアリングさせてある。その程度のプログラミングなら別に難しいことじゃない。この警察署にあったパソコンで設定したのだ。私は彼らの驚くべき情報を握っている。君を絶対失望させない」

アルトゥルは肩を竦めた。意外とこの男は、使えるかもしれない。

「とすれば、やつらの居場所を知ることもできるな」

浩志は小さく頷いた。

「彼らがスマートフォンを携帯していればね。協力は惜しまない。一つ助言がある。ここを出る前に鏡を見ることを勧めるよ」

アルトゥルは上目遣いで言った。

「分かっている」

顔面が酷く腫れていることは、洗面所の鏡で確認している。後で包帯を巻いて負傷兵を装うつもりだった。

「私は少尉で、ホテルに入る資格がある。お供の部下として連れて行ってくれ。私なら、あなたが、パルチザンの攻撃で負傷したと説明できる」

アルトゥルは強張《こわば》った笑顔を見せた。

「裏切れば殺す」

浩志はタクティカルナイフでアルトゥルの拘束を解いた。

6

午後一時十分。メリトポリ。

ポクロフスカ通りを走っていたＵＡＺ－４６９とウラル－４３２０が、交差点でオレクサンドル・ネフスキー通りに入った。

「うん？」

ＵＡＺ－４６９の後部座席に座っていたワットは、歩道を歩く市民を見て首を捻った。

「どうしたんですか？」

助手席のフォメンコが、ワットの様子に気付いて尋ねてきた。

リベンジャーズは、ペトラ・ドロシェンコ通り沿いの州警察署を襲撃し、あっという間にロシア兵を殲滅させた。百戦錬磨のリベンジャーズのメンバーにとってさほど難しい作戦ではなかった。

しかも、囚われていた三十一人のウクライナ人を解放することができた。だが、そこにも浩志の姿はなかったのだ。残る可能性としてはオレクサンドル・ネフスキー通り沿いにある市警察署ということになった。だが、人気《ひとけ》のない州警察署と違って市警察署は街中にあり、ロシア兵も周囲に大勢いると予想される。フォメンコはそれを気にして過敏になっているようだ。ワットのちょっとした仕草も気になるのだろう。
「三人の市民とすれ違ったが、みんな足を悪くしているようだ。それに足を引きずりながらも妙に急いでいるようだった」

ワットは後ろを振り返って、立ち去る彼らの後ろ姿を見つめた。
「ロシア軍の占領地の街ですから、ロシア兵に乱暴されたんじゃないですか。ロシア系住民は別ですが、避難できていないウクライナ市民はビクビクしながら生活しているので小走りになるんですよ」

フォメンコも振り返って答えた。
「自分の街が戦地になったらと思うと、やるせないな。武器も持たない市民は、ロシア軍に虐《しいた》げられるだけだ」

ワットは首を振った。
「そうでもないですよ。この街のパルチザンが奮闘していますから。これまでにロシア軍の将校だけでも百人以上殺害していると報告されています。本部からも人伝《ひとづて》に連絡をしていますが、パルチザンは非正規軍ですからなかなか連絡が取れないんですよ。本当は、彼らの協力が得られるといいんですが」

フォメンコは溜息《ためいき》を吐くと前を向いた。

「到着です」

ハンドルを握るサーボが市警察署前で車を停めた。

「作戦は同じだ。ただし、銃はなるべく使わないでくれ」

ワットは無線で仲間に連絡すると、車を降りた。

辰也らもウラル－４３２０から飛び降り、ＡＫ74Ｍを隠してある木箱を下ろしている。

ワットとフォメンコが市警察署の玄関前で立ち止まった。州警察署と同じように兵士が顔を見せるかもしれないと身構えていたが、ひっそりとしている。

「どういうことだ？　ドアがロックされているぞ」

ワットはドアノブが動かないので右眉《みぎまゆ》を吊《つ》り上げた。

――こちらトレーサーマン。裏口の鍵が壊され、ドアが開きません。

加藤から無線連絡が入った。前回と同じく、瀬川と組ませてある。

「フォメンコ。おまえのチームは警察署前を見張っていてくれ。俺たちは裏口から潜入する」

ワットは仲間に無線連絡をしながら走った。嫌な予感がするのだ。

裏口に着くと、加藤と瀬川がすでにドアを壊していた。彼らの背後で辰也と宮坂がグロックを構えて立っている。他の仲間は木箱から出したＡＫ74Ｍを手に周囲を警戒していた。辰也が的確な指示を出したようだ。裏口の周囲は隣接する建物が入り組んでいる。他の建物から覗かれる恐れはないようだが、それでも油断はできない。

「開きました」

瀬川は報告すると、加藤がドアを開ける。

辰也と宮坂が突入し、加藤と瀬川が続く。ワットもグロックを抜くと、彼らを追った。

その他の仲間もワットの後ろから続く。

――クリア！

――クリア！

仲間のクリアリングのコールが無線で流れる。

一階をクリアリングすると、辰也と宮坂と加藤と瀬川が階段を駆け上がっていく。

ワットは田中と村瀬と鮫沼を引き連れて、地下を調べる。

「どうなっているんだ？」

ワットはハンドライトで周囲を照らし、首を傾げた。

地階は留置場になっているのだが、鉄格子のドアは開け放たれており、無人なのだ。

「ロシア兵の死体を発見！」

廊下の奥を調べていた村瀬が声を上げた。

――こちら爆弾グマ。二階で意識のないロシア兵が一名。三階で傷病兵と見られる三名発見。いずれも縛り付けられています。

辰也から報告があった。

「了解」

ワットは辰也の報告を聞きながら廊下の奥へと進む。

倉庫と思われる部屋に二人のロシア兵の死体があった。一人は顎の下と胸を刺され、もう一人は頭部に刺された痕《あと》がある。

「見事な手口ですね。一人目はナイフで刺殺されたんですが、まずは悲鳴が上げられないように顎下から喉《のど》を刺してから心臓を一突きしたようです。二人目は投げつけられたナイフが眉間に命中したんですよ。実に冷静ですね」

死体を調べていた村瀬が笑《え》みを浮かべている。

「一人でここのロシア兵を片付けて、ウクライナ人まで逃がしたんです。こんなことができるのは、藤堂さんしかいませんよ」

田中が苦笑した。

「やれやれ、すれ違いかよ」

ワットはスキンヘッドの頭を叩きながらも安堵《あんど》の溜息を吐いた。

7

ヴォロンツォフスキーホテルは、ユニバステカ通りとミハイロ・フルシェフスキー通りとの交差点角にある公園の西隣りにあった。

メリトポリ市警察署からは五百メートルほどの距離で、浩志とアルトゥルは徒歩で向かっている。脱出した警察署は正面玄関をロックした上で、裏口の鍵も壊して入れないようにしておいた。

ホテルは煉瓦色《れんがいろ》の四階建てのビルで、一階は浴室用品店や家電量販店やスーパーマーケットなどのテナントが入っている。一部の店は開いているようだが、ほぼ開店休業状態のようだ。

「公園側とユニバステカ通りの出入口は警備上閉鎖されている」

アルトゥルは公園横の歩道を歩きながら笑顔で話す。二人のロシア兵とすれ違ったのだが、浩志の頭に巻かれた包帯を見てぎょっとしていた。アルトゥルは何度も逃げるチャンスがあったが、浩志と行動を共にしている。ウクライナに亡命したいというのは、どうやら本当らしい。

「グルシャコフに殺された友人とは付き合いが長かったのか？」

浩志はそれとなく尋ねた。現政権を裏切ることで祖国も捨てることになるからだ。

「……ジャゴエフは、恋人だった」

アルトゥルは一瞬戸惑ったが、浩志に疑われていると思ったのか告白した。

「残念だったな」

浩志もそれ以上は尋ねなかった。

ホテルを回り込み、西側にある路地に入る。袋小路になっているが暗い印象は受けない。路地の右手に〝クリスタル〟というカフェがあり、左手にカジノの看板がデカデカとある。ホテルの出入口を挟んでその奥にはナイトクラブがあった。どの店も営業しているようだ。

「グルシャコフはナイトクラブにいるようだが、バセノフの信号が途絶えている。スマートフォンの電源を切っているらしい。だが、いつも一緒にいるからバセノフもナイトクラブにいるのだろう」

アルトゥルはホテルの出入口前で立ち止まり、スマートフォンを見ながら呟《つぶや》いた。

「それなら都合がいい。バセノフの部屋に忍び込んで、まずは俺の通信機器を取り戻す。やつらの始末はその後でいいだろう」

浩志は周囲をさりげなく窺《うかが》いながら言った。

「了解。部屋番号は分かっているが、鍵はどうするんだ？」

アルトゥルが小声で尋ねた。出入口前なので、ロシア兵の出入りがあるのだ。

「心配しなくてもいい」

浩志は鼻先で笑った。警察署の鑑識課でピッキングに使えるピンセットを拝借してきたのだ。シリンダー錠なら問題なく解錠できる。古いホテルなので、電子ロックではないだろう。もっとも、電子ロックなら壊すまでだ。

アルトゥルは建物に入ると、フロントを通さずに階段を上がった。

「三階の三〇六号室がバセノフの部屋で、グルシャコフはその隣りの三〇七号室だ。通信機器は必ずどちらかの部屋にあると思う」

アルトゥルは三階に上がると、声を潜めて言った。

「分かった」

浩志は廊下を進んで三〇六号室の前で立ち止まり、ポケットからピンセットを取り出した。鑑識用の先の尖《とが》ったピンセットをケーブルカッターで二つに切断し、加工したものだ。もともとピッキングツールはベルトに隠し持っていたのだが、グルシャコフに取り上げられたらしく、警察署の留置場で目覚めるとベルトごとなくなっていたのだ。

「見張っていろ」

浩志は廊下の左右を窺うと、跪《ひざまず》いて鍵穴にピンセットを差し込んだ。だが、ほぼ同時にドアが開き、バセノフが現れた。タイミング悪く部屋を出ようとしたところだったらしい。

「アルトゥル？」

バセノフは廊下に立っているアルトゥルを見て首を傾げた。バセノフは身長が高いだけに跪いている浩志に気が付いていないのだ。

浩志は勢いよく立ち上がり、バセノフの鳩尾《みぞおち》を蹴り抜いた。

「げっ！」

呻《うめ》き声を上げたバセノフは、部屋の中央まで転がった。

「ほお」

浩志は右眉をぴくりとさせた。バセノフが立ち上がったのだ。常人なら気絶しているだろう。

「アルトゥル！　裏切ったな！」

バセノフは顔を真っ赤にして怒鳴った。

「廊下で待っていろ。使うなよ」

浩志はズボンに差し込んであるグロックをアルトゥルに投げ渡し、ドアを閉めた。グロックは二丁持っており、銃撃戦になったら彼に渡すつもりだった。アルトゥルは裏切り者と認定された。一人で逃走するにも丸腰では難しいだろう。

「ヤポンスキー。のこのこと自分の通信機器を取り戻しに来たようだが、スペツナズ出身の私に敵《かな》うとでも思っているのか？」

バセノフは指の関節を鳴らしながら、横目でベッド脇のテーブルを見た。小型の金属製のブリーフケースが置かれている。浩志のスマートフォンが入っているとしたら、おそらく電波を遮断する構造になっているのだろう。

「試してみるか？」

浩志は両手を下げて自然体に構えて挑発した。

「死にたいらしいな」

バセノフは肩を回しながら構えると、軽く左右のパンチを繰り出す。

ロシア軍最強の特殊部隊といわれるスペツナズが採用している格闘技は〝システマ〟である。パンチやキックに柔軟性があり、かつ強烈だ。防御はボクシングのガードとは異なり、どちらかというと中国拳法に似ている。肘《ひじ》で相手のパンチを封じ込め、同時に肘打ちを繰り出すというように動きに無駄がない。

浩志はバセノフのパンチを軽くかわし、なおかつ至近距離から顎にパンチを入れた。古武道の突きである。

「くっ！」

バセノフは仰《の》け反《ぞ》った。

浩志は警視庁時代から柔道と剣道どちらも三段の腕前であったが、フランスの外人部隊ではボクシングや空手やブラジリアン柔術を修練した。フリーの傭兵となってからは明石妙仁《みょうじん》から古武道を習っている。また、システマの使い手と対戦するのは初めてではない。

「貴様もウクライナ人のように切り刻んでやる」

バセノフは、ベルトのシースから刃渡り二十センチ超えのタクティカルナイフを抜いた。素手では勝てないと悟ったようだ。

「仕方がない」

浩志はロシア兵から奪った刃渡り十数センチのナイフを抜く。

バセノフは、システマ独特の動きでナイフを繰り出す。ワンツーパンチでもボクシングと違い、二発目が意外な角度から入るので見えないのだ。

左腕に痛みを覚え、後ろに下がった。いつの間にか切りつけられている。

「むっ！」

浩志は眉を吊り上げた。バセノフは左手の中に隠すようにナイフを握っているのだ。リーチとナイフの長さをうまく利用している。左からの攻撃に気が付かなかった。

「どうした？　かかってこい」

バセノフは右手のナイフを掌《てのひら》の中で回転させて笑った。

浩志は踏み切ってバセノフの顔面にナイフを突き入れ、避《よ》けられたところでスライディングの要領でバセノフの足元をすり抜けた。フェイントを入れたのだ。

立ち上がって振り返ると、バセノフは苦痛に顔を歪《ゆが》ませて跪いた。

すり抜ける際、体重をかけて太腿《ふともも》に深々とナイフを突き刺したのだ。バセノフは立ちあがろうとして前のめりに倒れた。大腿《だいたい》動脈と半膜様筋《はんまくようきん》も一緒に切断したので立てるはずがない。

浩志は立ち上がると、バセノフの太腿からナイフを抜いた。傷口から噴水のように血が噴き出す。

「おお！」

バセノフは叫び声を上げたが、白目を剝《む》いて気を失った。大量出血で一分ともたないだろう。

浩志はベッド脇のテーブルの上に置かれているブリーフケースを調べた。浩志のスマートフォンと衛星携帯電話機、それに衛星Ｗｉ－Ｆｉモバイルも入っている。とりあえずスマートフォンの電源を入れると、軍服の胸ポケットに入れ、他の機器はズボンのポケットに捩《ね》じ込む。

「貴様！」

アルトゥルの声である。

銃声！

浩志はグロックを抜き、ドアを開けた。

右手にグロックを握ったアルトゥルが、胸から血を流して倒れている。浩志はアルトゥルを部屋に引き込んでドアを閉めて鍵を掛けた。さらにドアノブの下に椅子を斜《なな》めに立てかける。

「ヘマをした。……グルシャコフが目の前に現れたのだ。我慢できなくて銃を向けたら……逆にやられた」

アルトゥルは、血に染まった手でポケットからスマートフォンを出した。

「このスマートフォンを調べれば、グルシャコフの犯罪が証明できるのか？」

浩志はアルトゥルのスマートフォンを受け取って尋ねた。

「……すべての元凶は……プーチン……」

宙を摑むように右手を伸ばしたアルトゥルは、がくりと首を垂《た》らした。顎下に指を当てたが、すでに脈はない。

「ここを開けろ！」

怒鳴り声が響くと同時に、ドア越しに銃撃された。

浩志は窓を開けて下を覗くと、二階の壁に取りつけられている室外機の上に飛び降りた。だが、衝撃で室外機が外れ、そのまま下に停めてあるボルボの屋根の上に背中から落ちた。

「くっ！」

浩志は激痛を堪《こら》えて車からすべり下りた。

銃弾がボルボのサイドミラーとボンネットに命中する。

車の背後に転がって見上げると、銃を手にしたグルシャコフがバセノフの部屋の窓から身を乗り出している。

「そいつを捕まえろ！」

グルシャコフが大声を上げた。

車の陰から飛び出した浩志は、公園を横切る。銃弾が足元に跳ねた。

途中で三人のロシア兵を突き飛ばしながらもミハイロ・フルシェフスキー通りに出ると、目の前にUAZ－469が急ブレーキを掛けて止まった。

「くそっ！」

浩志はベルトのグロックに手をかけた。

「乗れ！」

助手席の窓からスキンヘッドの男が叫んだ。ワットである。

「おお！」

思わず呼応した浩志は、後部座席に飛び込んだ。

激闘の脱出

1

十一月二十六日、午後六時二十分。

浩志は、メリトポリから東北東に二十五キロ離れたアストラハンカという村にある大きな穀物倉庫の片隅で食事をしていた。

リベンジャーズと第五特務連隊はメリトポリの街外れで合流している。街には非常線が張られたらしいが、その前に脱出していた。

村には穀物倉庫が五つあり、ロシア軍のドローンを警戒し、使われていない倉庫にＵＡＺ－４６９とウラル－４３２０を入れてある。他の倉庫は小麦が貯蔵されているらしく、ロシアの侵攻で物流が止まったために倉庫を封印して隠してあるようだ。

ヴォロンツォフスキーホテルから脱出した浩志が、ワットの乗ったＵＡＺ－４６９に乗り込んだのは午後一時五十五分である。その後、尾行がないか確認するため五分ほど市内を走らせてからウラル－4320に乗った仲間と合流している。

メリトポリは午後二時に脱出し、アストラハンカには三十分後に到着した。当初、北東のトクマクを経由し、ウクライナ陣営であるオレホボに向かう予定であった。オレホボまで行けば、ザポリージャまではロシア軍を気にせずに行けるからだ。

トクマクにはロシアの砲兵中隊が駐屯しており、トクマクに通じるガガーリン通りも歩兵小隊が検問を行っているという情報をウクライナ情報総局から得ていた。リスクはあるが、これまで通り、支援兵科の工兵小隊として前線をすり抜けるつもりだった。

ところが、グルシャコフが、ザポリージャ原発から失踪《しっそう》した工兵小隊を追っていたらしく、見つけ次第生死を問わずに拘束するようにザポリージャ州とヘルソン州に通達が出されたのだ。そのため、急遽《きゅうきょ》ロシア軍が駐屯していないアストラハンカ村に避難するよう、情報総局から指示されたのだ。

アストラハンカ村にはロシア系住民はいないが、あえてロシア歩兵小隊と村人に言って休息のため穀物倉庫を借りている。村人も危害を加えなければと渋々承諾したようだ。

リベンジャーズと第五特務連隊の仲間は、倉庫の片隅でロシア軍のレーションを黙々と食べていた。ザポリージャ原発に駐屯していたロシア軍の貯蔵庫から盗み出したものである。

「振り出しに戻ったな」

ワットは、アルミ製パックからミートボールを食べかけたが箱に戻した。

「食欲がないのか？」

傍《かたわ》らの辰也がパックのチーズを食べながら言った。

「おまえたちよくこんな不味《まず》いものが食えるな。メインディッシュの牛肉が臭《くさ》くて食べられない。ロシア兵が略奪する理由が分かった。臭い飯に我慢できないんだ。わざとまずいレーションを兵士に配布して、組織的に略奪行為をさせているに違いない。米国の刑務所の方がよほどうまい物を食わせるぞ」

ワットはレーションのパッケージからチョコレートを出しながら言った。

「おまえ、刑務所に収監されたことがあるのか？　飢え死にするよりはましだ。腹減って動けなくなっても知らないぞ」

辰也は鼻先で笑い、歯応えのないチーズを微妙な表情で食べている。今さら不味いとも言えずに我慢しているようだ。

「確かに酷《ひど》い味ですね」

田中がすぐ近くで食べている浩志に苦笑してみせた。仲間はまるで何事もなかったように振る舞っている。リベンジャーズの仲間は今以上に危機的状況に陥《おちい》った経験もあるので、落ち着いているのだろう。

だが、フォメンコら第五特務連隊のメンバーはかなり疲れ切っている。少なくとも半径七十キロはロシア軍の支配下にあるという状況下のため、精神的に消耗しているようだ。それを理解しているワットは、いつもにもまして明るく振る舞っているのだろう。

「カーシャは薄味で、今の俺にちょうどいい」

浩志はプラスチックのスプーンでカーシャを食べながら言った。カーシャはスラブ系諸国で食される粥《かゆ》である。バセノフに殴られてできた口内の傷には、ミートボールのデミグラスソースは、刺激が強すぎるのだ。

傍らに置いてあるスマートフォンが反応した。友恵からの電話と表示されている。通信機器一式を奪回したと代理店には知らせてあった。友恵には、アルトゥルのスマートフォンのデータはすべて送ってある。膨大なテキストや音声データがあったのだが、すべてロシア語だったために解析を頼んだのだ。

――大変なことが分かりました。

通話ボタンを押すと、挨拶《あいさつ》も抜きに友恵がさっそく話し始めた。

「仲間にも聞かせた方がいいか？」

浩志は仲間の顔を見ながら尋ねた。一人で聞いても後で仲間に報告するので同じことだが、長い間ウクライナで闘っているので仲間も友恵の声が聞きたいだろうと思ったのだ。

――もちろんです。

友恵の声が大きい。張り切っているというより、憤慨しているようだ。棘《とげ》があるように感じる。

「スピーカーモードにした」

浩志はスマートフォンの音量を上げてバックパックの上に載せた。

――アルトゥルのスマホには膨大なグルシャコフの通話記録が保存されていました。すべて解析したわけではありませんが、ザポリージャ原発で爆弾を仕掛けたのはグルシャコフのようです。

「何！」

浩志は眉間《みけん》に皺《しわ》を寄せた。

グルシャコフは、上層部からザポリージャ原発の爆破という極秘の命令を受けて行動していたらしい。やはりロシアは偽旗《にせはた》作戦を計画していたのだ。浩志らに計画を妨害されたグルシャコフは、犯人を追ってウシュカルカ村で先回りしていたのかもしれない。浩志らが船を拝借したのを知っていたのなら、軍事衛星で動きを追うことも可能だったはずだ。

「それを知っていたら、あの時逃げるんじゃなくて交戦していたな」

ワットが悔しがっている。

「いずれ、決着をつけるべきだな」

浩志は大きく頷《うなず》いた。

2

十一月二十七日、午前零時三十分。市谷、傭兵代理店。

スタッフルームの中央モニターにはメリトポリを中心にザポリージャ州、ヘルソン州の地図が映し出されている。

地図上には無数の赤い点が二つの州に群がっていた。軍事衛星で検知されたロシア軍の戦車や装甲車や部隊などが表示されているのだ。また、ウクライナ情報総局からの情報も反映されている。

「ウクライナ情報総局からの指示に従ってアストラハンカに避難して正解でしたね」

モニターの前に立っている池谷が腕組みをして言った。

浩志が救出されたことで、池谷も張り切って夜遅くまでスタッフと一緒に働いている。それまでは憔悴《しょうすい》し切って周囲が心配するほどだった。

数時間前、浩志がスマートフォンを取り戻し、すぐに電源を入れた。麻衣がそのGPS信号にいち早く気付き、現地のワットに知らせたのだ。浩志が脱走した直後、リベンジャーズが市警察署にいたことが幸いした。知らせを受けたワットは、わずか二分でヴォロンツォフスキーホテルに駆けつけている。

「オレホボに行くのに、迂回路《うかいろ》はなさそうですね」

栗林が気難しい顔で言った。代理店にサポートにやってきてから日も浅いが、慣れてきたらしい。栗林もそうだが、三人の部下も積極的に善後策を進言するようになってきた。傭兵代理店を介して、リベンジャーズやケルベロスの働きがいかに重要か分かってきたのだろう。

「脱出経路は、他にありませんか？　アゾフ海に出た方が早いと思うんですがね」

池谷は友恵の近くの空《あ》いている席に座って尋ねた。

「私も当初はそう思っていました。しかし、ベルジャンシクの港に停泊していた貨物船は、すでに移動しています。他に全員が乗れそうな船があるのは、ベルジャンシクの六十五キロ東にあるマリウポリ港だけです。ただ、激戦地のマリウポリに行くだけでも自殺行為になります」

友恵は空《から》のコーヒーカップを手に席を離れると、コーヒーメーカーの前に立った。

コーヒーメーカーは豆の種類別に二台置かれている。栗林らが来たこともあり、フル稼働していた。

「我々にできるのはここまでですか」

池谷は渋い表情で呟《つぶや》いた。

「はじまりそうですよ」

ヘッドホンをしている仁美が右手を上げて言った。栗林のチームは柊真らＢ《ブラボー》チームをサポートしている。彼女はバルムンクの無線をモニターしているのだ。

「了解」

コーヒーを淹《い》れた友恵が、慌てて席に戻った。

十一月二十六日、午後九時五十九分。カミアンスケ。

柊真らは穀物倉庫を出てロシア軍の兵舎として使われている倉庫を包囲している。

当初、ワット率いるＡ《アルファ》チームが浩志を救出し、ザポリージャに向かってＥ１０５号線を使う場合に備え、無人の穀物倉庫に潜《ひそ》んでいた。彼らの脱出路を確保すべく、ロシア軍のＴ－72Ｂ３戦車を使えるようにしている。浅野から武器システムの使用法を聞き出し、前線の簡単ではあるが訓練も行っているのだ。二台の戦車でＡチームが通過する寸前に、ロシア軍を壊滅させるという大胆な作戦であった。

Ａチームはオレホボ経由でロシア軍支配地を脱出しようとしたが、ロシア軍に指名手配されてしまい、断念したことを傭兵代理店から報告されている。彼らが孤立無援の状態に置かれたため、柊真は地元のパルチザンと連絡を取って新たな作戦を立てたのだ。

「本当に四人だけで大丈夫ですか？」

傍らのリバルカが心配顔で尋ねた。彼は応援を要請し、五人のパルチザンの仲間を連れている。

「兵舎にいるのは、十四、五人なんだろう？」

柊真は平然と答えた。

「俺たちは補佐みたいなものだがな」

柊真の背後に控えるセルジオが笑った。

作戦は至って簡単で、まずは前線の塹壕《ざんごう》の兵士に気付かれないように銃は使わず、音もなく兵舎を制圧するのである。その後、塹壕から交代するために兵舎に戻ってきたロシア兵をパルチザンが待ち伏せて始末するのだ。大半の兵士を失った頃に前線の兵士らも異常に気付くだろうが、その頃にはパルチザンが大挙して塹壕をも制圧する。

前線のロシア兵をそっくりパルチザンと入れ替え、ウクライナ兵を引き入れるのだ。兵舎を制圧したら、近くで待機しているパルチザンの小隊が動くことになっている。

カミアンスケ南部を陥《おとしい》れれば、次に解放するのは十三キロ南南西にあるヴァシリヴカという街である。メリトポリから七十キロ北に位置する中堅の街で、中隊クラスが駐屯しているそうだが、メリトポリまでは小さな村が点在するだけなのでロシア軍の抵抗も少ないだろう。

ウクライナ軍にとってもヴァシリヴカまで前線を押し戻せば、メリトポリ奪回も現実味を帯びてくる。柊真らケルベロスは、ウクライナ軍の切り込み隊の役目を引き受けた。ウクライナ軍とパルチザンの力を借りて前線のロシア軍を後退させることで、Ａチームの逃走ルートを確保するのだ。

兵舎を制圧するに当たって柊真は先に潜入し、襲撃することにした。セルジオら三人の仲間は遅れて攻撃に参加する。長年一緒に組んでいるセルジオらでも、柊真の動きには付いていけないのだ。暗闇の中を一緒に突入すれば同士討ちどころか、柊真の足手まといになる。

「行くぞ」

柊真はそう言うと足音を忍ばせて倉庫の出入口の前に立った。

セルジオらは柊真のすぐ後ろに控えている。

柊真はドアを開けて中に入ると、ポケットから鉄礫《てつつぶて》を出して両手に握った。幼い頃から祖父である妙仁に古武道を叩《たた》き込まれており、印地《いんじ》という投擲《とうてき》技を得意としている。複数の直径十三ミリの鉄礫を常に携帯していた。使い方次第で、鉄礫は頭蓋骨さえ貫くほどの威力がある。片手に四個ずつ握り、通常は一個ずつ投げて最大八人まで倒すことが可能である。

リバルカが地元の農民に尋ねたところ、一階は打ち合わせができる部屋と事務所になっており、宿泊施設は二階にあるそうだ。とはいえ、ロシア軍がその通りに使用していると は限らない。

廊下の奥で話し声が聞こえる。

柊真は廊下の奥へと進み、セルジオらは二階に上がる。

途中の事務所と洗面所を覗《のぞ》き、無人であることを確認すると、奥の部屋のドアを開けた。窓にはシートが貼られてあり、光が漏れないようにしている。

五人の兵士が、テーブルを囲んでカードゲームをしていた。その奥にも二人の兵士が酒を飲んでいる。その脇に大型の通信機が置かれていた。このエリアの司令所の役割をしているらしい。

ウォッカの瓶を手にした奥の兵士と目があった。

「誰だ！」

兵士が慌てて立ち上がり、壁に立てかけてあるＡＫ74Ｍに手を伸ばすと、他の兵士もカードを捨てて武器を手にした。

柊真はまるでオーケストラの指揮者のように縦横に手を振った。兵士らは銃のトリガーに指を掛ける暇も与えられずに頭部に鉄礫が命中し、呻《うめ》き声すら上げずに次々と床に倒れた。手加減したので、脳震盪《のうしんとう》を起こして気を失っているだけである。

「こちら、バルムンク。一階をクリア」

柊真は仲間に無線連絡をすると、床に落ちている鉄礫を拾って部屋を出た。印地は掌《てのひら》に収まるものなら石でも、ボルトやナットでも何でもいいのだが、使い慣れない物では命

をロープで拘束するのだ。

リバルカと五人のパルチザンたちと廊下ですれ違った。彼らは柊真が倒した七人の兵士をロープで拘束するのだ。

階段を上がると左右に部屋がある。廊下の暗闇にセルジオらが待機している。柊真が一階をクリアするまでに二階の兵士に気付かれれば、彼らが行動を起こすことになってい た。一部屋に二段ベッドが四つずつあり、十六人が宿泊できる施設になっていたが、村人によると近年ではあまり使われなくなっていたらしい。

柊真と岡田、浅野たちとで半日近く倉庫を監視していた。前線の塹壕のロシア兵は五人ずつ四時間交代しており、それぞれの組が時間をずらしているので二時間ごとに倉庫で休んでいる兵士と入れ替わる。そのため、兵舎には常に十五、六人いるらしいことが分かった。すでに七人倒したので、残りは十人前後ということになるだろう。また、数分前に五人の兵士が入れ替わっているので、二時間は新たな兵士は来ない計算になる。

柊真が右側の部屋に忍び込んだ。セルジオらは左側の部屋に潜入する。

室内は、部屋の片隅に置かれている灯油のランタンの侘《わび》しい光で照らされていた。二時間ごとに交代するので、すぐに動けるようにランタンを灯《とも》しているのだろう。この部屋の窓も布で覆われているので光は外に漏れない。

柊真は音を立てないように手前の二段ベッドの上に乗った。下の段に寝ている兵士に対処していると、上から攻撃される可能性があるからだ。下の段のベッドはすべて埋まっていたが、上の段に寝ている兵士は二人、この部屋には六人の兵士がいる。

上の段のベッドと天井までは一メートルほどあるが、中腰で行動しなければならない。柊真は跪《ひざまず》くと足元の兵士の鳩尾《みぞおち》に拳《こぶし》を入れて気絶させた。すかさず横に二メートル飛んで、隣りのベッドの兵士の鳩尾に膝《ひざ》蹴《げ》りを入れる。

「ぐっ」

兵士が呻き声を発した。蹴りが浅かったのだ。高さが足りなかったので蹴りが不充分だったようだ。柊真は、兵士の顔面に肘《ひじ》打ちを入れて昏倒《こんとう》させる。

「うん？　何だ？」

下の段の兵士が目覚めた。膝蹴りを入れた際にベッドが揺れて音を立てたのだ。

柊真はベッドを飛び降りて、体を起こそうとした二人の兵士の眉間に鉄礫を当てた。同時に近くのベッドで寝ている兵士の首筋に手刀を入れ、反対側に眠る兵士の肩を叩いて起こした。残った兵士は熟睡していたようだ。

「もう交代か？」

起き上がった兵士の後頭部に、肘《ひじ》打ちを叩き込む。横になっている敵を素手で倒すのは意外に難しいのだ。

六人の兵士を昏倒させた柊真は、隣りの部屋を覗いた。

「もう片付けてきたのか？」

セルジオが二段ベッドの上で、ロシア兵の首を絞めながら尋ねた。下の段の兵士はフェルナンドとマットがすでに対処したようだ。

「殺すなよ」

柊真は首を絞められているロシア兵の顔を見ながら言った。年齢は二十代前半と若い。この半年でロシア軍の精鋭部隊はほぼ壊滅している。それはワグネルも同じで、先兵として三分の二以上の兵士を失っているようだ。

前線では兵士として日が浅い若者か、予備役で動員された四十過ぎの兵士をよく見かけるようになった。彼らは数合わせで投入されたに過ぎず、ウクライナ軍の標的になるしかないのだ。

「心配するな。素人《しろうと》を殺すほど落ちぶれちゃいない」

セルジオは気を失った兵士を放した。

「次はどうする？」

フェルナンドが尋ねてきた。手応えもなく兵舎を制圧したので物足りないようだ。

「下で酒を飲んでいた兵士は大尉と少尉だった。このエリアの指揮官なのだろう。上官を失った塹壕の兵士は、烏合《うごう》の衆に過ぎない。このまま塹壕も襲撃すれば、夜が明ける前に制圧できるだろう。行くか？」

柊真はあえて仲間に尋ねた。

「当然だろう」

セルジオが答えると、フェルナンドとマットが笑《え》みを浮かべて頷いた。

3

十一月二十六日、午後十一時四十分。ザポリージャ州アストラハンカ村。

浩志とワットは穀物倉庫の外でＡＫ74Ｍを手に見張りに立っていた。

見張りは四人出すことにしており、村瀬と鮫沼が敷地の出入口に立っている。他の仲間には、今のうちに体を休めるように命じていた。

「明日は雨だな」

ワットはウォッカの小瓶を手に夜空を見上げて言った。午後から空は厚い雲に覆われている。気温は八度と震え上がるほどではないが、月もなく闇が深いだけに体が冷えきっていた。

「雨か」

浩志は吸った空気を吐き出すように意味もなく答えた。仲間と平等になるように見張りを買って出たものの、疲れが出てきたのだ。昔と違って売るほどの体力はない。

「この戦争は今年の秋までには終わるというやつもいたが、終わりそうにないな」

ワットはＡＫ74Ｍを足下に立てかけて欠伸《あくび》をした。欧米諸国がウクライナに肩入れしているのでなんとかロシア軍に対抗できている。だが、戦況が際立《きわだ》って好転しているわけでもないので、ワットも疲れを感じるのだろう。

「ロシアがこの戦争に負ければ、プーチンは失脚どころか暗殺される。ウクライナが音《ね》を上げて停戦に持ち込まない限り、プーチンはどんな形でも戦争を継続させるだろう。それまでウクライナは焦土と化し、ロシア兵の死体の山が築かれることになる。それにプーチンの後釜に座るやつにもよるが、敗戦はロシアの崩壊を意味する。それを避けるために、ロシアは国境線の変更というトロフィーを欲しがるだろうな」

浩志は淡々と言った。

「ところで、グルシャコフはどんな男だ？　傭兵代理店の調査では、スペッナズ出身の元ＦＳＢの中佐だったらしい。ウクライナがＦＳＢの諜報員の名簿を公表したことで、ＦＳＢ本部の名簿から抹消されたらしい。その後、さらに極秘の軍事組織ブラックユニットに鞍替《くらが》えしていたようだな。だが、記録だけでは人間性まで分からない」

ワットはウォッカを一口飲むと、小瓶を浩志に渡した。

「爬虫類《はちゅうるい》のような目付きをしている。頭の切れるやつだ。おそらくブラックユニットの中でも幹部クラスだろう」

浩志はウォッカを口に含み、慌てて飲み込んだ。口内の傷に染《し》みたのだ。消毒にはなったかもしれないが。

「ブラックユニットは正体がよく分からないが、どう思う?」

ワットは質問を続けた。

「やつらが投入されたのは最近のことだ。というか、ブラックユニットの存在自体も新しいと思う。しかも、バリア部隊よりも上位組織らしい。アルトゥルから詳しく聞き出せればよかったんだがな」

浩志は首を傾《かし》げながら答えた。

「組織として新しいのか? バリア部隊自身もプーチンから直接命令を受けているそうじゃないか。組織的には陸軍の一部隊だが、大統領直属と言われるのはそのためだろう。そもそも同胞のロシア兵を階級に関係なく殺せと命じることができるのは、参謀総長か大統領だけだからな。バリア部隊よりも上というのなら、本物の大統領直属なのだろう。だが、ワグネルも実質的には大統領直属だよな。直属部隊が増えたのか?」

ワットは肩を竦《すく》めた。

「これまでワグネルは戦場で主体的に闘い、ウクライナ軍を圧倒してきた。にもかかわらず正当に評価されていないと、プリゴジンは文句を言っているらしい。実際、正規軍から武器の援助がないようだ。プーチンも今は距離を置いているんじゃないか。現段階でワグネルが大統領直属部隊というのは疑わしい」

浩志は首を振って笑った。

戦場にいても傭兵代理店やウクライナの情報総局から情報を得るだけでなく、スマートフォンで世界中のニュースを見ることができる。

「これはまだ発表されていないことだが、米国のシンクタンクは、ロシアのショイグ国防相が、ワグネルを援助しないことで傭兵部隊の損耗《そんもう》を画策していると分析している。ロシアの知識層や軍幹部にしてみれば、囚人を兵士にするプリゴジンのやり方が気に入らないのだろう。もっともプリゴジンは正規軍は無能だと批判している。嫌われても当然だろうな」

ワットは鼻息を漏らすように笑った。

「それもあるかもしれないが、プリゴジンがワグネルを使って叛逆《はんぎゃく》することを恐れているのだろう。ワグネルに武器や弾薬を渡せば、寝首をかかれる恐れがあるからな。プーチンはワグネルの代わりにブラックユニットを創設したんじゃないのか？」

浩志ははたと思った。前線で総崩れになる前に軍を立て直そうとプーチンは考えているのだろう。ワグネルをあてにできないと見限り、自分の命令が直接下せる部隊を創設したのではないか。

「プーチンも崖《がけ》っ縁《ぷち》だからな。その可能性は大いにあるぞ」

ワットは手を叩いて頷いた。

「グルシャコフは、二月二十四日にリベンジャーズがロシア軍の侵攻を妨害したと疑っていた。俺たちの行動は、一般の兵士は知り得ない情報だ。やはり、参謀本部かＦＳＢから情報を得ているのだろう。只者《ただもの》じゃないな」

浩志はグルシャコフに拷問された時の光景を思い出した。

「俺たちの情報は、ウクライナの裏切り者からロシア側に抜けているのだろう。別に不思議なことじゃない。だが、俺やマリアノを除いて、リベンジャーズは日本人の傭兵特殊部隊だと思われている。北朝鮮の労働者という偽装もバレているようだし、移動するには、どうしたらいいんだ」

ワットは頭を抱えた。検問で仲間の顔立ちが怪しまれないか心配しているようだ。

「ここは戦地だぞ。加藤や田中は怪我人《けがにん》にして、残りの仲間はバラクラバでも被れば、問題ないだろう」

浩志は苦笑した。加藤と田中は日本人らしい顔立ちで、誰が見てもアジア系なのだ。

「そうだな。だとしたら、どういう部隊にするかということだな」

ワットは何度も頷いてみせた。

浩志のスマートフォンが反応した。画面を見た浩志はニヤリとし、通話ボタンをタッチする。

——顔の形が変わったって聞きましたが、大丈夫ですか？

柊真からである。彼が冗談を言うのは珍しい。

「たまにはそういうこともある」

浩志は笑みを浮かべた。

——お元気そうで安心しました。ついさきほど、カミアンスケを制圧しました。Aチームが、E105号線でザポリージャ入りできるように退路を確保するつもりです。

柊真は落ち着いた声で話した。

「本当か。無理はするな。脱出経路はすり合わせをしよう」

浩志は両眼を見開きつつ、声のトーンを抑えて言った。カミアンスケは最前線であり、簡単に攻略できるとは思っていなかったからだ。

——そちらこそ。爆弾が仕掛けてあるトラックを運転したと聞きましたよ。歳《とし》を考えて、無茶はしないでください。

逆に柊真にたしなめられてしまった。

「年寄り扱いするな。情報を集めて明日にも移動しようと思っている。こちらから連絡する」

苦笑を浮かべた浩志は通話を切った。

4

十一月二十七日、午前三時。ザポリージャ州。

深夜のアストラハンカ村をＵＡＺ－４６９とウラル－４３２０は出発した。

顔の怪我を隠すため右目を覆うように包帯を巻いた浩志は、ＵＡＺ－４６９の後部座席に座っている。右目の腫《は》れが酷くなり、瞼《まぶた》が塞《ふさ》がってしまったため変装というわけでもない。

「それにしてもケルベロスがカミアンスケを陥落させるとはな」

隣りに座っているワットが、唸《うな》るように言った。

「兵舎となっていた倉庫で十八人、塹壕の兵士は四十二人いたらしい。敵は抵抗した六人だけ死亡、残りはすべて捕虜にしたそうだ。一時間も掛からなかったらしい。柊真は敵が油断していたと言っていたよ」

三十分ほど前に脱出計画を柊真と打ち合わせた際に詳しく聞いたのだ。全員で打ち合わせをしたかったが、時間がないのでとりあえず出発した。仲間には、ロシアの砲撃分隊を襲撃するとだけ言ってある。

「前線の兵士がたったの六十人って少なすぎないか？」

ワットが首を傾げた。後部座席に彼と同乗したのは、作戦の打ち合わせのためである。そのため、二人の会話を仲間が無線で聞いていた。

「置き去りにされたのだろう。実質的にロシア軍は後退したのだ」

浩志は鼻先で笑った。

「置き去り？　ロシア軍が得意な戦略的撤退か。ロシアは欲張って占領地を広げすぎたからな。前線が維持できないが、後退すればウクライナ軍を勢いづかせる。だから補充兵を送らずに、細々と前線を維持しているんだな。しかも兵士が勝手に後退すれば、バリア部隊から命を狙われる。プーチンに踊らされているロシア兵は哀れだな」

ワットはしみじみと言った。

「カミアンスケのロシア軍は捨て石だった。柊真もそう見ている。百人は相手をするつもりだったが、敵が少なかったとぼやいていた」

浩志は首を振って笑みを浮かべた。

「六十人を相手に闘ったのに不満とはな。戦争マニアか」

ワットが肩を竦めた。

「ロシア軍にとって実質的な前線は、カミアンスケの十三キロ南南西に位置するヴァシリヴカだ。ケルベロスは銃を使わずに敵を殲滅《せんめつ》させ、無線を使う暇も与えなかったらしい。ロシア軍はカミアンスケが陥落したことを知らないはずだ」

粗末な塹壕は繋《つな》がっておらず、一つずつ潰《つぶ》していったそうだ。銃声を立てないように柊真は素手と鉄礫で、仲間は素手と特殊警棒を使ったらしい。塹壕だけに敵は逃げ場を失い、攻略するのは簡単だったようだ。

「柊真が敵じゃなくて本当によかったよ。あいつが百人いたらこの戦争を終わらせられるんじゃないのか」

ワットはわざとらしく震えてみせた。

「そうかもな。柊真は当初ヴァシリヴカまでウクライナ軍の協力を得て進軍するつもりだったらしいが、そうなればロシア軍と全面対決になるという理由で、ウクライナ軍から待ったが掛かったらしい」

浩志は世間話をするようにゆっくりと話した。いつものことだが、戦闘前でも変わらず落ちついている。

「ところで砲撃分隊を襲撃するのと、俺たちの脱出計画は関係しているのか？」

ワットは苛《いら》立《だ》ってきたらしい。

「今から一時間後、ロシア軍に盗聴されるように、カミアンスケはウクライナ軍によって落とされたという情報をウクライナ情報総局が流す。そうなれば、ロシア軍は押し返そうと、カミアンスケを攻撃するはずだ。ただし、このエリアで兵士を送り込む余裕はない」

「おいおい、そういうことか」

ワットは人差し指を立てた。

「俺たちは砲撃分隊と入れ替わって砲撃ポイントに向かう。ヴァシリヴカを守り、なおかつカミアンスケを攻撃するというのなら砲撃ポイントは当然ヴァシリヴカの北にある防衛ラインになる。援軍として堂々とロシア軍の駐屯地を通り抜けることができるはずだ」

浩志は説明を続ける。

「ヴァシリヴカを抜ければ、カミアンスケまでは楽勝だ。地雷原も通らずに済むな」

ワットは拳を握った。ヴァシリヴカ周辺の道路はロシア軍が地雷を敷設したという情報があり、迂回もできなかったのだ。

「メリトポリの郊外にあるＥ１０５号線沿いのガソリンスタンドに砲撃分隊がいる。ここから二十キロ西だ。一時間もあれば入れ替わることは可能だろう。そこからヴァシリヴカまでは北に六十キロ。夜が明ける前に通り抜けたい。まずは砲撃分隊の攻略、これが作戦だ」

浩志は仲間に伝わるように言った。砲撃分隊は他にも駐屯しているが、傭兵代理店に調べさせたところ、メリトポリの北に位置する分隊が近いのだ。しかも、そこまでロシア軍とはすれ違うこともなく行けるらしい。

「いい作戦だ。気に入ったぞ」

ワットが手を叩くと、無線機のイヤホンから拍手が聞こえた。仲間も賛同してくれたらしい。

「時間はないが、慌てずに行くぞ」

浩志は改めて無線で仲間に呼びかけた。

5

午前三時四十分。

メリトポリから五キロほど北に位置するE105号線沿いにアミック・エナジーのガソリンスタンドがあった。

アミック・エナジーはオーストリアのエネルギー会社で、自国だけでなくラトビア、リトアニア、ポーランド、それにウクライナにもサービスステーションを出している。ガソリンスタンドには欧米スタイルの小さなコンビニエンスストアが併設されており、駐車スペースに二台のウラル−4320が停めてあった。そのうちの一台に2A65　152ミリ榴弾砲〝ムスタ−B〟が牽引《けんいん》されている。

ロシア軍による侵攻で物流は途絶え、スタンドにはガソリンや軽油は供給されていない。地下タンクに残っているものがすべてである。それでも、ロシア軍の砲撃分隊が使っているということは、まだ燃料は残っているのかもしれない。あるいは、田園地帯にポツンとある建物だけに、コンビニエンスストアを単に宿泊施設として使っている可能性もある。いずれにせよ、金を払わないで使用する彼らは、卑劣な略奪者に過ぎない。

浩志はUAZ-469の傍らに立ち、暗視双眼鏡でガソリンスタンドを見ていた。

UAZ-469とウラル-4320は、ガソリンスタンドから三百メートルほど離れた農道のサウスストリート上に停めてある。フォメンコの話では周囲は見渡す限りひまわり畑で、今は何も植えられていないため見通しが利くとのことだ。ガソリンスタンドのロシア兵に気付かれないように、離れた場所に停車したのだ。

――こちらトレーサーマン。リベンジャー、応答願います。

斥候《せっこう》に出ている加藤からの無線連絡が入った。

「こちらリベンジャー。どうぞ」

浩志は暗視双眼鏡を下ろし、無線に答えた。

――見張りは立っておりません。兵士は十八人、全員コンビニの床に雑魚寝《ざこね》しています。

加藤はコンビニエンスストアの中に潜入して確かめたらしい。彼は米国のネイティブインディアンから五感を超感覚で使う秘術を学んでいる。亡霊のように存在を消し、眠っている兵士の間をすり抜けることなど朝飯前なのだ。いつものことで驚かないが、なんなら爆弾でも仕掛けてくれれば造作ないだろうと言いたくなる。だが、それでは武器を持たない敵を攻撃しない、というリベンジャーズの暗黙のルールに反するのだ。

「突入しても大丈夫そうだな」

浩志は念のために尋ねた。加藤が手ぶらで戻ってきたとは考えられないからだ。

——室内が狭いためか、AK74を壁に並べて立てかけてありましたので、トリガーガードにパラコードを通して結んでおきました。

加藤は淡々と報告した。

パラコードとは、パラシュートコードの略で、ナイロン製の丈夫な細いロープのことだ。パラコードを編み込んでブレスレット状にした物が、災害用やサバイバルグッズとして市販されている。仲間は長さ四、五メートルのパラコードを棒状に編み込んで持ち歩いていた。荷物の積み下ろしや、夜営時にシートをテントとして使うためなど、いざという時に役に立つ。

「了解。Aチーム、Bチーム、行動開始」

浩志は無線で号令を掛けた。リベンジャーズをAチーム、第五特務連隊をBチームとしている。荒地を吹き抜ける風の音に紛《まぎ》れ、十六人の男たちは暗闇をひたすら走った。

三百メートル走り抜けると、浩志は息を整えながらBチームを三つに分け、村瀬と鮫沼も加えてコンビニエンスストアの建物の四方に配置した。周囲の見張りと同時にロシア兵がガラスを破って脱出を試みた際の備えである。

浩志は途中で合流した加藤と辰也を組ませ、残りのワットと宮坂と田中と瀬川を二番手に決める。

加藤らに合図を送ると、AK74Mを手に浩志はその最後尾に付いて正面入口から足を踏み入れる。加藤らは一目散にAK74が立てかけてある壁に向かい、ワットらは部屋の真ん中で背中を合わせて四方に銃口を向けた。ロシア占領下の土地と油断しているのか、床に雑魚寝している兵士らはいびきを立てている。突入したのがパルチザンなら、間違いなく全員殺されただろう。

もっとも、銃を使わない理由はある。ロシア兵の戦闘服を血で汚したくないからだ。

「起きろ！」

ワットがロシア語で叫んだ。

「何……」

ロシア兵らは何事かと飛び起きた。中には壁に立てかけてあるAK74に手を伸ばした兵士もいたが、浩志や加藤がAK74Mのストックで容赦《ようしゃ》なく叩き伏せる。

「動くな！　抵抗したら殺す！　座れ！　逃げられると思うな。すでにこの建物は包囲してある」

ワットは立ち上がった兵士の鳩尾を蹴り上げた。

「何者だ？」

一人が手を上げながら恐る恐る尋ねた。

「おまえらはウクライナ人に質問を許したか！」

近くにいた浩志が、質問した兵士の後頭部をストックで殴りつけて昏倒させる。彼らを殺さないようにするには、恐怖感を植え付けて無抵抗にすることだ。

慌ててロシア兵らは床に腰を下ろして手を上げた。

「指揮官は立て！」

浩志はハンドライトでロシア兵の階級章を照らしながら言った。案の定、誰も立とうとはしない。六人の階級を調べ終えて七人目の兵士を照らしたところ、一人の男が渋々立ち上がった。階級章は大尉である。

すかさず瀬川が樹脂製の結束バンドで、男の両手首を前で縛り上げた。後ろ手にしたいところだが、長時間拘束する場合、前で結ばないと小用をさせる際に面倒なことになるのだ。

「全員、戦闘服を脱げ！」

ワットはロシア兵に命じる。手順はすでに打ち合わせてあった。

「こちらリベンジャー。制圧した。Bチームはそのまま見張りに立っていてくれ。ハリケーンとサメ雄はこっちに来てくれ」

浩志は村瀬と鮫沼を無線で呼び寄せた。第五特務連隊は全員ロシア兵の格好《かっこう》をしているが、浩志と辰也とワットを除いてリベンジャーズは作業服のままなのだ。

十分後、UAZ－469とウラル－4320、それに〝ムスタ－B〟を牽引したウラル－4320にリベンジャーズと第五特務連隊の仲間が次々と乗り込む。三台の運転は、フォメンコの部下に任せてある。

UAZ－469の助手席には捕虜にした砲撃分隊のアラン・イグナシェビッチという名の大尉を座らせ、後部座席の浩志とワットがグロック17の銃口を突きつけて乗っている。大尉は解放してくれればどんな指示にも従うと、第278砲撃分隊の指揮官だと自白した。

後続のウラル－4320の助手席にはフォメンコが乗り込んだ。〝ムスタ－B〟を牽引しているウラル－4320の荷台には砲弾や機材が積み込んであるため、二台目のウラル－4320の荷台にロシア兵に成りすましたリベンジャーズと第五特務連隊の残りのメンバーが乗っている。

下着姿の砲撃分隊の十七人の兵士は、手足を縛ってコンビニエンスストアの床に転がしておいた。室内の気温は十度ほどなので、凍死することはないだろう。また、一台余ったウラル－4320はエンジンの配線を切断し、ガソリンタンクに穴を開けておいたので、たとえロシア兵が拘束を解いても車で移動することはできない。

「サーボ。出発してくれ」

浩志はハンドルを握るサーボに指示をした。

6

午前五時十分。

リベンジャーズと第五特務連隊を乗せたＵＡＺ－４６９と二台のウラル－４３２０は、Ｅ１０５号線を北上している。

中間地点であるヴリッァ・ガガリーナ通りとの交差点に歩兵小隊が検問所を設けていた。近くにあるルホフ・メドウズ村に駐屯している部隊らしい。

だが、交差点に簡易的に作られた検問所の兵士らは、浩志らが乗った三台の車列に無気力な視線を向けただけであった。三台もの軍用車がすべて敵だとは想像すらできないのだろう。そもそも村や町に設置されている検問所はウクライナ人を捕らえるためのもので、ロシア軍を調べるためのものではないからだろう。

浩志はアミック・エナジーのガソリンスタンドを出発する直前、柊真と連絡を取っている。また、情報総局のラキツキーにもカミアンスケ陥落の情報を早めにリークするように伝えた。ラキツキーはロシア軍に盗聴されている回線を使って、ザポリージャ守備隊からの報告という形でウクライナ参謀本部に情報を流したそうだ。

一時間前にウクライナ軍がカミアンスケ南部を攻撃したという情報が、FSBからロシア軍参謀本部に報告されたことをウクライナ情報総局で確認している。彼らはFSBの通信やメールを傍受しているらしい。

その直後にロシア軍参謀本部からザポリージャ駐屯軍司令部に情報が伝達され、現地ロシア軍のドローンがカミアンスケの上空を偵察している。ウクライナ軍は、塹壕近くに立てられたウクライナ国旗を撮影させるためにあえて撃墜しなかったそうだ。

三台の車列は時速四十キロ台で走っている。最後尾のウラル－4320が〝ムスターB〟を牽引しているためスピードが出せないからだ。また、カミアンスケ陥落の情報が、現地のロシア軍に確実に入るタイミングを計る必要もあった。

「検問所です」

UAZ－469を運転しているサーボが硬い表情で言った。

――こちらリベンジャー。ヴァシリヴカに到着したようだ。検問所を通る。

浩志は全員に無線で連絡した。時刻は午前五時三十分になっている。

金属製の移動バリケードが道路を塞いでおり、両脇にUAZ－469が停められていた。その周囲に数名の兵士が煙草《たばこ》を吸ってたむろしている。支配地域の内部から来た兵士を怪しむことはないのだろう。

UAZ－469と二台のウラル－4320は、移動バリケードの前で停められた。

「おかしな真似《まね》はするな」

ワットは後部座席から助手席のウィンドウを下げ、グロック17の銃口をイグナシェビッチの脇腹に突きつけた。

「分かっている」

イグナシェビッチは険しい表情で頷いた。両手は縛り上げたままで、それを隠すように毛布が掛けてある。

「夜明け前に何事ですか？」

ＡＫ74Ｍを手にした二人の兵士が助手席側に立って尋ねた。

「第２７８砲撃分隊だ」

イグナシェビッチは、強張《こわば》った表情で答えた。緊張のせいもあるだろうが、演技まですするつもりはないらしい。

「第２７８砲撃分隊、確かイグナシェビッチ大尉でしたね。移動命令は聞いていませんが？」

尋ねた兵士はイグナシェビッチの顔を見て頷いたものの首を傾げた。

「軍曹。カミアンスケが陥落したことを知らないのか？」

ワットは後部座席のウィンドウを下げて兵士に尋ね返した。

「本当ですか？」

軍曹は部下と顔を見合わせた。

「一時間前に司令部から連絡が入った。前線のおまえたちが知らないでどうする。上官にすぐ確認してみろ、我々はカミアンスケのウクライナ軍を砲撃する命令を受けているんだぞ。他の砲撃分隊とは現地で合流することになっている」

ワットは早口で捲《まく》し立てた。

「はっ、はい」

兵士は無線機で呼びかけたが、すぐ諦《あきら》めてスマートフォンで電話を掛けた。上官は眠っているのだろう。

「まったく、ロシア軍の混乱ぶりは目に余るな」

ワットはロシア語で文句を言った。

「おっしゃる通り、確認しました。三キロ先にラウンドアバウトがあり、そこに北検問所があります。そこを右折すれば、カミアンスケ方面です。我々が〝宇宙船〟と呼んでいる道路警察署が目印です」

軍曹は他の兵士に移動バリケードを指差し、右手を振った。兵士らは車が通れるように移動バリケードを撤去しはじめた。

「我々がこれから通ると、北検問所に伝えてくれ」

ワットは軍曹に言うと、サーボの肩を叩いた。

「はい」

サーボは車を出した。

三キロほど進むと、大きなラウンドアバウトに出る。軍曹が言っていたように、鉄骨で組まれた三本の柱に支えられた土台に宇宙船を思わせる円盤型の建物が、ラウンドアバウトの中央にあった。遠くを見渡せるほど高い位置にないが、ラウンドアバウトを監視するには充分だろう。エレベーターはないので、階段で建物に入らなければならないようだ。設計上低くせざるを得なかったに違いない。

円盤を左手に見ながら右折すると検問所があった。道路の中央に鉄骨の移動柵があり、その両脇を装甲兵員輸送車ＢＴＲ－80で固めている。その隣りにウラル－４３２０が停めてあった。おそらく待機中の兵士が荷台で休んでいるのだろう。

ＢＴＲ－80はＫＰＶＴ14・５ミリ重機関銃とＰＫＴ７・62ミリ機関銃を装備しており、その銃口は道路の中央に向けられていた。通過する車両をいつでも狙い撃ちできる状態にしてあるのだろう。実質最前線というだけあって、厳重な警戒ぶりである。

「ＢＴＲ－80か。何かあったら蜂《はち》の巣にされるな」

ワットは道路脇のＢＴＲ－80を見て渋い表情で呟いた。

「何もないことを祈るしかないな」

浩志もＢＴＲ－80を見て、浮かない顔で頷く。検問所を抜けても追撃されたら勝ち目はないだろう。

サーボは移動バリケードの前で車を停めた。

ウラル－4320の傍らに立っていた二人の兵士が、吸っていた煙草を投げ捨てて駆け寄ってきた。

「第278砲撃分隊だ。急いでいる。早く通してくれ」

後部座席のウィンドウを開けたワットは催促した。

「ちょっとお待ちください。夜間の検問所の出入りには司令官の確認が必要なんです。南検問所から連絡が入りましたが、彼らは司令官の承認を得ていないんですよ。責任を取らされるのは、最終的に我々なんです」

ワットの前に立った兵士が肩を竦めてみせた。上級曹長の階級章を付けている。北検問所の責任者らしい。

「夜間？　ふざけたことを言うな。もうすぐ夜明けだぞ！」

ワットは声を荒らげた。

「落ち着け。彼らも仕事だ」

浩志はロシア語でたしなめると、車から降りた。ポケットから煙草を出すと、オイルライターで火を点《つ》ける。どちらもガソリンスタンドのロシア兵から小道具用に取り上げた。

「トレーサーマン、ヘリボーイ。左のBTR－80を奪取する準備せよ」

浩志は右側のBTR－80にゆっくりと近付きながら、加藤と田中に無線連絡をした。同時に二台を無力化するのだ。

——トレーサーマン。了解。

——ヘリボーイ。了解。

二人は即応した。

加藤なら音もなく装甲車に乗り込んで制圧でき、田中なら操縦できる。浩志が右側のBTR－80に狙いを定めたのは、装甲車のフロントにある操縦席の遮蔽窓《しやへいまど》が開いているからだ。乗員が中で煙草を吸っているらしく、窓から煙が上がっている。遮蔽窓から手榴弾を投げ込めば、内部から破壊することができるのだ。

二台のBTR－80は簡単に攻略できるだろう。だが、その後は間違いなく蜂の巣を突《つつ》いたような騒ぎに陥り、数えきれないほどの追手と闘うことになるだろう。

「こいつを盗むのなら、俺も仲間に入れてくださいよ」

辰也が煙草を吸いながら隣りに立ち、囁《ささや》くように言った。目立たないように三人で行動するつもりだったが、辰也はじっとしていられないのだろう。

「盗むつもりじゃなかったがな。だが、おまえには操縦席が狭すぎるぞ」

浩志は煙草の煙を吐き出して笑った。

「第278砲撃分隊にも出撃命令が出されていると確認できました。車止めをどけろ」

五分ほどして上級曹長はワットらに告げると、バリケードを撤去するように部下に命令した。

「トレーサーマン、ヘリボーイ。中止だ。車に戻れ」

浩志は無線で二人に命じると、辰也の背中を叩いて戻るように促した。交戦はできるだけ避けた方がいいのだ。

「無事に通れそうだな」

UAZ-469の後部ドアを開けると、ワットがつまらなそうに言った。

「そうはさせるか！」

助手席のイグナシェビッチが車から飛び出した。ワットが浩志に気を取られている隙《すき》を突いたのだ。

「車を出せ！」

舌打ちをした浩志はドアを閉めて車から離れ、BTR-80の陰に転がり込んだ。

「こいつらはロシア人じゃない！　ウクライナ人だ！　ウクライナ人だ！」

イグナシェビッチが大声を上げながら走り去る。

「車止めを戻せ！　ウクライナ人どもを逃すな！」

上級曹長は部下に命じながらAK74Mを構え、発砲した。

周囲のロシア兵が反応し、ウラル-4320の荷台からロシア兵が続々と降りてきた。

三台の車列は、あっという間にロシア兵に包囲される。

浩志はＢＴＲ－80の側面ハッチを開け、音もなく忍び込んだ。

ＫＰＶＴ14・５ミリ重機関銃の銃座に兵士が立っている。

浩志は足音を忍ばせて兵士に近付くと、背後の側面ハッチが開いた。振り返ると、乗り込んできたロシア兵と目が合った。

ロシア兵が両眼を見開き、慌ててＡＫ74Ｍを構える。浩志はＡＫ74Ｍの銃身を摑《つか》んで引き寄せ、兵士の顔面に強烈な右ストレートを叩き込む。

銃座にいた兵士が右側からナイフを突き出してきた。浩志は体を巻き込むように回転させて兵士の懐《ふところ》に飛び込み、左肘打ちをそのこめかみに決めた。

凄《すさ》まじい銃撃音。

取り囲んだロシア兵が銃撃しているに違いない。

「くそっ！」

浩志は銃座に立ち、重機関銃の左右のハンドグリップを両手で握る。

「何？」

トリガーに指を掛けた浩志は首を捻《ひね》った。反対側に停めてあるＢＴＲ－80の重機関銃が、ロシア兵を銃撃しているからだ。

――こちらトレーサーマン。左のＢＴＲ－80を奪取。援護するので、本隊は出発してください。

銃撃の合間に、加藤からの無線が入った。

「こちらリベンジャー。右のＢＴＲ－80も奪取した。Ｂチーム、〝ムスタ－Ｂ〟を牽引しているウラル－４３２０を捨てて右のＢＴＲ－80に乗り込め。Ａチーム、そのまま行くんだ」

浩志はロシア兵を銃撃しながら命令を出す。〝ムスタ－Ｂ〟を牽引しているため足が遅いウラル－４３２０は乗り捨てた方がいいのだ。

――こちらピッカリ。遅れるなよ。

ワットから連絡が入り、ＵＡＺ－４６９とウラル－４３２０が、バリケードを避けて猛スピードで走り去る。

〝ムスタ－Ｂ〟を牽引していたウラル－４３２０に乗り込んでいたフォメンコの二人の部下が、側面ハッチを潜《くぐ》り抜けてきた。

「操縦席に座れ！　仲間の後を追うぞ」

浩志は銃撃しながら大声で指示した。

ザポリージャ

1

十一月二十七日、午前八時四十分。

浩志はザポリージャ市の中心にある〝プザタ・ハタ〟というウクライナ料理店のテーブル席で食事をしていた。

キーウを中心に展開するチェーン店で、ザポリージャでは午前八時から午後六時まで営業している。ビュッフェではないが、調理してある料理を選んでトレーに載せていき、最後に会計して食事するという、ウクライナではよく見かけるスタイルだ。

キーウでは夜遅くまで営業していたが、前線に近い街だけにロシア軍の夜襲に備えるべく夜間営業はしていないようだ。

浩志はじゃがいもや人参が入ったフリチニェーヴィー・スープ（麦のスープ）と〝ジェ

ルーニ〟と呼ばれるウクライナ風のハッシュドポテト、それにライ麦パン、飲み物はコーヒーをチョイスした。

店にはリベンジャーズとケルベロスの仲間が一堂に介しているので、英語とフランス語が飛び交っている。

「ザポリージャのプザタ・ハタが営業しているとは驚きですね。キーウでは毎日行っていましたよ」

向かいの席で皿に山盛りの料理を食べている柊真は、フランス語で言って舌鼓を打っている。他の仲間は四人席で食べており、浩志との二人席なのだから仲間に気を遣う必要はないはずだが、柊真はすっかりフランスに馴染《なじ》んでいるようだ。体が大きな男ばかりなので、店は貸切り状態になっていた。

ヴァシリヴカの検問所で捕虜が逃走するというアクシデントで、検問所のロシア軍の守備隊と銃撃戦になった。浩志と加藤と田中がＢＴＲ－80を奪取し、ＵＡＺ－４６９とウラル－４３２０に乗り込んでいるリベンジャーズと第五特務連隊のしんがりを務める形で脱出した。

派手な銃撃戦を繰り広げただけに、五台のＵＡＺ－４６９の追撃を受けた。

六キロほど走ったところで、道路の両脇にある雑木林からＴ－72Ｂ３戦車が突然現れて滑腔砲《かっくうほう》の砲口を車列に向けた。同時に柊真からリベンジャーズを迎えにきたという無線連絡が入ってきた。ロシア軍ではなく、ケルベロスが鹵獲《ろかく》した戦車だったのだ。

浩志ら四台の車列がその脇を通過すると、二台のＴ－72Ｂ３は道路を塞《ふさ》ぐ形で並び、追ってきたロシア軍のＵＡＺ－４６９に向けて滑腔砲を発射した。

先頭車両のＵＡＺ－４６９に命中して爆発炎上すると、残りの追手は慌ててＵターンして逃げていった。戦車を操縦していたのは、マットのほか、ケルベロスへの参加を希望する浅野と岡田という日本人だったらしい。

午前六時にリベンジャーズと第五特務連隊は無事にザポリージャに到着しており、負傷者の手当を受けた。ヴァシリヴカの検問所での銃撃戦で、リベンジャーズは辰也、瀬川、宮坂、村瀬、鮫沼の五人、それに第五特務連隊の四人の兵士が負傷している。手足に銃弾を受けたがいずれも命に別状はない。フォメンコの部下が一人だけ入院したが、他の負傷者は一緒に食事を摂《と》っている。いまさらだが、タフな連中なのだ。

「今回は迷惑を掛けたな」

浩志は柊真の食べっぷりに感心しながら改めて礼を言った。自分が育てたわけではないが、少なからず彼の人生に影響を与えていることは自覚している。傭兵とは因果な商売だけにどこか後ろめたさがあったが、今の柊真を見ていると誇らしさすら覚える。

「何を言っているんですか。お互い様ですよ。それよりも、朝からそんな病院食みたいな食事で大丈夫ですか。傭兵は体が資本ですから」

柊真はハーブを混ぜたバターを鶏《とり》で巻いて揚げた〝チキンキーウ〟を美味《うま》そうに頰張《ほおば》っている。アスリートのように体を鍛えているだけに、タンパク質の豊富なメニューを多く取ったらしい。

「おまえ、また大きくなったんじゃないのか？」

浩志は質問で返した。殴られた口の裂傷が酷《ひど》いため、なるべく刺激のない食事にしたのだが理由を説明したくなかった。

「さすがに身長は一八五センチで止まりました。筋肉が増えた分、体重は百キロを少し超えましたが、こればかりは仕方がありませんね」

柊真は何気なく答えたが、二十歳《はたち》を過ぎてからも身長が伸び続けていたらしい。

「ところで、あの二人の日本人はケルベロスに参加させるのか？」

浩志はコーヒーを啜《すす》りながら尋ねた。

「ケルベロスはEUと同じで、参加者全員の合意がなければ加入できません。特にこれまでフランス外人部隊の出身者ばかりでしたので、なおさらです。普段の稼ぎは自分で確保することと、共通語がフランス語というルールを譲るつもりはありません。二人がフランス会話を習得し、なおかつ仲間の合意が得られれば、私としては問題ないですよ」

柊真はさりげなく答えた。外人部隊に長く所属していたとはいえ、出身が違う国の者たちを束ねるというのは気苦労も多いはずだ。だが、柊真は問題視すらしていないらしい。

彼の器の大きさを物語っている。

「それを知ってなお二人はケルベロス加入を希望しているのか？」

浩志は離れた席でケルベロスの仲間と食事をしている二人の日本人を見て尋ねた。柊真の仲間はフランス語で会話しており、二人の日本人は一生懸命それを理解しようとしているようだ。チームとして紛争地に赴《おもむ》けば、仲間に命を預けることになる。信頼関係はもちろん大事だが、コミュニケーションが取れなければ意思の疎通もできない。

「彼らは我々に命を助けられたことに恩義を感じているようです。それだけのことなら、特に我々のチームに入る必要はないと思います。ただ、今回、T－72B3を動かし、ロシア軍の四駆を破壊したのはあの二人です。能力的には問題ありません。また、ウクライナの紛争が終わっても、大手の軍事会社の傭兵チームに就職するつもりはないと言っていました。正義のない闘いはしたくないというんです」

柊真は小さく頷《うなず》いてみせた。彼としては二人の加入に賛成のようだ。

「なるほど、仲間になる資格はあるようだな」

浩志はにやりと笑った。

「ケルベロスの残りの仲間と深夜に合流する予定です。明日もこの店で一緒に飯を食べませんか？」

柊真は何気なく言った。ウィリアム・ボリやマルコ・ブリットをはじめとした四人の仲間は、これまでリベンジャーズと仕事をしたことがないので紹介したいのだろう。

仲間が乗っている列車はキーウ・パサジルスキー駅で足止めされていたが、ウクライナ東部での安全が確認されたために出発の目処《めど》がついた。キーウからザポリージャまでは十六時間ほど掛かるが、数分後に出発できるそうだ。午前零時前後にザポリージャへの到着を予定している。

「その前に今晩、軽く飲まないか？」

浩志はグラスを掲《かか》げるジェスチャーをした。酒を飲むことが目的ではない。今回の脱出で仲間の大半が負傷した。前線から撤退することを柊真に伝えようと思っている。別のチームなので相談する必要はないが、兄弟チームと言っていいほど関係が深いので、事前に伝えるのは礼儀だと思っているのだ。

「了解です」

柊真は快く返事をした。

2

十一月二十七日、午後四時三十分。市谷、傭兵代理店。

地下二階のエレベーターホール前にあるブリーフィングルームのテーブルに、寿司や刺身などのご馳走《ちそう》が並べてある。池谷が、リベンジャーズが浩志を救出したことと第五特務連隊が無事にザポリージャに到着したことを祝して用意したのだ。

　普段金に渋い社長の大盤振る舞いに古参の友恵や中條も驚いている。もっとも、防衛省情報本部から派遣されていた栗林のチームの送別会も兼ねていた。傭兵代理店は防衛省を通じて政府から報酬を得ているので、大事な取引先とも言える。

「ご苦労様でした」

　池谷は手にした瓶を傾け、栗林のグラスにビールを注いだ。

　ブリーフィングルームには、栗林の三人の部下と傭兵代理店のスタッフからは中條だけが顔を出している。安全になったとはいえ、リベンジャーズが紛争地であるウクライナにいる間は、スタッフルームを空《から》にすることはできない。そのため、友恵と麻衣は自分のデスクで仕事をしていた。

「二週間足らずでしたが、大変良い経験ができました。リベンジャーズの活動はリアルな戦争体験です。彼らの活動を記録するだけで、自衛隊の戦略やリスクマネジメントの資料になるはずです。傭兵代理店とリベンジャーズの活躍を公《おおやけ》にすることができなくて本当に残念ですよ」

　栗林は機嫌良く両手でグラスを持ち、池谷のビールを受けた。リベンジャーズとケルベロスのサポートは彼らにとって緊張の連続だったらしく、今は解放感に満たされているのだろう。

浩志が救出されて安全な都市に脱出できたことを受けて、栗林らのチームは防衛省に戻ることになった。もともと上層部から二週間の研修という名目で派遣されていたので、タイミング的にもちょうどよかったのだ。

「こちらとしても、本当に助かりました。栗林さんのチームは優秀ですね。実戦でも活躍できたのですから」

池谷は長い顔をさらに長くして笑った。

「もう少しお手伝いしたかったんですが、部内でも極秘に動いているので残念です」

栗林は後頭部を叩《たた》きながら苦笑してみせた。

「室長」

それまで茅野や織畑と話していた仁美が突然立ち上がり、栗林の前に立った。

「どうしたんだね」

栗林はグラスのビールを飲み干してテーブルに置き、怪訝《けげん》な表情で仁美を見た。

「茅野さんや織畑さんとも話をしたんですけど、傭兵代理店でこのまま研修を続けさせてもらえませんか。本部に帰っても我々の技術や経験値は上がりませんが、ここなら確実に向上させることができます」

仁美は真剣な眼差《まなざ》しで訴えた。

「確かにそうかもしれないが、今回は特例ということで上層部から命令が降りたんだ。勝手に延長できないんだよ」

栗林は子供をたしなめるように言った。

「白川君は、プログラマーなのでせめて彼女だけでも残してやれませんか。彼女の技術が上がることで部全体の底上げになるはずです」

茅野が腕組みをして栗林を睨《にら》んだ。茅野の階級は一等陸尉で、部では主任を務めている。若いが気働きができる男だ。

「岩渕さんだって、こちらに出向してから目覚ましい進歩を遂げたんです。彼女もそうなりたいと願っているんですよ」

織畑が相槌《あいづち》を打った。織畑は三等陸尉で仁美は准尉という優秀なチームである。

「――そうですね。白川君だけなら研修を延長しても構わないでしょう。上には私から報告しておきます。ただし、私の一存で許可できるのは一週間までです。それ以上は上層部の諮問《しもん》を受けなければいけません」

栗林は頭を掻《か》きながら答えた。

「ありがとうございます！　それでは、私は自分のデスクに戻ります」

仁美は栗林に敬礼すると、スタッフルームに戻って行った。

友恵はスタッフルームの自席で、メインモニターを見つめていた。浩志から送られてきたスマートフォンの膨大なデータを解析しているのだ。これまでデータを解析して様々なことが分かってきた。

スマートフォンの持ち主はアルトゥル・ソトイコフというロシア陸軍少尉で、七月にクリミア半島経由でヘルソン州に派遣された中隊に所属していた。だが、ウクライナ軍に追われて部隊は壊滅し、ザポリージャ州で他の残存兵たちとともに新たな小隊として編成されて任務に就いていたようだ。このヘルソン州から撤退する際に、ブラックユニットに仲間を殺害されたらしい。

アルトゥルはメリトポリで任務を続ける振りをしながら、ブラックユニットの犯罪を暴こうと情報を集めていたようだ。

データを解析していた友恵は、アルトゥルがマイクロソフトのクラウドサービスを利用し、大量のデータをアップロードしていたことに気付いた。しかもアルトゥルは巧《たく》みに複数のIDを使ってクラウドにデータを分散させていたのだ。それらを一つずつ探し出してはダウンロードして解析しているため、時間が掛かっている。こればかりは人手がいる作業なのだ。

スタッフルームのドアが開き、仁美が入ってきた。送別会から戻ってきたのだ。

「お帰り」

友恵はモニターを見つめたまま右手を上げた。

「どうだった？」

麻衣が仁美に心配顔で尋ねた。防衛省時代に三等陸尉だった麻衣は仁美の先輩にあたり、織畑と階級は同じだが、彼の方が先輩になる。

「大丈夫です。とりあえず、一週間ですが延長してもらいました」

仁美が笑顔で答えた。

「今度私から部長に直接掛け合ってあげるね。仁美ちゃんがここに残れば、防衛省にとっても損はないから」

麻衣が胸を張ってみせた。傭兵代理店のスタッフは、親しみを込めて仁美を名前で呼んでいる。

「はいはい。二人とも、作業を進めて」

友恵は右手を回して促した。

3

十一月二十七日、午後十時二十分。ドニプロペトローウシク州。

緑色に塗装されたディーゼル機関車を先頭に、客車が一両と十七両の貨物車が連結された特別列車が、ドニプロ駅のホームがない貨物列車用の線路に停車していた。

ドニプロ駅は線路数が二十四本、ホームは十二もあるウクライナでも有数の鉄道駅である。

朝から断続的に降っていた雨は、日が暮れてから本降りになっていた。

「まさか、フランスのレーションにありつけるとは思わなかったな」

コートジボワール出身のウィリアムがにやけた顔で呟《つぶや》いた。

「それは食べてから言えよ。俺は街のレストランで食べたかったな」

傍《かたわ》らのオランダ出身のマルコが恨めしそうに駅の構内を見た。

ポンチョを着た二人は、特別列車の中央の北側でAK74Mを構え、見張りに立っている。

キーウで乗り込んできた八人のウクライナ兵は、ドニプロ駅に着くなり、駅の外にあるレストランに食事に出かけた。盗まれる心配はないから一緒に食事に行こうと誘われたが、チームの責任者であるウィリアムは断っている。

停車時間が三十分と短いこともあるが、一時も目を離すなという命令を受けているからだ。まだ食べてはいないが、積荷のフランス軍のレーションを確保してある。列車が出発したら交代で食べることになっていた。

ウィリアムとマルコも、柊真らと同じフランスの第二外人落下傘連隊の同期である。同じ部隊でも柊真らとは違う小隊だったので、現役時代は顔見知りという程度であった。

柊真らがパリ郊外で射撃場の経営を始めた頃、ちょうど二人とも退役していた。当初はセルジオから射撃場を手伝わないかと誘われ、バイト感覚で気軽に引き受けたに過ぎなかった。その時、傭兵として再び働くことは考えていなかったからである。やがてケルベロスは政治に左右されずに、己が信じる正義のために闘っていると知り、ウィリアムとマルコも傭兵として働く決意をしたのだ。

また、続けて新たに仲間入りしたスイス出身のトーマス・シュトライヒと南アフリカ出身のフィリップ・テュアラも第二外人落下傘連隊出身だが、柊真以外の仲間とは接点がなかった。二人は、退役後に外人部隊でCQB（近接戦闘）の格闘技の教官をしていた柊真を頼って参加している。四人とも柊真らと同じく、外人部隊のアノニマ制度で付与された偽名をそのまま使っていた。

リヴィウで積み込まれたフランスの支援物資には武器も含まれており、中でも特別列車後方の五つのコンテナ台車には〝カエサル〟の愛称を持つ、五門の155ミリ自走榴弾砲が積載されていた。

〝カエサル〟は十七・七トンと、このクラスでは軽量で、長距離の移動にはトレーラーや鉄道での輸送になるが、舗装路では時速百キロで自走することも可能である。その他の貨物車には、155ミリ榴弾や装薬だけでなく、レーションをはじめとした保存食や医療品が積み込まれていた。

「レーションが食えるだけましだぞ」

ウィリアムが首を横に振った。彼はフランス軍のレーションを美味だとこよなく愛しているのだ。

「二人の日本人のケルベロス加入希望者が、戦車でロシア軍の装甲車をぶっ飛ばしたとセルジオから聞いたが、見たかったな」

マルコが話題を変えた。ウィリアムがB《ブラボー》チームのリーダーでマルコがサブリーダーになっており、二人はそれぞれ柊真とセルジオに逐次連絡を入れている。十分ほど前にドニプロ駅に到着した際も報告していた。

――本当か。すげえな。

列車の南側で見張りをしているトーマスの声がレシーバーから聞こえる。彼はフィリップと組んでいた。四人だが襲撃に備えてタンデムで、列車の反対側で見張りに立っている。列車の下を潜《くぐ》れば反対側にすぐ出られて互いに援護ができるからだ。また、無駄話をしているようでいて、無線連絡は絶やさないことで安否の確認になっている。

――そんなすごいことをするやつが入ってくるのか。ケルベロスに加入して本当によかったな。

フィリップも話に加わった。

「まだ、正式に決まっていない。二人とも自衛隊の空挺団《くうていだん》出身だ。空挺団は俺たち落下傘連隊と同じような部隊らしい。その内の一人が、空挺団の前に戦車隊に所属していたとセルジオから聞いている。加入する資格は充分にあるが、リーダーは俺たちの総意でなければ参加は認めないと言っているようだ」

マルコが答えた。リーダーとは柊真のことだ。

——さすがだな。日本人だからといって依怙贔屓《えこひいき》はしないということか。武道マスターらしいよ。リスペクトできるな。

フィリップは唸《うな》るように言った。彼とトーマスは柊真に憧《あこが》れて加入しただけに言葉にも熱が籠《こも》っている。ちなみに柊真は、外人部隊の格闘技の教官の間で〝武道マスター〟と呼ばれていた。入隊した新兵の時から格闘技の教官でも太刀《たち》打ちできなかったという伝説すらあるほどだ。

「もしその日本人が加われば、ケルベロスも十人になる。リベンジャーズのように傭兵特殊部隊と名乗ってもおかしくないな」

ウィリアムが嬉しそうに言った。

——うっ！

——くっ！

フィリップとトーマスの呻《うめ》き声が同時に聞こえた。

「おい」

ウィリアムはマルコに目配せし、車両の下を覗《のぞ》き込んだ。

フィリップとトーマスが倒れている。

「待て！」

慌てて車両の下に潜り込もうとするマルコの肩をウィリアムが摑《つか》んだ。

「敵の位置が分かっていない」

ウィリアムが首を横に振った。破裂音とともに、顔に血飛沫《ちしぶき》が掛かる。

マルコが崩れるように倒れた。胸から血を流している。狙撃されたのだ。

「マルコ！」

叫んだウィリアムは振り返った瞬間、倒れた。その額《ひたい》には穴が開き、血が噴き出している。

離れた線路に停車している別の貨物車両から、バラクラバを被《かぶ》った三人の男たちが次々と現れた。反対側の駅舎の陰からも二人の男が姿を現す。男たちの手には暗視スコープが取り付けられたロシア製自動消音狙撃銃VSSが握られている。

一九八〇年代に開発され、スペツナズが隠密《おんみつ》の作戦を遂行する際に使用された特殊な9ミリ銃だ。有効射程距離は四百メートルだが、大型のサプレッサーを外せば、アタッシェケースにも収まるほどコンパクトである。

男たちは特別列車の貨物車両に爆弾を仕掛けると、駅舎と反対側に走り抜けて駅の裏門から出た。

アケーデミカ・ベレリアブスコーホ通りに停車していたウクライナ軍のハンヴィーが、ライトを点灯させて男たちの前に停まった。

「グルシャコフ少佐。完了しました」

一人の男が報告すると、他の男たちと共にハンヴィーの荷台に乗り込んだ。

「これで、モスクワに帰る手土産《てみやげ》ができた」

グルシャコフはにやりと笑い、手元の起爆装置のスイッチを押した。

特別列車が爆発する。

「こちらEZブラボー。アトミック・キャッスル、応答せよ」

グルシャコフはおもむろにスマートフォンを取り出して通話をはじめた。

「二二・二三、カエサルを破壊した。これより帰還する」

腕時計で時間を確認しながら簡単な報告をすると、グルシャコフは通話を切り、運転手の兵士に車を出すように指示をした。

ハンヴィーは東に向かって走り去った。

4

十一月二十八日、午前四時二十四分。市谷、傭兵代理店。

スタッフルームの自席で中條は船を漕《こ》いでいた。

リベンジャーズが安全圏であるザポリージャにいるため、友恵や麻衣は自室で休んでいる。中條はリベンジャーズが海外で任務に就いている時は、夜勤を自ら買って出ていた。現地で一緒に闘えない分、彼らを見守ることが使命だと思っているからだ。だが、ここのところ夜勤続きで寝不足のため、自席でうたた寝をすることも度々あった。

椅子《いす》の肘《ひじ》掛《か》けから肘がずれ落ち、中條は慌てて姿勢を正した。

「いかんな」

苦笑した中條は、立ち上がって出入口脇のコーヒーメーカーで傭兵ブレンドを淹《い》れた。

中條は、瀬川や任務中に死亡した名取《なとり》、黒川《くろかわ》らと空挺団の同期である。成績優秀だった四人は浩志と一緒に極秘任務を遂行するために傭兵代理店に出向し、そのまま代理店のスタッフとなった。

傭兵代理店が襲撃されたことがあり、その際、中條は大いに活躍した。その意味では会社で唯一の常勤の警備員としての役割もある。だが、リベンジャーズから離れてスタッフになった理由は、右足の膝《ひざ》が作戦行動の激務に耐えられなくなったからだ。

空挺団の訓練中の事故で膝の靭帯《じんたい》が断裂し、手術を受けたものの百パーセントのパフォーマンスは出せなくなっていた。それでも極秘任務を受けた喜びで、痛みに耐えて浩志や仲間と一緒に闘ったが限界はすぐに訪れた。

スタッフとしてサポートに専念するという理由でリベンジャーズを勇退したが、膝の故障を知っているのは浩志と瀬川と友恵だけだ。他の仲間も気付いていたようだが、普通に接してくれる。兵士であろうとなかろうと、仲間であることに変わりはないからで、彼らは無言で中條を応援してくれているようだ。それだけに無理をしてもサポートしなければという気持ちがある。

コーヒーカップを手に中條は自席の椅子に腰を下ろした。

「うん？」

中條は首を傾《かし》げた。モニターにアラートが出ているのだ。ウクライナ上空の軍事衛星を自動的にハッキングし、地上で爆発等の異常を検知するとアラートで知らせるプログラムが裏で走っている。もちろん友恵が制作したものだ。

「アラート：二十二時二十三分三十秒、ドニプロペトローウシク、爆発」

中條は画面上の英語のテキストを読みながら衛星画像を表示させた。

「ドニプロ駅構内で爆発があったのか。ミサイルでも着弾したのか？　いやこれは、貨物列車が爆破されたんだな。珍しいな。テロか？」

首を捻《ひね》りながら今度は、録画されている映像をアラートの十秒前まで巻き戻して確認した。ロシアによるミサイル攻撃で、ウクライナ全土でアラートは頻発している。その度に確認はするが、あまりにも数が多いので珍しいことではない。

だが、爆弾を使っての大規模な攻撃というのは、ロシア軍の戦略としてはこれまでなかった。爆弾を仕掛けたということは、ウクライナ軍の支配地域にロシア兵が潜入しているということになる。現地でも爆弾による攻撃と判明すれば、軍は非常線を張って警戒にあたるはずだ。

「ドニプロはザポリージャに近い。しかもザポリージャよりも内陸だ。これはリベンジャーズにもアラートを流した方がいいな」

中條は独り言を呟きながら、情報を暗号化して傭兵代理店が支給している特製のスマートフォンへ一斉に送った。

スマートフォンを所持しているのは、傭兵代理店に登録しているリベンジャーズのメンバーと柊真、それと特例ではあるが、フリーの諜報員として活動している影山夏樹《かげやまなつき》と日本の特別強行捜査局の朝倉俊暉《あさくらしゅんき》だけだ。二人はウクライナ情勢に関係ないかもしれないが、友恵から常に情報を共有するように言われている。とりわけ夏樹からは、逆に情報を得られる可能性があるからだ。

午後十時二十五分。ザポリージャ。

リベンジャーズとケルベロス、それに第五特務連隊のメンバーは、ウクライナ政府が用意した市の中心部に近い三つ星のソーボルニー・ホテルに宿泊している。ザポリージャ原発の作戦だけでなく、カミアンスケを陥落させる重要な役割を果たしたとして厚遇で迎え入れられた。

しかもホテルのレストランにご馳走と酒が用意されており、祝杯をあげるなら朝まで自由に使ってくれと開放されている。無下に断ることもできずに、リベンジャーズとケルベロスと第五特務連隊のメンバーで集合し、飲み会をすることにした。

単純な飲み会にしたのは、作戦が成功したとはいえ、彼らは紛争地で祝杯をあげることは不謹慎だと考えるからだ。味方に負傷者が出ただけでなく、敵にも大勢の死傷者が出ている。敵味方関係なく、死傷者が出る戦争で祝うことなど何もないのだ。だからと言ってしんみりとするわけではなく、馬鹿話をして鬱憤《うっぷん》を晴らすのが傭兵の酒の飲み方である。

「ワットさんは、相変わらずですね」

ウィスキーグラスを手にした柊真は、仲間に昔話を聞かせているワットを見ながら笑った。

「うちのエンターテイナーだからな」

傍らの浩志は笑顔で答えた。二人は仲間から少し離れた席に座っている。浩志はリベンジャーズを後退させる心づもりであることを言うつもりだったが、まだ切り出していない。負傷している仲間がいるため、ザポリージャに数日滞在することになっている。その間に仲間に意見を聞こうと思い直したのだ。

仲間は私服ではなく、ウクライナ軍から支給されている戦闘服に着替えていた。ウクライナ軍の支配地域でも紛争地であることに変わりなく、油断しないためである。

「それで、どうしたと思う？　俺はな、敵に向かってズボンを下ろしてケツをみせてやったんだ」

ワットは自慢げに、米軍でアフガニスタンに従軍した際の話を面白おかしく聞かせていた。五百メートル離れたタリバンの民兵を惹《ひ》きつけるために囮《おとり》になったという話だが、本当かどうかは眉唾物《まゆつばもの》である。

「馬鹿じゃないのか。敵に射撃の名人がいたらどうするんだ」

辰也が笑いながら尋ねた。

「相手はスコープも付けていないAK47だぞ。五百メートル先の俺に当たると思うか？」

ワットが大袈裟《おおげさ》に肩を竦《すく》めた。

「AK47の有効射程は三百メートルだが、俺なら当てられるぞ」

辰也の隣りに座っている宮坂が鼻息を漏らして言った。〝針の穴〟というコードネームは伊達《だて》ではない。本当に当てられるのだろう。

「話の腰を折るな。まったく。怒ったタリバン兵が一斉に狙撃してきたんだ。そしたら俺の十センチ横の岩に銃弾が跳ねたよ。そいつらはＡＫ47じゃなくて、ＡＫ74で武装していたんだ。情報部からはそんな情報は貰《もら》っていなかったがな。だが、俺の陽動作戦で本隊は襲撃に成功し、俺は勲章を貰ったんだ」

ワットは立ち上がって尻を叩いてみせた。

「ＡＫ74の射程は五百メートルだ。ケツの穴が増えなくてよかったな」

宮坂が笑いながら言った。

「勲章を受賞する時は、ケツを捲《まく》ったんだろうな」

辰也の茶々で仲間が爆笑した。

だが、その笑い声は、リベンジャーズと柊真のスマートフォンが同時に反応したことで止んだ。一斉メールが送られてきたらしい。

「まさか」

メールを見た柊真の顔が青ざめ、スマートフォンで電話を掛け始めた。

浩志も含めてリベンジャーズの仲間は、柊真を険《けわ》しい表情で見つめる。

「どうしたんですか？　何かあったのですか？」

セルジオが不安げな顔になり、浩志に尋ねてきた。

「これを見ろ」

浩志は復号された暗号メールをセルジオに見せた。

「二十二時二十三分三十秒、ドニプロ駅構内で貨物列車が爆発……。馬鹿な。十分前に仲間から連絡があったばかりなのに」

読み上げたセルジオの顔から血の気《け》が引いていく。

「Bチームの誰も応答しない。今から確認に行くぞ」

柊真は立ち上がり、セルジオら仲間に命じた。

浩志も席を立つと、全員がそれに倣《なら》った。指示など必要はない。全員がケルベロスのサポートに付くべきだと自覚しているのだ。

「どちらへ？」

フォメンコが慌てて浩志に聞いてきた。

「ドニプロだ。駅で爆弾テロがあったようだ。車を借りるぞ」

浩志は表情もなく右手を出した。

「今からですか。……了解しました。我々もお供をします」

フォメンコは部下に手を振った。

5

午後十一時五十分。ドニプロペトローウシク州。

雨飛沫を上げながら疾走していた三台のハンヴィーが、ザポリージャ・ハイウェイを出てドニプロ市内に入る。

一般道の入口でウクライナ軍の検問があった。

ＡＫ74で武装した三人のウクライナ兵が道を塞いだ。深夜にもかかわらず検問所には二十人前後の兵士の姿がある。通常の検問なら地元の警察が行うが、軍が指揮するというのは、ドニプロ駅でのテロ事件に対応しているからだろう。

「第五特務連隊と外人部隊だ」

先頭車の助手席から顔を覗かせたフォメンコが、ウクライナ兵に敬礼した。

「どちらへ？」

ポンチョ姿の兵士の一人が駆け寄って尋ねてきた。テロが起きてから一時間以上経《た》つが、警備はまだ緩められていないらしい。

「ドニプロ駅だ。テロ事件を調べにきた。我々のことは参謀本部に問い合わせてくれ。街に入ることは報告済みだ」

フォメンコが苛立《いらだ》ち気味に答えた。

「負傷者はいないか？ 仲間が負傷しているかもしれないんだ」

後部座席の柊真が割り込んで尋ねた。

「詳しくは知りませんが、負傷者は陸軍病院に収容されたはずです」

警備兵は即答したが、強張《こわば》った顔になった。テロで死傷者が出たことを知っているに違いない。

「陸軍病院なら場所は分かる。もういいだろう。通してくれ」

フォメンコは口調を荒らげた。

「はっ、はい。どうぞ」

警備兵がフォメンコの勢いに気圧《けお》されたように後退《あとずさ》りすると、他の兵士も道を開けた。

「陸軍病院に急行だ」

フォメンコは運転している部下に命じた。

三分後、三台のハンヴィーは、スタロコザツカ通り沿いにある陸軍病院の正門を抜けて正面玄関に到着した。

柊真がいち早く車から飛び出し、フォメンコが続く。

「くそっ」

エントランスに入った柊真は舌打ちをして立ち止まった。爆弾テロ事件が起きて死傷者が大勢出ているのなら院内は騒然としているはずだが、ひっそりと静まり返っている。対処するべき怪我人《けがにん》はいないということではないか――そんな嫌な予感がするのだ。

「誰かいないか？」

フォメンコが受付の近くで呼びかけた。

「どうしましたか？」

受付に看護師と思われる男が現れ、エントランスの照明を点《つ》けた。

「ドニプロ駅で起きたテロ事件の負傷者が、ここに運ばれたと聞いた」

フォメンコは受付の前に立って早口で言った。

「一人の負傷者と三人の遺体が運び込まれましたが」

看護師は戸惑った様子で答えた。

「負傷者に会わせてくれ。仲間かもしれないんだ」

柊真はフォメンコと並んで尋ねた。

「えっ。そうですか。負傷者は集中治療室です。手術が終わったばかりで面会はできません。お待ちください。担当医師を呼びます」

看護師は内線電話を掛けた。

三分ほど待たされて、髭面《ひげづら》の白衣の医師が現れた。

「担当医師のイワノフです。負傷者の名前は分かりません。ウクライナ兵からはフランス人だと聞いています。名前が削られた認識票は下げていましたが、IDを所持していませんでした」

イワノフは困惑した表情で言った。

「これと同じ認識票でしたか？」

柊真は首から下げている認識票を取り出し、医師に見せた。フランス外人部隊の角が丸い四角形の認識票で、上下で分割できるように中央に九つの小さな穴が開けられている。戦死した際に、死亡確認として認識票の下部を持ち帰るためだ。

ケルベロスでは、捕虜になった際に利用されないように認識票に刻印されている名前は削ることにしている。その代わりに各自の十桁《けた》の認識番号は、お互いに記憶するようにしていた。普段は煩《わずら》わしいので身につけていないが、紛争地では必ず首から下げるようにしている。

「そうです。同じです」

イワノフは目を丸くし、頷いてみせた。

「集中治療室の仲間の顔だけでも確認させてください」

柊真は認識票を服の中に仕舞うと、強い口調で言った。

「分かりました。お一人でお願いします」

イワノフは柊真に目配せすると、廊下の奥へと進んで行く。

柊真は振り返って仲間に頷いてみせると、付いていった。

エントランスにはケルベロスだけでなく、リベンジャーズと第五特務連隊の仲間が、険しい表情で立っている。

「銃弾が心臓近くに当たり、肺を貫通しています。大量出血でショック状態に陥っていましたが、今は小康状態になっています。状態が良くなって体力がついたら、再度手術が必要になります。予断は許されない状態です」

ＥＲ近くに両開きのドアがあり、その前で立ち止まったイワノフは小声で説明してドアを開けた。

酸素マスクを付けられた男がベッドに眠っている。生体監視モニターの脈拍は規則正しい波形を示していた。だが、血圧はかなり低い。

「マルコ」

男の顔を覗き込んだ柊真は、呟くと治療室を出た。傍らに立っていても何もできないからだ。

エントランスに戻った柊真がマルコだったことを告げると、仲間はみな深い溜息《ためいき》を漏らした。

「辛《つら》いが遺体も確認しよう」

セルジオに促された。受付にいた看護師が案内してくれるらしい。

「ああ」

呻くように返事をした柊真は、看護師に従って地階に下りた。

「空爆で電力事情が悪いので、冷蔵保存はされていません。ご理解ください」

看護師は霊安室のドアを開けた。途端に腐臭が鼻を衝《つ》く。腐臭は部屋に染《し》み付いた臭いなのだろう。

右の壁に遺体用冷蔵庫はあるが、電源ライトが消えているので使われていないらしい。部屋の中央にある四つの台には、三つの遺体袋が載せられている。

看護師は無言で手前の遺体袋のファスナーを開けた。

「ウィリアム……」

セルジオが遺体を確認すると、看護師は他の二つの遺体袋のファスナーも下ろした。

「こっちは、トーマス。それにフィリップだ」

フェルナンドとマットが力なく言った。

「三人を引き取りたい」

柊真は一人一人自分の目でも確認すると、付き添っているフォメンコに表情もなく言った。その瞳《ひとみ》には怒りと深い悲しみが入り混じっている。

「私が手配します」

フォメンコは遠慮がちに答えた。

6

十一月二十八日、午前七時四十分。ドニプロ駅。

昨日から降っている雨は夜明け前に土砂降《どしゃぶ》りとなったが、今は小雨になっている。

リベンジャーズは総出で、特別列車の爆発現場を現地の州警察に協力する形で調べている。

入院していたマルコは夜明け前に死亡した。ケルベロスは四人の仲間の遺体を引き取り、市内のムスル・マンズ・ケ墓地に埋葬の準備をしている。墓地はウクライナ政府から直接州政府に要請されて確保された。葬儀は明日の早朝に執《と》り行う予定で、柊真らはフォメンコの協力を得て墓穴の掘削や、墓石の手配をするなど慌ただしく動いている。

浩志は日本の警察官として現場検証の実績もあることを情報総局のラキツキーを通じてアピールし、州警察の鑑識とともに行動している。仲間はウィリアムらを殺害した銃の弾頭と薬莢《やっきょう》の捜索をしていた。これはかりは人海戦術なので、リベンジャーズの協力を州警察も喜んで受け入れている。彼らは戦時とはいえ、ロシア軍の犯罪をつぶさに記録していた。いつの日か戦争が終了した際、ロシア軍の犯罪を明白にし、賠償責任を問うためである。

列車の爆発が昨日の午後十時二十三分に起きたということは、傭兵代理店の情報で分かっている。その時刻に運行している列車はないため、構内には駅員もいなかったらしい。また、ケルベロスのBチームと一緒に警備についていたウクライナ兵は、駅前のウクライナ料理店で食事をしていたため犯行に気付かなかったという。ウクライナ料理店は午後十時閉店だが、事前に予約を受けていたため営業を三十分延長していたそうだ。

聞き込みは、州警察の刑事捜査課に所属するビストロフ警察大尉が十人の部下を指揮して行っている。また、監視・分析課のイゴール警察中尉が、鑑識作業を主導していた。ちなみにウクライナの国家警察の階級は軍と同じである。

事件が起きた時刻に、特別列車は南側にある駅舎から数えて十八番目の線路に停車していた。その他に機関車が外された貨物車両が十四番目と二十二番目の線路にも置かれており、捜査のために現在もそのままの状態にされている。

「外人部隊の四人は、特別列車の九両目の北側と南側で二人ずつに分かれて警備に当たっていたようです。事件当日、爆発に驚いた警備のウクライナ兵が現場に戻り、外人部隊の救助に当たったため、遺体が動かされました。現在州警察署で彼らから引き続き状況を聞き出しています」

イゴールが、遺体があったと言われている線路際《ぎわ》を調べている浩志に上目遣いで説明した。雨で血痕もすっかり洗われているが、殺害された兵士が使用していたAK74Mが雨に打たれている。戦争中といえ殺人現場を保全できなかったことをイゴールは気にしているようだ。

「爆発で貨物車は燃えていたはずだ。車両の近くに倒れている四人の生死を確認する余裕は、ウクライナ兵にはなかったのだろう。二次爆発を恐れずに救助したというのなら、それなりに褒《ほ》めるべきだろう」

立ち上がった浩志は、咎《とが》めるような口調のイゴールをなだめるように言った。

彼はそもそもウクライナ兵が持ち場を離れた隙《すき》に襲撃されたことに腹を立てているらしい。油断したと言えばそれまでだが、ドニプロに敵が潜入しているとは誰も予測できなかっただろう。雨が降っていたとはいえ、ケルベロスBチームの四人に気付かれずに襲撃した手際から言っても、特殊部隊だったことは確かだ。ウクライナ兵がいたとしても襲撃は免《まぬが》れなかっただろう。むしろ彼らがその場に居合わせなかったのは、幸運だった。

「うん？」

浩志は、車両のドアを見て右眉《みぎまゆ》を上げた。ドアにはいくつかの血痕が残されており、その一つに穴が開いていることに気が付いたのだ。形状からして銃痕と見て間違いない。ケルベロスの仲間が殺害された場所から後方の貨物車両はすべて爆発炎上している。殺害現場となった車両の後ろ側は延焼して焦げているが、原形を留《とど》めていた。

浩志は貨物車のドアを開けて車両に上った。中には小麦粉が詰められた麻袋がびっしりと積まれている。ドア近くの麻袋にも穴が開いており、小麦粉が床に溢《あふ》れていた。

「そういうことか。この車両から前の貨車には、フランスの支援物資は積まれていないのだな？」

浩志はイゴールに尋ねた。支援物資の輸送はトップシークレットではないが、ロシア側に情報が漏れていたとしたら問題である。

「そのようですね。テロリストは、支援物資だけ爆破したようです」

イゴールは浩志に言われて気が付いたらしい。

爆破されたのは、特別列車の十両目から最後尾の〝カエサル〟が積載された車両までの合計十一両である。犯人は詳しい情報を事前に知っていたということだ。

浩志は積まれている麻袋を回り込んで反対側に出た。すると、反対側の麻袋の下にも小麦粉がこぼれ落ちている。銃弾が貫通したということだ。だが、反対側のドアに穴は開いていない。車両の中は薄暗いので、穴が開いていれば日光が差し込むからすぐに分かる。

「ここか」

タクティカルナイフを出した浩志は、ドア枠の木材を削り出した。弾丸がめり込んでいるのだ。ドア枠は厚さ四、五センチある硬い木材だったので、貫通しなかったらしい。

五分ほど掛かって弾丸を取り出した浩志は、車両から飛び降りてイゴールに見せた。

「ライフル弾に見えますが、９ミリ口径ですか？」

イゴールは人差し指と親指に弾丸を挟んで首を傾げた。弾丸径は九ミリほどで、先端は潰《つぶ》れてはいるが元は尖った形状をしていたのだろう。9ミリパラベラム弾なら先端が丸みを帯びてずんぐりとしているので、明らかに違うのだ。

「9×39ミリ弾、しかも徹甲弾のSP－6だろう。だから、ウィリアムの頭部を貫通し、貨物車のドアと小麦粉が詰まった麻袋をすべて突き抜けて、反対側の木製のドア枠にめり込んだのだ。通常弾のSP－5ならホローポイントと同じで、体内で潰れて変形して横転する。頭部を貫通してもせいぜい小麦粉の麻袋の一袋目で止まっていただろう。狙撃者はあそこから撃ったんだ」

浩志は現場を背にし、十八番目の線路に置かれている貨物車を指差した。

「藤堂さん、薬莢を見つけましたよ」

貨物車の下に潜っていた辰也が近付き、浩志に薬莢を投げ渡した。

「やはりな。9×39ミリ弾の薬莢だ」

受け取った浩志は、薬莢の長さを見て頷いた。

「9×39ミリ弾？　見慣れない弾丸ですね。ロシア軍のですか？」

イゴールは首を横に振った。

「スペツナズが隠密作戦に使う自動消音狙撃銃VSSだろう。弾頭は亜音速にもかかわらず、最大十ミリの鋼鉄を貫通できる。発射音は衝撃波の発生がないぶん静かで、サプレッサーと雨音によって完全に消されたはずだ。だから、フィリップらは仲間が狙撃されても気付かなかったのだろう。敵は天候をも味方につけた。犯人は間違いなくロシアの工作兵だ」

浩志は眉間《みけん》に皺《しわ》を寄せて答えた。朝一番にロシアは、特別列車の爆破はウクライナによる自作自演だと発表している。ウクライナ軍支配地域にロシア兵が危険を犯して潜入するはずがないというのだ。

「犯人はロシアの特殊部隊なんですね」

イゴールは怒りの表情で歯軋《はぎし》りした。

浩志はスマートフォンを出し、友恵に電話を掛けた。傭兵代理店にはドニプロ駅の爆弾テロでケルベロスの四人の仲間が死亡したことを報告してある。

「私だ。犯人はＶＳＳを使ったロシアの特殊部隊だろう。どんな情報でもいいから分かり次第、教えてくれ」

通話を終えた浩志は、荒々しくスマートフォンをポケットに捩《ね》じ込んだ。

「ひょっとして、俺たちも加わるんですね」

辰也がにやりとした。

「ケルベロスの仇《かたき》は、俺たちの仇でもある。地の果てまで追うまでだ」

浩志は辰也を見て拳《こぶし》を握りしめた。

モグラ狩り

1

十一月二十九日、午前十時三十分。ドニプロ、ムスル・マンズ・ケ墓地。

この墓地は、クラスノピルズキー墓地が隣接する広大な霊園の西の端にある。

クラスノピルズキー墓地には軍人墓地があり、ロシア軍と勇敢に闘って死んだウクライナ兵の新しい墓で埋め尽くされている。

昨日まで続いていた雨はさすがに治まり、青空が広がっている。

「ケルベロスの一員として死亡したウィリアム・ボリ、マルコ・ブリット、トーマス・シユトライヒ、フィリップ・テュアラ、彼ら四人の兵士を我々は未来永劫《えいごう》忘れることはない。そして彼らの死を決して無駄にしないことをここに誓う」

オリーブ色のベレー帽を被《かぶ》った柊真は四つの棺桶《かんおけ》を前にし、毅然《きぜん》とした態度でフランス語の後にウクライナ語でも弔辞を述べた。ベレー帽はケルベロスの制帽としており、外人部隊と同じ仕様と決めてある。そのためケルベロスの仲間は全員被っていた。

柊真から見て一番右側の棺桶にウィリアム、その隣りがマルコ、その次がトーマス、そして一番左側の棺桶にフィリップが納められている。

浩志を先頭に辰也、宮坂、加藤、田中、瀬川、村瀬、鮫沼が一列に並ぶ。

他の仲間は、即席の儀仗隊《ぎじょうたい》を見守っている。フォメンコら第五特務連隊と地元の警察官や軍人も大勢集まり、捜査を担当しているビストロフ警察大尉やイゴール警察中尉の姿もあった。

「右向け右！　捧げ銃《つつ》、用意！」

浩志はフランス語で号令を掛ける。捧げ銃（弔銃）を盛大に執《と》り行うべく、リベンジャーズが引き受けたのだ。柊真がフランス外人部隊の葬儀の形式を望んだため、浩志が指揮を執っていた。七人の捧げ銃ともなれば、大佐クラスである。

だからと言ってフランス国家に忠誠を誓っているというわけではない。死亡した四人のうち退役後にフランス国籍を取得したのは、ウィリアムだけである。彼は自国に絶望して亡命するように入隊し、五年の任期を終えて国籍を得る権利を行使した。だが、彼もフランスを第一に考えているわけではなかった。

ケルベロスには仲間内で決めたルールがある。それは、メンバーがそれぞれの国籍にとられることなく、正しいと信じる任務に就くことである。

辰也らは体を右に回転させると、右手でＡＫ74Ｍのストック下部を、左手で中央部を持ち、胸の前で斜《なな》めに構えた。儀式を行うために空砲を込めてある。

「撃て！」

浩志の号令で辰也らは左方向に銃を構えて一斉に撃ち、ただちに元の位置に戻して構える。

「撃て！」

浩志は再び号令を掛け、七人の仲間は発砲する。

「撃て！」

三度目の銃声が墓地に鳴り響く。

「止め！」

浩志の号令で儀仗隊は銃を垂直に下ろした。

捧げ銃が終わると、柊真とセルジオとフェルナンドとマット、それに浅野と岡田がロープでウィリアムの棺桶を墓穴に下ろす。それが終わると、その隣りのマルコの棺桶も墓穴に納めた。この作業に関してはケルベロスだけで行うと、柊真は手伝いを断っている。

葬儀に出席している者は、彼らの作業を静かに見守っていた。

四つの棺桶を墓穴に納めた柊真らは、それぞれの墓穴に道具を使わずにあえて素手で土を掛けた。

浩志が用意されていたスコップで棺桶の上に土を被せると、リベンジャーズと第五特務連隊の仲間もそれに倣《なら》う。最後にフォメンコがスコップを参列者に渡すと、皆丁寧に棺桶に土を掛けた。

三十分後、墓穴は埋められ、真新しい墓石が土の上に載せられた。地元の業者に急いで作らせたので、名前と没年だけのシンプルな墓石である。

葬儀が終わり、参列者が帰った墓地には、ケルベロスとリベンジャーズ、それにフォメンコら第五特務連隊のメンバーが残った。

「みなさん。今日は、ありがとうございました」

柊真は葬儀中と変わらず、強張《こわば》ったままの表情でリベンジャーズと第五特務連隊の男たちに頭を下げた。彼の背後に立っているケルベロスの仲間も、柊真に倣って一礼する。新たに加わった二人の日本人も一緒だ。彼らはチームへの参加を許されたらしい。六人の男たちの瞳《ひとみ》には、激しい怒りを抑えた闘志が感じられた。

「リベンジャーズは、今日中にキーウに戻って作戦の準備に入るつもりだ」

浩志は柊真に言った。仲間にケルベロスの弔《とむら》いに参加することを告げたところ、全員が希望してきたのだ。

「新しい作戦ですか？」

柊真は首を捻《ひね》った。

「弔いをするにも情報と戦力が必要だ。リベンジャーズを使ってくれ。ただし、断ることはできない」

浩志は厳しい表情で言った。柊真が迷惑を掛けたくなくてわざと分からない振りをしていることを知っているからだ。

「ありがたいのですが……」

柊真が言葉を詰まらせた。

「傭兵代理店が情報を集めている。たとえ情報が摑《つか》めなくても俺たちは諦《あきら》めない。もし、犯人が分からなければ、首謀者を処刑するまでだ」

浩志は口調を強めた。

「首謀者？　まさか……」

柊真は両眼を見開いた。

「このくだらない戦争を起こした男を抹殺する」

浩志の言葉に、背後に立っているリベンジャーズの仲間が頷《うなず》いてみせた。

「一国の大統領ですよ」

柊真は口角を僅《わず》かに上げた。

「プーチンはもはやただの犯罪者だ。国家元首に対する敬意を払う必要などない」

浩志ははっきりと言い切った。

2

十一月三十日、午前六時十分。市谷、傭兵代理店。

友恵と麻衣、それに情報本部の仁美はスタッフルームで作業をしていた。中條は徹夜続きだったので、午前一時に上がっている。

中央モニターにはウクライナ東部の地図が映し出されており、無数の赤い点が表示されている。

浩志が手に入れたアルトゥルのスマートフォンと、彼がクラウド上に残した膨大な情報からグルシャコフの通話記録を抜き出して位置を特定し、地図上にプロットしたのだ。位置に関してはグルシャコフのスマートフォンのGPS情報がなぜか得られないため、通話記録から近くのアンテナと基地局の位置の三角法で測定して割り出してある。

友恵が作成したプログラムで位置情報を出しているので、通話記録を調べれば自動的に地図上にプロットされる。だが、あくまでも計算によるものなので誤差はある。また、電話番号が分かっているので、新たな通話記録も得ていた。

「なんてこと！」

データをインプットして結果を見た友恵は、机を両手で激しく叩《たた》いた。

「どうしたんですか?」

麻衣はいつも冷静な友恵が荒れているので驚いたようだ。

「これを見て。グルシャコフは現地時間の二十二時二十三分五十秒にドニプロ駅のすぐそばで通話している」

友恵は怒りを隠そうともせずに答えた。

「えっ!　特別列車が爆発された二十秒後ということですよね」

麻衣は両眼を見開いた。

「爆弾テロにグルシャコフが関わっているということよ。すぐに知らせなくちゃ」

友恵は結果を暗号メールで傭兵たちに一斉送信した。


十一月三十日、午前零時十一分。

柊真はディーゼル機関車に牽引《けんいん》された十五両編成のキーウ行きの列車に乗っていた。

機関車には二両の客車が接続されており、ドンバス地方から逃れてきた市民が大勢乗り込んでいる。彼らはいずれも戦禍《せんか》で家族や家を失った人々で、キーウやそれより西の安全なエリアに住んでいる親戚や支援施設に頼るべく乗り込んでいた。

ケルベロスやリベンジャーズのメンバーは、四両目の貨物車両に乗り込んでいた。無理をすれば客車に乗れないこともなかったが、民間人が武器を持った兵士と喜んで同席するはずもなく、傭兵仲間も気を遣わないですむからと貨物車両に乗ったのだ。ケルベロスもリベンジャーズも負傷者が多く、床に横になっていた方が楽ということもあった。出発時に駅員が気を遣って大量の毛布を積み込んでくれたので寒さは凌《しの》げる。また、一緒にキーウに向かっているフォメンコら第五特務連隊も、傭兵に付き合って五両目の貨物車両に乗っていた。

ドニプロ駅を前日の午後七時二十分に出発し、約三時間半かけて午後十時四十八分にズナーミヤンカ駅に到着している。交代の運転士の問題なのか、この駅での停車時間は二時間半と設定されているそうだ。出発予定時刻は午前一時半前後と聞いており、それまで一時間以上ある。

柊真は真っ暗な貨物車両の中でまんじりともせずに横になっていた。貨車が駅に着いて目覚めたら眠れなくなったのだ。仲間は極度に疲れているせいで、ぴくりともせずに眠っている。

腕時計で時間を確認すると、音を立てないようにドアを開けて、貨物車両からそっと飛び降りた。

夜空は雲で覆われており、外気温は零度とかなり冷える。

車両から離れると、首に下げている認識票を出した。自分の認識票とは別に半形の四つの認識票をチェーンに通してあった。死んだ四人の仲間の認識票を二つに折って分割したものである。四人とも家族はいないと聞いていた。だが、今後、親族が見つかるようなら、彼らの報酬とともに渡そうと思っている。それまでは、柊真が預かるつもりだ。

「むっ」

慌てて認識票を戻した柊真は、人影を見てにやりとする。

「まさか、見張りに立っていたのですか？」

柊真は浩志が肩に担《かつ》いでいるＡＫ74Ｍを指差した。柊真が目覚める前に貨車から降りていたらしい。

「歳を取ると、睡眠時間が短くなるものだ。それに停車中は外の空気を吸った方がいい。ワットもその辺にいるよ」

浩志は笑《え》みを浮かべて答えた。

ズナーミヤンカ駅はドニプロからキーウまでの中間地点で、ドニエプル川の南に位置するためロシア軍に出くわす心配はなかった。それに人口が少ない田舎町《いなかまち》なので、ミサイル攻撃の心配もない。見張りの必要はまったくなかったが、浩志とワットは紛争地の慣習として停車中は警戒していた。

「迂闊《うかつ》でした。私も出発するまで外の空気を吸います。中は豚小屋並みですから」

柊真は頭を掻《か》きながら笑った。何日も風呂に入っていない男たちが貨物車両に寝そべっている。慣れてはいるが、臭《くさ》いのは事実だ。

ポケットのスマートフォンが振動した。メールの着信を知らせているのだ。

浩志と柊真は同時にポケットからスマートフォンを出し、友恵からの暗号メールを読んだ。

「くそっ！」

柊真は歯軋《はぎし》りをした。ドニプロ駅爆弾テロ事件の直後、グルシャコフの通話履歴があり、その場にいた可能性があるという内容である。

浩志はすぐさま友恵に電話を掛けた。

「私だ。グルシャコフの現在位置は分からないか？」

——通信履歴を追って位置情報を出しています。そのため、新たな通信が行われれば、ある程度分かりますが、ＧＰＳで追っているわけではないのです。

友恵の溜息《ためいき》が聞こえた。

「グルシャコフはどうして、自分のスマートフォンを使い続けているんだ？」

浩志は単純な疑問を抱いていた。傭兵代理店から支給されたスマートフォンは、何重ものセキュリティソフトで守られているため他人に使われることも覗《のぞ》かれる心配もない。また、ペアリングできないように通信状態を自動チェックしており、万が一にもデータが漏れた場合に備えて暗号化されている。だが、グルシャコフのスマートフォンはアルトゥルにペアリングされたために、傭兵代理店で解析されているのだ。

——油断していると言えばそれまでですが、ペアリングされたことに気付いていないのでしょう。というのも、それなりにセキュリティレベルは高いスマートフォンだと思われます。それと複号化が困難と言われたFSBの暗号を使っています。多少苦労しましたが、すでに複号化のアルゴリズムを入力したプログラムを開発しました。まさか暗号文も解析されているとは思っていないのでしょう。

友恵は淡々と説明した。多少自慢が入っているようだ。

「さっき、FSBの暗号を使っていると言っていたな。グルシャコフは、リストから名前を消されただけなのか」

浩志は首を捻った。混乱しているのだ。

傭兵代理店の情報では、ウクライナが六百二十人のFSBの諜報員を公開した後に、グルシャコフはリストから削除されたと聞いている。その後、グルシャコフはFSBを抜けて大統領直下の特殊部隊であるブラックユニットに入隊したらしい。

また、プーチンは四月十三日までに、虚偽の情報を報告していたとしてFSBの第五局の職員百五十人を解雇し、粛清している。プーチンはFSBを完全に見限っていると思っていた。それなら、グルシャコフもFSBと関係を絶っているはずと考えていたのだ。

——プーチンはFSBのすべてを否定したわけではないかもしれませんね。FSBの諜報員やスペッツナズの兵士を編成して、ブラックユニットを創設した可能性はあります。解体された第五局の幹部はプーチンの怒りを恐れて虚偽の報告をしていましたが、現場には優秀な職員が大勢いたそうですから。

「グルシャコフは、FSBから支給されたスマートフォンを使っているんじゃないのか?」

浩志は頷きながら尋ねた。暗号化と複号化ができ、なおかつセキュリティレベルが高いスマートフォンを持っているのなら、使い続けていても納得できる。

――だとしたら、FSB本部を調べれば何か分かるかもしれませんね。

友恵の声に張りが出た。やる気が出たということだろう。

「大変だと思うが頼む」

浩志はスマートフォンに頭を下げた。

リベンジャーズが長期にわたってウクライナで任務に就いているため、代理店スタッフは不眠不休の状態が何ヶ月も続いていることを知っているからだ。

「うん?」

浩志は振り返って目を見張った。いつの間にか仲間が貨物車両から顔を出して浩志のことを見つめていたからだ。友恵からの一斉メールに反応し、浩志と彼女のやり取りに耳を澄ませていたらしい。

「友恵さんなら、グルシャコフの居場所を突き止められますよね」

辰也が尋ねてきた。

「まあな」

浩志は頷いたものの彼女に対して過度な期待はさせたくないため、曖昧《あいまい》に答えた。

「こういう時、日本人は幸運を祈って三回手を叩いて、二度頭を下げるのが常識なんだろう?」

いつの間にか傍《そば》にいたワットが真面目な顔で実際にやってみせた。わざとやっているのだろうが、そのぎこちなさに仲間の失笑を買う。

「それは、神頼みって言うんだ。馬鹿にしているのか」

辰也のツッコミに仲間は手を叩いて喜んでいる。

「お開きだ。客車のウクライナ人が目を覚ますぞ」

苦笑を浮かべた浩志が仲間を貨物車に戻した。

「それにしても同じ標的を追うことになるとは思いませんでしたね」

柊真が不敵な笑みを浮かべた。標的が分かったことですっきりしたのだろう。

「偶然かどうかは分からないがな」

浩志は気難しい表情になった。ザポリージャ原発の爆破を防いだ時から、グルシャコフとは関わりができたのだ。紛争地は様々な陰謀が渦巻き、カオス状態になっている。だが、陰謀を企《くわだ》てる者とそれを暴こうとする者が現れれば、自《おの》ずと対峙《たいじ》することになる。これまでも経験があることだ。

「お願いがあります。グルシャコフの脳天に銃弾をぶち込むのは、私の役目とさせてください。この通りです」

真顔になった柊真は、頭を深々と下げた。

「任せる」

浩志は大きく頷いた。

3

十一月三十日、午後一時十分。市谷、傭兵代理店。

友恵は作業に集中したいので、スタッフルームの隣りにある自室のデスクに向かっていた。

自室での作業の方が集中できるのは、六台のモニターや一〇〇インチのディスプレーなど作業環境がいいからということはあるだろう。ヘッドホンでヘビメタを聴きながら作業ができるからということもあるが、それはスタッフルームでもしていた。お気に入りのソファーで横になれるからということもあった。だが、一番の理由は壁際《かべぎわ》の棚にびっしりと置かれたフィギュアが気持ちを落ち着かせてくれるからだろう。

友恵にはスプラッタームービーの登場人物のフィギュアを集めるという趣味があった。「死霊のはらわた」のチェーンソーを持った主人公や「13日の金曜日」のナタを持ったジェイソンなど、基本はホラー映画の主人公と怪物である。もとは自宅に飾ってあったコレクションの一部をデスクに飾る程度だったが、いつの間にか増えてしまった。沢山《たくさん》のフィギュアに囲まれているとなぜか落ち着くのだ。

「私は何をしているのかしら」

友恵はキーボードから手を離し、天井を見上げて溜息を吐《つ》いた。

ロシアのFSB本部のサーバーに侵入することは簡単にできた。だが、データはロシア語のため、それを翻訳して解析するという作業を繰り返している。そもそも何を探したらいいのかも分からない。諜報機関のサーバーだけに情報量が多く、ある程度絞り込まなければ一生掛かっても手掛かりは得られないだろう。

コーヒーカップを手に立ち上がった友恵は、フィギュアの棚の前に立った。行き詰まった時は、コーヒーを飲みながらフィギュアを見るのである。

「どうして、GPS情報が得られないの？」

友恵はバットマンの敵であるジョーカーの1／6フィギュアの頭を指先で軽く叩きながら呟《つぶや》いた。電話番号が分かっていれば、通常はそのスマートフォンに辿《たど》り着き、GPS

情報を得ることができる。そうすれば、リアルタイムで位置が分かるのだ。

「そういえば」

友恵はサブモニターに表示されていたTC2Iをメインモニターに切り替えた。ウクライナの地図上に傭兵代理店が支給したスマートフォンの位置情報が映し出される。リベンジャーズとケルベロスは貨物列車で移動し、すでにキーウに到着していた。市内を移動しており、大統領府に向かっているようだ。

友恵は地図を縮小して世界地図にした。すると、赤い点が日本にもある。これは特別強行捜査局の朝倉特別捜査官のスマートフォンだろう。だが、夏樹が持っているスマートフォンの位置情報は見当たらない。友恵はTC2Iのシステム管理者用の画面を出し、ユーザーのスマートフォンのコントロールパネルを表示させた。その中で夏樹のスマートフォンの状況を見ると、電源が切れているようだ。また、呼び出し音やバイブレーター機能もオフにしてある。

管理者は遠隔操作で電源を入れることもできるが、友恵はマイク付きのブルートゥースイヤホンを左耳に入れて夏樹に電話を掛けた。傭兵代理店のスマートフォンは、管理者から電話を掛けると自動的に電源が入るようになっているのだ。

――折り返し電話をします。

応答メッセージが流れ、通話が切れた。

「やっぱり」

友恵は小さく溜息を吐いた。スマートフォンの電源は入ったが、位置情報が出てこない。GPS機能は強制的に切断されているようだ。

夏樹はパリを拠点に世界中で活動している。フリーの諜報員という職業柄、たとえ信頼している友恵だろうと位置を特定されたくないのだろう。

数秒後、夏樹から電話が掛かってきた。

――モーニングコールかい？

夏樹の渋い声がイヤホンから流れる。パリとは七時間の時差があるので、午前六時十五分である。

「朝早くからすみません。お伺《うかが》いしたいことがありますが、お時間はよろしいでしょうか？」

友恵は丁寧に尋ねた。夏樹は傭兵とも民間人とも違うので気を遣っているのだ。一度も会ったことはないが、何度か電話や通信で会話したことはある。紳士的で優しい印象だが、感情を表に出さないタイプだ。

――そろそろ起きようと思っていたところです。時間ならありますよ。

抑揚のない話し方だが、言葉遣いは丁寧だ。

「ひょっとしてGPSを強制的に切断されていますか？」

——ああ、職業柄ね。

夏樹の息遣いが聞こえた。珍しく笑ったらしい。

「実は今、元ＦＳＢの諜報員だった男の所在を突き止めようとしています。彼の持っているスマートフォンの電話番号は知っていますが、ＧＰＳの位置情報が得られないのです。何かご存じですか？」

——例の男のことですか？

夏樹のスマートフォンにもグルシャコフの情報は送っているので、ぴんときたらしい。通話は暗号化されているので安全だが、相手先の部屋での盗聴を考慮し固有名詞を使いたくないのだ。それは夏樹も同じなのだろう。

「そうです」

——ＦＳＢの諜報員が使う専用のスマートフォンならもともとＧＰＳは切断されているか、あるいは最初から装備されていない可能性があるようです。

「しかし、ＦＳＢ本部では、管理する上で諜報員の所在を知らなくてもいいんですか？」

——ＦＳＢでは、職員本人の承諾もなく体内にＧＰＳチップをインプラントしているようです。ＧＰＳチップはそれぞれナンバリングされており、本部では専用の機器でＧＰＳチップからの信号を拾って管理しているという情報を得ています。

とんでもない情報を夏樹は淡々と言った。

「なるほど。では、そのＧＰＳチップの情報がないと追えませんね」

友恵は溜息を押し殺した。体内にインプラントするほどの小型チップの存在を知ったところで性能を知らなければどうにもならない。

——私の知人が解析しています。データを貰《もら》いましょうか？

夏樹はさらりと言った。

「ええっ。もちろんお願いします。もし、お金が発生するようなら請求してください」

——お金は要《い》りませんよ。のちほど、暗号メールでデータを流します。

通話は一方的に切れた。これまで様々な情報を夏樹から得ているが、彼から金銭の請求を受けたことは一度もない。

「ＧＰＳチップね。キーワードで探すわよ」

友恵はメインモニターをＦＳＢのサーバーの画像に切り替えた。

4

午前七時半。キーウ。

リベンジャーズとケルベロスは、大統領府にある職員用食堂で朝食を食べていた。また、キーウで後方支援をしていたマリアノとも合流している。

食事はボルシチとパンで、質素ではあるが味は格別だ。

大統領府で外人部隊に食事を振る舞うのは異例のことである。もっとも、大統領は不在のため、ラキツキーが情報総局の幹部として傭兵たちを慰労しているに過ぎない。

四人掛けのテーブルに分かれて座っており、浩志はワットとラキツキーと一緒に食事をしていた。報告は要所でしていたが、ラキツキーから朝食がてら詳しく聞かせて欲しいと言われたのだ。

フォメンコら第五特務連隊の七人は、キーウ駅に出迎えに来た車で連隊に戻った。上官に報告を終えたら、自分の家に帰れると聞いている。

「グルシャコフに随分痛い目に遭わされたようだな。もっとも、君らも、ブラックユニットの謀略を阻止したから、やつに煮え湯を飲ませたことになるが」

ラキツキーはボルシチにちぎったパンを浸《ひた》して口に入れた。

「グルシャコフのことは何か分かったか？」

浩志はスプーンでボルシチを口に運び尋ねた。

「ヴァシリ・グルシャコフ、四十一歳。二〇一九年にスペツナズからＦＳＢ特殊任務センターのＶ局に出向している。今年の三月に我が情報総局がＦＳＢの諜報員の名簿を公開した。その名簿には彼はパヴェル・イワノフという名前で記載されていた。Ｖ局ではスペツナズでの偽名をそのまま使っていたのだ。フランスの外人部隊と同じだよ」

ラキツキーは得意げに答えた。仲間は浩志とラキツキーの話を聞くために静かに食事をしている。

「よく調べたな。グルシャコフがV局出身なら原子力発電所のことを熟知していたはずだ。ロシアの施設を防御する特殊部隊がウクライナの施設の破壊工作をするとは、どこまでクズなんだ」

浩志は苦笑した。KGBの特殊部隊であったアルファ部隊と並ぶヴィンペル部隊が、FSBに引き継がれてV局となった。任務は原子力施設等の防護である。ちなみに暗殺部隊と言われたアルファ部隊はFSBのA局として現在も存在する。

V局の特殊部隊は原子力施設へのありとあらゆる攻撃を想定し、それを防御する厳しい訓練に明け暮れているという。そのため、原子力施設への攻撃方法は熟知しているのだ。グルシャコフがザポリージャ原発での指揮を執っていたのなら納得である。

「ウクライナが名簿を公表した結果、各国の諜報機関は自国で活動しているFSB諜報員を監視下に置いた。発表を受けて、日本をはじめベルギー、オランダ、アイルランド、チェコなど、ロシア大使館の職員や関係者を国外追放した国もある。グルシャコフは偽名ではあるが、リスト公表を契機に、新しい組織を作るためにリストから名前を削除したと我々は睨《にら》んでいる」

「そこまで調べがついているのなら、グルシャコフの現在地も分かるんじゃないのか？」

浩志は訝《いぶか》しげにラキツキーを見た。グルシャコフを調べ上げたのなら、なぜドニプロ駅の爆弾テロを未然に防げなかったのかと思うのだ。

「君らの活躍のおかげで情報を絞り込むことができた。だが、それはあくまでも過去の情報を洗い出しただけに過ぎない。グルシャコフのような熟練の諜報員の居場所を掴むことは不可能だよ」

ラキツキーは肩を竦《すく》めてみせた。

「簡単に『不可能』という言葉を吐くな。俺たちは、どんなことをしてもグルシャコフを狩る。それができなければ、やつに命令を出した男を抹殺するまでだ。絶対諦めるつもりはない」

浩志は口調を強めた。周囲の仲間が目を見張っている。いつも冷静なだけに驚いているのだろう。ケルベロスの亡くなった四人の仲間とは面識がなかったが、柊真が認めた男たちなら兄弟であり、家族でもある。家族同然の仲間を殺害した犯人を簡単に諦めることなど、できるはずがないのだ。

「すまない。君らの仲間が死亡したのに、軽率な発言だった。情報総局も総力を挙げてグルシャコフの行方を追う」

ラキツキーは両手と首を振った。

「言葉だけじゃな。態度で示せよ」

浩志は低い声で言った。

「ウクライナ人は恩を忘れない。君らが闘い続けるのならどこまでもサポートする」

ラキツキーはスプーンを置いた。浩志に叱責《しっせき》されて食欲が失《う》せたらしい。

「忘れなければ、それでいい」

浩志はスプーンでボルシチを啜《すす》り、パンをちぎって頬張《ほおば》った。

「だが、正直言ってグルシャコフの位置情報はすぐには手に入らないだろう。それに君たちの大半は負傷者だ。今、君たちに必要なのは休息だろう。ヒルトンに部屋を取ってある。ごゆっくり」

ラキツキーは口元をナプキンで拭《ぬぐ》うと、不機嫌そうな顔で席を立った。キーウのヒルトンも五つ星である。

「PRバーは、まだ営業しているか？」

浩志は皿に残っているじゃがいもをスプーンで掬《すく》って途中で止めた。

「いつでも冷えたペルツォフカが飲める」

ラキツキーはふっと笑みを浮かべると、部屋を出て行った。彼とは古い付き合いである。その昔、市内のPRバーという店でよく飲んだものだ。

「今のは、合言葉か？」

隣りのワットが首を傾《かし》げた。

「いや、ペトラ・サハイダチノホ通り沿いにあるバーの名前だ。お互いウォッカを飲んで憂《う》さを晴らすべきだという意味だ」

浩志は止めていたスプーンを動かし、じゃがいもを食べた。

「それじゃ、チェックインしたらバーに駆け込むか」

ワットがナプキンをテーブルに載せると、勢いよく席を立った。

「まだ朝だぞ。おまえは憂さじゃなく頭を冷やすべきだ」

辰也が両手を上げた。

「だったら、どうしろって言うんだ？」

ワットが腰に手を当てて仲間を見回した。

「ホテルにチェックインして、寝る。それだけだ」

浩志は最後のパンの一欠片《ひとかけら》で、スープ皿を拭き取るようにさらうと口に入れた。

5

午後五時半。キーウ。

柊真らケルベロスの六人は、ホテルのジムで汗を流していた。

ヒルトンキーウは、同じ五つ星でも市内の古いホテルと違ってトレーニングルームが充実している。ラキッキーは単純に五つ星で豪奢《ごうしゃ》にもてなそうとしたのではなく、トレーニングを含めた体調管理を考えてホテルを選んだようだ。

「そろそろ休んだらどうだ？」

タオルで汗を拭《ふ》いているセルジオが、ランニングマシンで走り込んでいる柊真に言った。柊真は一時間以上走っているからだ。

「ペースを落としているから大丈夫だ」

柊真は息を乱すことなく答えた。ランニングマシンは、壁際に設置してあるので、ひたすら壁を見つめて走ることになる。走っている間は雑念が消えるので、ある意味リラクゼーションでもあるのだ。

「おまえの心配をしているんじゃないよ。ランニングマシンが煙を噴きそうだから忠告したんだ」

セルジオは苦笑しながら言った。

「そういうことか」

柊真は頭を掻いて僅かにペースを落とした。

「おまえは紛争地じゃピカイチだが、私生活となるとどこか抜けている。だから、モテないんだよ。パリ工科大学の研究員になった彼女はどうしたんだ。連絡はあるんだろう？」

セルジオがにやけた表情で聞いた。

彼はルイーズ・カンデラという、フランス領ギアナにある宇宙センターの所長の娘のことを言っているのだ。彼女は天才的プログラマーで、父親の仕事の関係でギアナの大学に通っていた。昨年ルイーズは人工衛星の自動運行プログラムの論文を発表した直後に、誘拐《ゆうかい》事件に巻き込まれている。彼女の技術を武器として利用すべく、中国の工作員に拉致《らち》されてしまったのだ。

その時ケルベロスは、フランス政府を介してルイーズの捜索と奪回を要請された。途中でリベンジャーズも協力することになり、パタゴニアにある中国の秘密基地からルイーズを救出した。その際、柊真は一番活躍したのだが、大怪我《おおけが》を負って入院している。入院中、ルイーズが献身的に看病し、退院後も連絡をしてくるようになったのだ。

昨年の九月にルイーズはギアナの大学を首席で卒業し、パリ工科大学の情報研究所の研究員として働き始めた。もともとフランスに戻るつもりだったらしいが、それだけでなく柊真が目当てだったようだ。美人でスタイルも良く、頭もいいので誰しも羨《うらや》ましがるのだが、柊真はなぜか避けている。

「適当に返事はしている」

柊真は無愛想に答えた。ルイーズはＳＮＳで度々食事に誘ってくるが、パリにいる時でも任務中を理由に断っている。女性に興味がないわけではない。ルイーズは女性として魅力的だと思っているが、今は任務を遂行することだけに集中したいのだ。

「勿体《もったい》ないな。おまえが付き合えないなら俺に紹介しろ」

近くのトレーニングマシンを使っているマットが割り込んできた。

「おまえじゃ、向こうが願い下げだってよ」

フェルナンドが参戦してきた。

「俺もそう思う」

セルジオが茶化した。

「その辺にしてくれ」

柊真が話に付いていけない浅野と岡田を見て笑った。

出入口のドアからトレーニングウェア姿の浩志が入ってきた。それまでふざけていたセルジオらが真面目な顔で会釈する。浩志に対して、ケルベロスの仲間はリスペクトを寄せているのだ。

「隣りで走っていいか？」

浩志は柊真の右後ろに立って尋ねた。

「もちろんです」

柊真はペースを落とさずに答えた。

浩志は首に巻いていたタオルを、空《あ》いているランニングマシンのサイドバーに掛けてマシンに乗った。

「怪我はもう大丈夫なんですか？」

柊真は右横を向きながら尋ねた。

「顔は締まらないが、体調はいい」

浩志は正面の壁を見つめながら走り出した。顔面の腫《は》れは引いたが、赤黒い痣《あざ》は当分消えないだろう。

「無理は禁物ですよ」

柊真も正面を向いて笑った。

「グルシャコフが見つかりそうだと、友恵から連絡が入った。数時間で居場所が摑めるそうだ。明日の朝には行動に移せるだろう。ウクライナともお別れだ。汗を流したら、打ち合わせがしたい」

浩志は柊真とペースを合わせた。常人よりもかなり速いが、十分ほどなら付き合えるだろう。

「いいですよ。場所は？」

柊真は壁を見つめたまま尋ねた。

「俺たちはA《アルファ》チーム、ワットがB《ブラボー》チーム、辰也がC《チャーリー》チームだ。三ヶ所で極秘の打ち合わせをすることになっている。誰かが貧乏くじを引くことになるだろう」

浩志は日本語で囁《ささや》くように言った。

「モグラ捜しですね」

柊真も日本語で返した。すでに計画の内容を把握したらしい。

「詳しい説明は必要ないらしいな」

苦笑した浩志は首を振った。

「仲間にも知らせます」

柊真は頷くと、「俺たちはウサギになる」とフランス語で言った。「囮《おとり》」を意味するケルベロスの暗号なのだろう。

セルジオらは顔を見合わせてにやりとした。

「楽しみですね」

笑みを浮かべた柊真は、ペースを上げた。

6

午後十時五分。キーウ。

ヒルトンキーウの正面ロータリーにハンヴィーが停まった。

浩志と柊真は、後部座席に乗り込んだ。

二人の乗ったハンヴィーが立ち去ると、三十秒後に別のハンヴィーが停まり、ワットとマリアノが乗り込む。さらに三十秒後には辰也と宮坂が三台目のハンヴィーでホテルを出発した。

　Aチームは浩志とケルベロスの六人、Bチームはワットとマリアノと村瀬と鮫沼、Cチームは辰也と宮坂と田中と加藤と瀬川という構成だが、ハンヴィーで移動するのは、二人ずつと決めてある。名目上は打ち合わせということもあるが、囮は二人で充分だからだ。残りのメンバーは別行動を取っていた。

　ラキツキーはこれまでウクライナ軍の情報漏洩を調べ、ロシアと通じていたウクライナの政府職員を逮捕している。今回、リベンジャーズがグルシャコフを追跡しているため、その情報を利用してモグラを捜し出す計画を立てた。ラキツキーは内部捜査だけに、リベンジャーズに頼ったのだ。

また、リベンジャーズとケルベロスにとってもウクライナ政府内のモグラが見つからないことには、安心してグルシャコフ追跡に本腰を入れられない。そこで浩志と柊真は諮《はか》って情報総局の捜査に協力することになった。

　三つのチームはそれぞれ別のレストランで、情報総局の職員と打ち合わせするという極秘情報を、各々《おのおの》違う人物に流している。リベンジャーズのメンバーからグルシャコフだけでなく、ブラックユニットの秘密基地の情報を口頭で伝えるという内容だ。ターゲットは内偵を進めて絞り込んだ政府高官である。というのも、フランスからの支援物資の件を知り得る人物はごく少数だったからだ。

ブラックユニットに関する情報がウクライナに流れるのは、ロシア参謀本部にとって重大な問題だとは思うが、どういうアプローチをしてくるかは分からない。盗聴を試みるかもしれないが、最悪襲撃される可能性もある。どのみち接触してきたチームの情報を得た政府高官がモグラというわけだ。

浩志と柊真を乗せたハンヴィーはペレモヒ通りを西に進み、九キロ先にあるジョージア料理店に向かっていた。囮に使う三つの店は、すべて午後十時に閉店する。一般市民に迷惑が掛からないように、閉店後に打ち合わせするという設定になっていた。

「それにしても、今回の作戦でリベンジャーズは、ロシアに目を付けられますね」

柊真は日本語で囁くように言った。

「心配するな。リベンジャーズの悪名《あくみょう》は、すでにロシアの情報機関のブラックリストに載っているそうだ」

浩志はふんと鼻息を漏らして笑った。今回のモグラ狩りでケルベロスの名は出さないように極力注意している。リベンジャーズはこれまでの働きで各国の情報機関に名を知られていた。ケルベロスもいずれはそうなるだろう。だが、仲間の半数を失った今は、目を付けられるわけにはいかないのだ。

「すみません」

柊真は溜息を吐いた。

「おまえが謝る必要はない。ケルベロスは切り札だ。今後もリベンジャーズと組んで任務を遂行することもあるだろう。場合によっては、どちらかが陰になり日向《ひなた》になって闘う必要が出てくる。戦場での戦い方が変化している以上、俺たちも変わる必要があるんだ。正面からぶつかるだけが戦法じゃない」

浩志は強い口調で言った。

地上戦に戦車と攻撃ヘリで攻めるロシア軍の戦略に目新しいものはなく、ウクライナ軍のドローンと携帯ミサイルによる攻撃の方が機動力があり、むしろ優《まさ》っている。リベンジャーズも数年前から任務中はドローンを携帯しているが、それは偵察用であって攻撃に使用することはない。だが、今後は攻撃もできるように工夫する必要があるだろう。

友恵は最新の米陸軍の戦略システムを真似《まね》てTC2Iを開発し、リベンジャーズで有効活用していた。

また、リベンジャーズのウクライナでの戦闘情報は代理店にフィードバックしているので、友恵はTC2Iを常にアップデートしている。リベンジャーズは確実に進化していくだろうが、それでも複雑化した戦場で勝ち抜けるかどうかは疑問なのだ。

「私は、一刻も早くリベンジャーズに追いつきたいと焦っていたのかもしれません。それに支援物資の移送の任務を舐めていました。　紛争地はどこも危険だと分かっていたつもりなんですが」

　柊真は沈んだ声で話した。仲間が殺された責任を感じているのだろう。悲しみを押し殺して耐えていることは分かっている。

「リベンジャーズも仲間をこれまで七人失った。いつ誰が亡くなったのかも、克明に覚えている。彼らの死に責任を感じて眠れないことも度々あった」

　浩志はしみじみと言った。

　亡くなった仲間は、名取隆介《りゅうすけ》、アンドレア・チャンピ、ジャン・パタリーノ、ミハエル・グスタフ、アンディー・ロドリゲス、黒川章《あきら》、そして寺脇京介《てらわききょうすけ》。皆勇敢で頼もしい仲間だった。彼らのことを忘れたことは一時もない。

「それでも闘い続けている理由は、信じる正義のためですか？　あるいは、弱者の代弁者としての責任感ですか？」

　柊真は真剣な眼差《まなざ》しで聞いた。

「それもある。だが、一番の理由は闘うことを止めたら、仲間の死が無駄になるからだ」

　浩志は遠い目で答えた。仲間の死で何百何千という人の命が救われている。彼らは、リベンジャーズが闘い続けることを望んでいるはずだ。老いが迫った傭兵が闘いを止める時は、肉体が滅ぶ時だと浩志は思っている。

浩志らと行動を共にした第五特務連隊のメンバーの中で、フォメンコが振り返って言った。助手席のフォメンコとサーボ、それに〝ドニエプルの嵐〟作戦のメンバーだったピアトフという兵士がハンヴィーの運転手として作戦に参加している。極秘作戦だけに特に信頼がおける兵士が選ばれたのだ。

ハンヴィーは右折し、インターチェンジからペレモヒ通りの高架下を潜《くぐ》ってスビャトシャインスカー通りに出る。

「もうすぐ着きますよ」

「……そうですね」

柊真は大きく頷いて腕を組んだ。

「貧乏くじを引いたようだな」

サイドミラーを見ていた浩志は、苦笑した。後続の三台の車が、ハンヴィーに続いてペレモヒ通りを出たのだ。

左手にスーパーマーケットの大きな建物が見えてきた。ジョージア料理店はスーパーマーケットではなく、駐車場に面した建物に入っている。

午後十時十八分、ハンヴィーは左折し、スーパーマーケットの駐車場に入り、ジョージア料理店の前で停まった。ジョージア料理店の照明は消えている。

浩志と柊真は、急いで車を降りてその陰に回った。

三台の車が駐車場に入ってくると、ハンヴィーを囲むように停まる。車からバラクラバを被った男たちが機関銃を手に飛び出してきた。

「頭数は揃《そろ》っていますね。親ロシア派ですか？」

柊真はグロック17を抜き、涼しい顔で笑った。目視できる範囲で十六人いる。

「数だけはな」

浩志も笑ってグロック17を構える。

男たちが一斉に銃撃してきた。

「こちらバルムンク。ブレット、はじめてくれ」

柊真はセルジオに無線で連絡した。

――こちらブレット。了解。

通信直後、バラクラバの男たちが次々と狙撃され、あっという間に六人が倒れた。狙撃の名人であるセルジオとフェルナンドがジョージア料理店の屋上から狙撃している。ケルベロスのメンバーを先に待機させていたのだ。

「動くな！」

ＡＫ74Ｍを手にしたマットが、男たちの背後から声を張り上げた。彼の左右に浅野と岡田がＡＫ74Ｍを構えている。

男たちが振り返って銃を向ける。だが、いち早く浅野と岡田が銃撃する。五人が倒れたところで残りの五人が銃を捨てて手を上げた。

「膝《ひざ》をついて手を上げろ！」

ハンヴィーの陰を飛び出した柊真は、銃を向けながらロシア語で男たちに命じた。

駐車場に四台のハンヴィーが勢いよく入ってくると、出入口を塞《ふさ》ぐように停まった。ウクライナ軍の憲兵隊である。車から降りてきた憲兵は、襲撃犯の生死を確認すると、降伏した五人を拘束した。逮捕した五人以外はすべて死亡したらしい。

「作戦終了。撤収だ」

柊真は無線で仲間に連絡した。

「出番がなかったな」

浩志はグロック17をホルスターに戻し、満足げに笑った。

非情のテロ

1

十二月二日、午後一時三十分。ポーランド。

二台のマイクロバスが、ベラルーシとの国境から五百メートル手前にあるテレスポル―ブレスト国境検問所で出国審査の順番を待っている。

一台目にリベンジャーズが乗り込み、二台目にワットとマリアノとケルベロスが乗っていた。また、フォメンコが三人の部下を従えて二台の運転手と運転助手を務めている。マイクロバスの床は二重底になっており、武器と弾薬が隠してあった。

一昨日《おととい》の情報総局とのモグラ狩りで、襲撃者を撃破し、情報漏洩《ろうえい》の主犯である内務省の高官を逮捕した。だからといって政府内が完全にクリーンになったという保証はない。そこで極秘に陸路でウクライナを出国したのだ。

グルシャコフを追撃するリベンジャーズとケルベロスを、ウクライナ政府はバックアップしていた。傭兵たちの行動はウクライナの益になるため、協力は惜しまないということである。だが、ウクライナ兵士の国外での活動を避けるため、協力者は最少人員となっていた。また、フォメンコらは捕虜になった時を憂慮し、軍籍を抹消されている。

昨日の朝、友恵からグルシャコフの居場所が掴《つか》めたと連絡があった。彼女が察知した段階で、すでにグルシャコフは出国し、ポーランドに入っていた。

紛争で徴兵制となったウクライナでは、十八歳から六十歳の成人男性は出国制限されている。そのため、グルシャコフはウクライナではない国籍の偽造パスポートを使ったのだろう。

友恵は夏樹から貰《もら》ったデータをもとに、グルシャコフにインプラントされているGPSチップで追跡している。また、FSB本部で職員のGPSチップを管理しているサーバーも発見した。サーバーを調べたところ、FSBの司令部はGPSチップの軌跡で各職員の行動を監視していることも分かっている。そのため、FSBのサーバーをハッキングすることで、グルシャコフの逃走経路は判明していた。

特別列車を爆破したグルシャコフは紛争地帯を避け、ウクライナの安全な領域を車で横断してウクライナ西部のリヴィウまで移動したようだ。リヴィウからポーランドのクラクフ方面に向かう列車に乗っていた。だが、列車で国境を越えた直後にポーランドのメディカという小さな駅で降りて車に乗り換えている。

十時間後にはポーランド中東部の街、ビャワ・ポドラスカを経由して国境を越え、ブレストからベラルーシに入国した。現在はベラルーシの首都ミンスクに滞在している。ミンスクからは車はもちろん列車や飛行機でもロシアに入国が可能だ。

ヨーロッパ最後の独裁者と呼ばれるアレクサンドル・ルカシェンコ大統領は、プーチンの盟友である。そのためウクライナに侵攻するロシア軍に便宜を図り、ロシアと歩調を合わせて軍をウクライナとの国境に配備していた。ベラルーシにいるグルシャコフはすでにロシアに入国したのも同然である。

国境検問所の大屋根の下に出国審査のボックスがあるレーンが連なっており、その一つに傭兵たちが乗ったマイクロバスが並んでいた。グルシャコフがポーランドからベラルーシに脱出した逃走経路を辿《たど》っているのだ。国境を越えれば、四時間ほどでミンスクに到着することができるだろう。

国境が混んでいるのは、ウクライナ侵攻でヨーロッパに居づらくなったロシア人帰国者と、ベラルーシを介してヨーロッパからの物資を密輸するためのトラックのせいだろう。その一方で、ロシアを脱出するロシア人も未《いま》だに絶えないためだ。

十五分後、二台のマイクロバスはポーランド側の検問所を通過した。国境線であるブーク川を渡り、一キロ先のベラルーシ側の検問所に到着する。

「乗客は、中国人です」

運転席からフォメンコが、書類とパスポートを検問所の職員に渡した。

リベンジャーズは、中国人ということでラキッキーにパスポートを用意させている。情報総局だけに、偽造パスポートは数時間で出来上がった。リベンジャーズで中国語が堪能なのは浩志とワットとマリアノだけで、他の者はなんとか日常会話ならできるという程度である。

だが、ロシア語が話せない者が多いので、中国人に成りすました方が安全なのだ。中国人なら観光客と言ってもロシアとの同盟国なので怪しまれることはない。

また、ケルベロスはフランス人ということにしてある。ロシア企業の招致を受けた航空技術者という設定だ。ワットは通訳として参加していた。彼らも情報総局で作成したパスポートを所持している。

一人一人出生から仕事まで細部にわたって設定されており、リスト化された資料を手渡されていた。ロシアに潜入する諜報員のために、あらかじめ偽造パスポートはいくつも用意されているようだ。

招致したというロシア内の企業も実在しており、ウクライナ人工作員が設立した中小企業が複数あるらしい。グルシャコフをベラルーシで捕らえることができれば一番いいのだが、ロシアに入国する可能性が高い。そのため、ロシアでも活動できる準備はしてきたのだ。

簡単に目を通した審査官から書類を渡された。フォメンコらはロシアのバス会社の社員という設定で、ロシア人のパスポートを携帯している。

「入国を許可する」

「ありがとうございます」

フォメンコは笑顔で書類を受け取り、車を出した。ウクライナ側もベラルーシ側も入出国審査はかなり簡略されているようだ。ウクライナ侵攻で国境は緊張状態にあると思っていたが、ロシア人の大量の入出国で作業を簡略化せざるを得ないのだろう。また、閉鎖された国境検問所もあることから、業務が集中しているという事情もあるに違いない。

浩志はロシアへの入国ルートについて暗号メールで夏樹に質問していたが、同じルートで入国経験があるらしく比較的安全だと言われた。

フォメンコは検問所を出て一キロ先にあるベラルーシ国営のベロルスネフチのガソリンスタンドに車を入れた。別行動を取っているケルベロスのマイクロバスと合流するためである。駐車場は大型の長距離トラックで埋められ、駐車場の端に停められた。

「なんとか入国できましたね」

フォメンコは運転席から通路に出て、前方の席に座っている浩志に言った。極秘作戦のため、ポーランドにも身分を明かしておらず、偽造パスポートを使うことに神経を使ったのだろう。

「まだ安心はできないがな」

浩志は腕時計を見た。友恵からは何の連絡も入っていないので、グルシャコフはまだミンスクにいるのだろう。空港や駅に移動した場合も知らせるように言ってある。

「時間が掛かっているな」

ケルベロスが乗ったマイクロバスは後ろに付いていたので、すぐ来てもよさそうだが、現れる気配がないのだ。

二十分後、B《ブラボー》チームのマイクロバスがガソリンスタンドに入って来た。

車から降りた浩志は柊真らのバスに乗り込み、両手に息を吹きかけた。防寒手袋を嵌めなかったことを後悔させるマイナス六度という気温なのだ。

「待たせたな」

ワットが珍しく疲れた顔をして手を振ってみせた。近くに座っている柊真はなぜか笑っている。

「どうした？」

浩志がワットに尋ねた。

「俺が通訳に見えないと怪しまれたんだ。俺はロシア語も話せるし、フランス語やドイツ語だって話せる。通訳として疑われる要素はないんだ」

ワットは柊真らケルベロスの仲間をちらりと見た。

「審査官は、ムッシュ・ワットが、マフィアだと疑ったようです。ロシアの会社に問い合わせをして遅くなったんですよ」

セルジオがわざとらしく髪の毛を搔き上げて笑った。ワットのスキンヘッドの強面《こわもて》ぶりを怪しまれたに違いない。審査官の対応は理解できる。

「何言ってやがる。おまえたちこそ、どう見たって航空技術者じゃなくてプロレスラーだろう」

ワットは腕を組んで鼻息を漏らした。

「くだらん。出発するぞ」

苦笑した浩志は、マイクロバスを降りた。

2

午後六時四十分、ベラルーシ、ミンスク。

市の中心部にあるエネルギー省の庁舎や国立歴史文化博物館が並ぶブロックに、五つ星のクラウン・プラザ・ホテルミンスクがあった。

ホテルはキロヴァ通りとヴァラダルスカ通りの交差点角にあり、斜《なな》め向かいにある公共駐車場に傭兵たちが乗った二台のマイクロバスが停まっている。どちらの車も遮光カーテンが引かれ、中が見えないようになっていた。

A《アルファ》チームのマイクロバスにはワットとマリアノとフォメンコが乗り込み、二台のノートPCの画面を見つめていた。画面は周辺の監視カメラの映像で、友恵がシステムをハッキングしたのだ。

グルシャコフはクラウン・プラザ・ホテルミンスクの五階の五〇八号室にチェックインしていることは分かっている。また、グルシャコフのGPSチップの信号もホテルにあることを確認していた。ミンスクに到着してから一時間ほど監視しているが、グルシャコフは外出していないようだ。

リベンジャーズは二人一組でホテルのすべての出入口を見張っている。ケルベロスはいつでも出撃できるようにフォメンコの部下とBチームのマイクロバスに乗って待機していた。

グルシャコフの部屋を急襲するのは簡単そうだが、民間人に被害が及ぶことを懸念して監視を続けている。

「どうしてホテルから出ないんだ？」

ワットはノートPCの画面を見ながら欠伸《あくび》をした。

「何か待っているのかな」

マリアノは自問するように呟《つぶや》いた。

「恐らくそうだろう。新たな任務を待っている可能性は高い」

ワットは大きく頷《うなず》いた。

「やつは、ベラルーシからまたウクライナに入るのですか？」

マリアノは首を傾《かし》げた。

「分からない。その前にグルシャコフを止めないとな。浩志がなんとかしてくれるさ」

ワットは下唇を突き出して首を振った。


スーツ姿の浩志は、ホテルのラウンジのソファーに座って雑誌を読んでいた。出入口の見張りは仲間に任せて、加藤と組んでホテル内でグルシャコフの監視をすることにしたのだ。ホテルスタッフに怪しまれないように二人はチェックインしている。

浩志は雑誌を見る振りをして、スマートフォンの〝TC2I〟を確認した。グルシャコフのGPSチップはたまに動くので寝ている訳ではなさそうだ。

――こちらピッカリ。リベンジャー、どうぞ。

ワットから無線が入った。目立たないようにブルートゥースイヤホンを使っている。

「どうした？」

浩志は雑誌に視線を戻し、無線に答えた。

――グルシャコフは次の作戦命令を待っているのだろう。捕まえるのなら今のうちじゃないのか?

ワットは痺《しび》れを切らしたようだ。

「俺もそう思う。やつは待機しているのだろう。長期戦になるようならこのホテルで決着をつける必要もあるが、まだ早い。できればホテルを出たところで捕まえたい」

浩志は小声で答えた。グルシャコフの眉間《みけん》に銃弾を撃ち込めばそれで終わる。だが、ウクライナ政府から、できればグルシャコフを生きたまま捕まえて欲しいと要請されていた。尋問し、ロシア軍というよりプーチンの戦略を聞きたいのだ。

加藤が姿を見せ、浩志の隣りに腰を下ろした。

「ご苦労さん」

浩志は無線連絡を終え、雑誌を見たまま言った。

「やはり、グルシャコフは一人ではありませんね。五階の要所を五人の男が見張っていました。それに、エレベーターホールと六階レストランにホテルの警備員が二人ずついます。レストランには大勢の客がいました」

加藤は正面を向いたまま報告した。

「見張りは問題ないが、警備員と客が面倒だな」

浩志は雑誌を閉じ、目頭を指先で摘《つま》みながら言った。キリル文字を読んでいたら目が疲れたのだ。五人の見張りは浩志と加藤だけでも対処できるだろう。だが、警備員は民間人のため、彼らとは交戦できない。また、流れ弾《だま》で客に負傷者が出る可能性が大きい。

「とりあえず、俺たちはここで見張るしかないな」

浩志は雑誌を再び開いた。


午後七時十分。

柊真は腕組みをしてマイクロバスの前方の席に座っている。

リベンジャーズと九十分交代で見張りをしているため待機しているのだ。

「グルシャコフは、五つ星ホテルで何をしているんだ？　ロシアに帰らないのか？」

セルジオは欠伸をしながら言った。バスの座席に座っていることに飽きたのだろう。

「新しい作戦命令を受けるための待機だと思っている。だが、ベラルーシで何か重大事件を起こしそうな嫌な予感がする」

柊真は腕組みをして渋い表情になった。

「ベラルーシは、ロシアにとって数少ない同盟国だぞ。というか、言いなりの属国だ。それはないだろう」

セルジオは右手を大きく左右に振った。

「ブラックユニットは、戦場のロシア兵の監視と殺害だけが任務だと思うか？　それなら既存のバリア部隊だけで充分だろう。グルシャコフはザポリージャ原発の爆破、ドニプロ駅の特別列車爆破を指揮した。二つともロシアの偽旗《にせはた》作戦だ。同盟国であるベラルーシでも同じように破壊工作をして、ウクライナのせいにするつもりじゃないのか？」

柊真は眉間に皺《しわ》を寄せた。ロシアは戦争に勝つためには理不尽な攻撃を平気でする。しかもぬけぬけと嘘《うそ》を吐《つ》くのだ。

「グルシャコフはまた偽旗作戦を企《たくら》んでいるというのか。ロシアならやりかねないな」

セルジオは大きく頷いた。

轟音《ごうおん》。

爆発音が轟《とどろ》いた。

「なんだ！　何が起きた！」

セルジオが立ち上がって天井に頭をぶつけた。

――こちらモッキンバード。たった今、エネルギー省庁舎が爆発炎上しています。

サポートしている友恵からの無線連絡である。監視衛星で確認したのだろう。

轟音。

先ほどよりも近い。

――クラウン・プラザ・ホテルミンスクで爆発！

友恵が金切り声を上げた。

「いかん！　ホテルに行くぞ！」

柊真はマイクロバスから飛び出した。

3

午後九時四十分、ベラルーシ、ミンスク。

柊真は、フメレフスコヴォ通りとローザ・ルクセンブルク通りの交差点角にある第四シティ病院一階の待合室にいた。

午後七時十二分、ミンスク中心部にあるエネルギー省庁舎とクラウン・プラザ・ホテルミンスクで相次ぎ爆発があった。エネルギー省庁舎は時間外だったため、二人の警備員の負傷に留《とど》まった。だが、ホテルの爆発は一階のフロント近くで起こり、三十六名の死傷者を出した。

爆発でラウンジに居合わせた浩志と加藤も負傷している。負傷者は事件現場近くの二つの病院に運ばれたが、収容しきれないため、浩志と加藤は二・五キロ離れた第四シティ病院に運ばれたのだ。待合室のソファーは負傷者の親族と思われる人々が座っており、柊真や傭兵仲間は壁際《かべぎわ》に立っていた。

加藤は二、三日の安静は必要だが、打撲と十五針ほど縫う程度の怪我《けが》で済んでいる。

だが、浩志の方は爆発して砕けた建材の破片が腹部に刺さり、重傷を負っていた。駆けつけた柊真や仲間が瓦礫《がれき》の下から救い出したが、出血が多く意識を失っていたのだ。移送中の救急車内で除細動を受け、病院に搬入直後に緊急手術を受けており、まだ手術は続いている。

柊真に紙コップのコーヒーが差し出された。

「心配するな。あいつは絶対死なない」

いつの間にかワットが、すぐ近くに立ってフランス語で話しかけてきた。日本語もかなりうまくなったが、フランス語の方が話しやすいのだろう。

「私もそう思います。というか信じています」

柊真はワットからコーヒーを受け取った。

「ベラルーシ政府が、ロシア政府と共同でウクライナによる爆弾テロだと声明を出したそうだ。ロシアが先にウクライナのテロだと発表したから、ベラルーシは従うしかなかったのだろう」

ワットは苦々しい表情で言った。

「ベラルーシ政府は、自国民が殺されたのにまだロシアの味方をするんですか」

柊真は眉《まゆ》を吊《つ》り上げた。

「ルカシェンコはプーチンに魂を売った男だ。プーチンのご機嫌を伺《うかが》い、贅沢《ぜいたく》な生活が今後も続けられることを何よりも大事にしている。国民は奴隷以下の存在、けし粒のようなものだ」

ワットは吐き捨てるように言った。

二人のスマートフォンが同時に反応した。近くにいる仲間も顔を見合わせたので、一斉にメールが送られてきたらしい。

「シット！」

メールを読んだワットが舌打ちをした。

友恵から送られてきた暗号メールで、標的がモスクワ郊外のクベンカ空軍基地に到着したという内容である。標的とはグルシャコフのことだ。

ホテルで起きた第二の爆発で、現場はパニック状態になった。それはリベンジャーズも同じで、どさくさに紛《まぎ》れてグルシャコフは部下と共にホテルをまんまと脱出している。

グルシャコフがホテルを離れたことに気が付いたのは、TC2Iで監視活動をしていた麻衣である。彼女からの連絡を受けて、ワットはマリアノとフォメンコと彼の部下だけ伴って追跡した。他の者は、ホテルの爆発現場で救助活動に残す必要があったからだ。

ワットはグルシャコフの位置情報に従い、市の中心部から四十キロ離れたミンスク・ナショナル空港に到着した。だが、その時、すでにグルシャコフは、ロシアの軍用輸送機であるＡｎ－26に乗り込んでおり、ワットらが空港に潜入した直後に離陸してしまったのだ。

「次はモスクワですね」
柊真は鬼のような形相《ぎょうそう》で言った。

「ミスター・チャン」
手術衣を着た医師が柊真らの近くにいる辰也に英語で声を掛けてきた。辰也は浩志の手術の同意書や入院手続きなどの書類にサインしている。中国国籍のパスポートで入国しているため、仕方なく中国人になりすましているのだ。

「はい」
辰也が返事をすると、周囲にいる仲間が医師を囲んだ。

「……手術は終わりました。しかし、出血のため一時的にショック状態に陥《おちい》っていたので、予断は許さない状態です。厳しいことを言うようですが、生存の確率は五十パーセント以下です」

医師は周囲を取り囲んだ男たちに驚いたものの、丁寧に説明した。

「ちょっといいか？」
ワットは仲間に手招きすると、待合室の外に出た。

「このままターゲットを追跡するかどうか決めたい」
「ちょっと待てよ。藤堂さんの状態が分からないのに動けると思うか？」

辰也がワットに詰め寄った。

「それは考えてある。悪いがマリアノが浩志に付き添ってくれ。何かあったら、医師じゃなく、おまえの判断で医療処置をするんだ。はっきり言って今の浩志に何かできるのは、マリアノだけだ」

ワットはマリアノに目配せをした。マリアノは医師免許を持っており、実際優《すぐ》れた外科医でこれまで仲間の命を何度も救っている。

「そのつもりだった」

マリアノは頷いた。

「それから、浩志とマリアノの警護に村瀬と鮫沼、一緒に行動したいだろうが、おまえらが残ってくれれば安心だ。フォメンコたちはどうするか後で教えてくれ」

ワットは強い口調で言った。

「重要な任務だと思います。喜んで」

村瀬が答えた。

「マリアノが手術したいというのなら、俺はこの病院を乗っ取ります」

鮫沼が真面目な顔で言った。

「すみませんが、部下と相談させてください」

フォメンコは部下を伴って別の場所に移動した。彼らはベラルーシまで行くことは分かっていたが、ロシアに行くことになったら部下に意思確認することになっていたのだ。

「最低限の問題は解決したはずだ。だが、残りたい者はそうしてくれ。浩志の警護に人数が増えるのは、それはそれでありがたい。ここからモスクワまで七百キロだ。飛ばせば、九時間で着ける。グルシャコフが次の行動に出るのは明日だろう。今動けば、やつを押さえることができるかもしれない」

ワットはいつもと違って険《けわ》しい表情で言った。

「決を採《と》ろう。全員、目を閉じてくれ。賛成の者は挙手。マリアノ、確かめてくれ」

辰也はそう言うと、目を閉じた。

「目を開けてくれ。全員賛成だ」

マリアノは仲間が目を閉じるとすぐに言った。誰もがすぐ挙手したのだ。

「すぐに行動するぞ」

ワットが拳《こぶし》を前に出すと、仲間はワットの拳に自分の拳をぶつけた。

4

午後十時五十分、ベラルーシ。

二台のマイクロバスが、ミンスクとモスクワを結ぶ高速道路E30を激走していた。

フォメンコが運転する一台目にリベンジャーズが乗り込み、サーボがハンドルを握る二台目にケルベロスが乗っている。フォメンコは二人の部下に、浩志の護衛のため残るように命じていた。二度目の爆発はグルシャコフが混乱に乗じて脱出するためのもので、浩志と加藤はそれに巻き込まれたものだろう。フォメンコの二人の部下もロシア行きを望んでいたが、もし浩志を狙ったものなら、再度襲われる可能性があると考え直したようだ。

——こちらモッキンバード。問題発生です。国境線に検問所が設けられています。

友恵から無線連絡が入った。ミンスクを出発した時点で、全員の無線機はオンの状態にしてある。ロシアとベラルーシの国境はいつもなら開放してあるが、なぜか検問所が設置されたらしい。

——今確認しました。ベラルーシ国境警備隊が設けた検問所で、市内で起きた爆弾テロに対処するものです。人員は十名です。

「こちらピッカリ。連絡、ありがとう」

小さく頷いたワットはにやりとした。彼は最前列の席に座っている。

「何か対策を立ててるか？」

通路を挟んで隣りに座っている辰也が尋ねてきた。

「政府は爆弾テロの犯人はウクライナだと声明を出している。ロシアの偽旗作戦ということを知っているのは、政府の中でも一握りだろう。それなら、誰しも犯人はウクライナ側に逃亡したと思うはずだ。ロシア側の国境線にも検問所を置いたのは、念のためだろう。たったの十人というのが、その証拠だ。正々堂々と抜ければいいんだ」

ワットは肩を竦《すく》めた。

二時間後、二台のマイクロバスは国境線の検問所に近付いた。検問所には長距離トラックが十数台列をなしている。

「どうなっている？」

車を降りたワットは、最後尾のトラックの運転手にロシア語で尋ねた。

「市内の爆弾テロのせいで、国境が突然封鎖されたんだ。ウクライナのテロだって政府は言っているけどね」

運転手は両手を上げてみせた。ナンバープレートはベラルーシのものなので、ロシア人ではないのだろう。彼はウクライナの仕業《しわざ》ではないと暗に言っているようだ。

「まいったな」

ワットは、ケルベロスのマイクロバスに乗った。

「俺に作戦があるんだが、乗るか？」

ワットは柊真らに尋ねた。

「私も作戦を思いつきました」

柊真は笑顔で答えた。

「何？　俺の作戦は簡単だ。相手はたったの十名だぞ。一気に押さえ込んで、縛り上げればいいんだ」

どうだとばかりにワットは、胸を張った。

「それは可能でしょう。しかし、長距離トラックの運転手たちが見ていますよ。スマホで撮影されたら面倒です。ロシアでの活動に響きますから。それよりも、ワットさんの特技を活《い》かしてください。ロシア兵の偽のＩＤはまだ持っているんでしょう？」

柊真は苦笑を浮かべて質問で返した。

「持っている。小道具を捨てるわけがないだろう。……そういうことか」

ワットは首を傾げた後、手を叩《たた》いて頷いた。

十二月三日、午前零時十分。

二台のマイクロバスは、列をなす長距離トラックの脇をすり抜けて検問所のバリケードの前で停まった。一台目をケルベロスの車にしている。

「通行止めだ！」

バリケードの前に三名の国境警備隊の兵士が、旧ソ連製ＡＫＭ自動小銃を手に立ち塞《ふさ》がった。

先頭のマイクロバスから軍服姿のワットが降り、ゆっくりと三人の兵士に近付く。

「私はロシア陸軍支援兵科工兵小隊、イヴァアン・ジェコエフ少佐だ。朝までにモスクワに出頭するように命令を受けている。ここを通せ」

ワットは中央に立つ兵士に偽のIDを見せた。少尉の階級章を付けているので、この隊の指揮官なのだろう。

「申し訳ありませんが、通行許可を得るには、警備隊本部から陸軍参謀本部に問い合わせなければなりません。早くとも明朝になります」

兵士はワットの階級章を見て困惑した表情で答えた。ロシア軍とはいえ、少佐という階級に戸惑っているのだろう。

「明日の朝まで待てだと？　ロシア軍少佐の私を馬鹿にしているのか！　それならばロシア軍参謀本部に連絡し、ベラルーシ参謀本部からおまえを軍法会議にかけるように命令させるまでだ。それとも、私の部下が一台のバスに乗り込んでいる。実力を見せてやろうか！」

ワットは激しい口調で言うと、右手を上げて軽く回した。

マイクロバスからバラクラバを被《かぶ》り、戦闘服を着た柊真らケルベロスの四人と辰也が、AK74Mを手に降りてきた。AK74Mはマイクロバスの床に隠しておいた武器で、戦闘服はケルベロスがカミアンスケのロシア兵から奪い取ったものだ。彼らも小道具として携帯していた。

また、辰也もロシア兵から奪った戦闘服を捨てずに携帯していたのだ。五人は全員一八五センチ前後と体格はプロレスラー並みで、スラブ系でないため顔を隠しているのだが、それがかえって凄《すご》みがある。

「勘弁してください」

少尉の目が泳いだ。

「それならこうしよう。俺たちはこっそりと通る。おまえたちは気付かなかったことにすればいい。報告の義務もないだろう。誰も困らない」

ワットは小声で優しく言った。

「……了解です」

少尉は小刻みに頷くと、部下と一緒にバリケードを道の端まで移動させた。

「ご苦労！」

ワットは国境警備隊に敬礼すると、マイクロバスに向かった。

「撤収！」

柊真はワットがマイクロバスに乗ると、仲間にロシア語で命じた。

5

午前五時四十分。ロシア、モスクワ。

二台のマイクロバスは、シフツェフ・ヴラジェク通りに入った。モスクワ随一の繁華街と言われているアルバート通りから三百メートル南の裏通りである。

「確か、この辺だと聞いています」

フォメンコは速度を落として周囲を見回しながら、通りを進む。

ウクライナの工作員が設立した食品会社がこの通り沿いにあるらしい。モスクワに着いたら、まずはそこに身を寄せることになっていた。

「あれじゃないのか？」

ワットが右手を前に伸ばした。

五十メートルほど先の歩道で、黒いベレー帽を被った男が煙草《たばこ》を吸っている。目印は黒いベレー帽と煙草だと聞いていた。

フォメンコが男の前にある駐車帯に車を停めると、二台目のマイクロバスも後ろの空きスペースに入った。

ワットとフォメンコが車から降りると、男は煙草を咥《くわ》えたまま握手を求めてきた。地元の住民のようで気さくな感じがする。

「私は連絡員のヴィタリーだ。荷物を持って私に付いてきてくれ」

ヴィタリーは周囲を窺《うかが》いながら、正面の八階建ての建物に入って行く。商業施設ではなさそうなので、アパートなのだろう。

両開きのドアを開けるとホールになっており、左右に広い通路がある。アパートのエレベーターホールは奥にあるらしい。一階は商店街になっているようだが、シャッターが下りていた。開店時間にはまだ早いというわけではなく、潰《つぶ》れているらしい。

「経済制裁がじわじわと効いている。資金力のない小さな店舗はどんどん潰れていくだろう。まあ、我々はそれを二束三文で買っているけどね」

ヴィタリーはホールに近い店のシャッターを開けて中に入った。カフェらしく、テーブル席が並んでおり、カウンターの上にスライスされたウクライナの〝バトン〟と呼ばれる白パンとペットボトルの水、それにステンレス製のバットが置かれている。

「ここは隠れ場所の一つで、ここなら安心していられる。たいしたものではないが朝食を用意したので食べてくれ」

ヴィタリーはカウンターの中に入った。コーヒーの香りがするので、ホットコーヒーが飲めるのだろう。

「ほお」

柊真はカウンターに置かれているバットを見てにやりとした。〝サーロ〟と呼ばれる豚の脂身の塩漬けとニシンのオイル漬けが盛られている。遠慮なく紙皿にサーロとニシンのオイル漬けとパンを載せ、ペットボトルを取ってテーブル席に座った。さっそくパンにサーロとニシンのオイル漬けを載せて食べる。ウクライナに来てから何度も口にしている。どちらも酒のつまみでもいいが、柊真はパンに載せて食べるのが気に入っている。

「浩志の意識はまだ戻らないそうだ。マリアノからメールが届いた。生存率はまだ五十パーセントらしい」

ワットが正面の席に腰を下ろした。紙皿に山盛りのパンとサーロが載っている。ニシンのオイル漬けは好みではないらしい。

「そうなんですか」

溜息《ためいき》を吐いた柊真は、ペットボトルの水を飲んだ。

「そう悲観するな。マリアノから、追伸で浩志の生命力を信じろと記されていた。やつはスナイパーとしての腕も凄いが、医者としての腕も超一流だ。あいつが付いているから心配ない。俺たちの任務が終わるころには、目を覚ましているさ」

ワットはパンにサーロを挟んでサンドイッチにすると、大きな口を開けて食べた。

「それにしても、グルシャコフが宮殿から出てくるまで何もできませんね」

柊真もオープンサンドを頰張《ほおば》った。

宮殿とはクレムリンのことである。グルシャコフは数時間前にクレムリンに入ったと、GPSチップを追っていた傭兵代理店から連絡を受けていた。

「そうだが、宮殿はホテルじゃないんだ。そのうち出てくるさ」

ワットは二つ目のサンドイッチを作って食べ始めた。

スマートフォンが反応した。

「むっ」

仲間の動きが止まった。一斉メールが来たのだ。

「ターゲットの信号が消えた？　……なんだ」

ワットは暗号メールを読んで、ほっと溜息を漏らした。メールが入るたびに浩志に何かあったのではないと皆、内心穏やかでないのだ。グルシャコフにインプラントされているGPSチップの信号が消えたらしい。

「どうして消えたんだ。分かるか？」

離れた席に座っている辰也が、傍《かたわ》らの田中に尋ねた。田中はオペレーションのプロという前に、高度な技術者なのだ。

「理由は二つ考えられる。GPSチップが取り出されて破壊されたか、あるいは電波を遮断する場所にいるかだな。クレムリンの外観は古いが内部は近代化されていると聞く。コンクリートの分厚い壁に囲まれた部屋があるのかもしれない。あるいは、地下にいるのかもな。ただ、FSBのGPSチップは意外と性能がいいそうだ。外部と電波が遮断されていてもWi-Fiの電波が届く場所なら通じるらしい」

田中は腕組みをして答えた。

「建物内のWi-Fiさえ通じれば、外壁の厚さは関係ないのか。もし、地下だとしたら一体何があるんだ？」

ワットが首を傾げ、フォメンコを見た。

「さすがにクレムリンの内部までは分かりません」

フォメンコは肩を竦めた。

「ここは隠れるのにはいいが、長期戦になったら寝泊まりできる場所が望ましい」

柊真は立ち上がってカウンターの前に立った。

ヴィタリーがカウンターの上にコーヒーカップを並べ始めたのだ。

「この店は待機場あるいはブリーフィングルームとして使ってもらうつもりだ。宿泊施設として、二階に五部屋用意してある。一部屋に四つのベッドがあるので、全員で使っても余るはずだ」

ヴィタリーはコーヒーをポットからカップに注いだ。

「みんな徹夜で移動してきたので、交代で休ませてもらいます」

柊真はカップを取り、さっそくコーヒーを口にした。レーションの粉コーヒーでない、まともなコーヒーを飲むのは久しぶりである。

「それがいい。鍵《かぎ》はここに」

ヴィタリーはカウンターに五つの鍵を載せた。

「我々が先に待機しますので、リベンジャーズは休憩してください」

柊真は三つの鍵を受け取り、ワットの前に置いた。

「気を遣い過ぎだぞ。俺は遠慮しないがな」

ワットは鍵を一つ摘んだ。

再び一斉メールが届いた。「ターゲット補捉」という短い文章である。グルシャコフの位置情報を捉えたということだろう。

ワットのスマートフォンが反応した。今度は友恵からの電話だ。

「俺だ。慌ててどうしたんだ？」

ワットは苦笑を浮かべ、スマートフォンをスピーカーモードにした。

――ターゲットが高速で移動しています。クレムリンから離れました。車ではないようです。道路と関係なく動いています。

友恵がいきなり話し始めた。動揺しているようだが、英語でちゃんと話している。

「航空機か？」

ワットは聞き返した。

――時速は六、七十キロです。意味が分かりません。

「専用列車ですよ」

フォメンコが立ち上がり、ワットに近付いた。

「なんだ。それ？」

ワットが頭を掻《か》いた。

「大統領専用列車です。クレムリンの地下にはロシアの鉄道網に通じている地下トンネルがあると情報総局から聞いています。トンネルは複数あり、情報総局でも全容は摑めていません。ウクライナ侵攻以来、プーチンは外出する際は、安全性の面から航空機や車は使わずに専用列車を使うそうです」

フォメンコが答えた。

「列車なら撃ち落とされる心配はないからな。確か装甲列車だと聞いたことがある。特殊部隊を同乗させることもあるらしい。確かに車よりも安全だ」

ワットは大きく頷いた。

「グルシャコフのブラックユニットは、大統領に同行しているということですね。行き先は分かりませんか？」

柊真が尋ねた。

――今調べたところ、これまでゲレンジーク、ソチ、ヴァルダイの三ヶ所で専用列車の日撃情報があります。いずれもプーチンの別荘などがあるところです。

　ゲレンジークにはプーチン宮殿と呼ばれる別荘があり、ソチには愛人である元新体操選手のアリーナ・カバエワのために建てた立派な別荘がある。また、ヴァルダイ湖畔にも豪《ごう》奢《しゃ》な別荘があった。

「いずれにせよ。モスクワからはかなり距離があります。すぐに出動できるように準備しましょう」

　柊真は立ち上がって仲間を見回した。意識していないだろうが、彼はすでに二つのチームの指揮を執《と》っている。浩志不在に対する責任感がそうさせているのだろう。

「寝る暇はなさそうだな」

　腰を上げたワットは、三つの鍵をヴィタリーに返した。

凶悪のターゲット

1

十二月三日、午後十二時五十分。市谷、傭兵代理店。

スタッフルームの中央ディスプレーにはモスクワの地図が表示され、〝ｕｎｋｎｏｗｎ〟と表記された赤い点が移動していた。衛星を利用した戦略システムであるＴＣ２Ｉの映像である。〝ｕｎｋｎｏｗｎ〟というのは、移動手段が分からないということだ。フォメンコの話からもグルシャコフは、大統領専用列車に乗車していると推測されている。だが、今のところ地下トンネルを移動しているため、軍事衛星で確認できず、憶測の域を出ない。

友恵、中條、麻衣、それに仁美だけでなく、防衛省情報本部の栗林が茅野と織畑を伴って再びサポートに就いている。というのも、栗林の報告書に目を通した情報本部長の瀬戸《せと》陸将と情報官の佐賀《さが》一等陸佐がお忍びで見学に来ているからだ。二人は中央ディスプレーに近いデスクの椅子《いす》に座り、池谷がその傍《かたわ》らに立っていた。

中央ディスプレーの赤い点が突然〝大統領専用列車〟と変わり、同時に画面の片隅に専用列車の拡大画像が表示される。

「八両編成の専用列車が、リシュスカヤ駅で地上に出ました。操車場の車庫から出現しましたが、地下との出入口を偽装するためのようです」

麻衣が落ち着いた声で説明した。リシュスカヤ駅は、クレムリンの五キロ北に位置する操作場を有する駅である。

「すまないが、ＴＣ２Ｉはどうして、大統領専用列車だと判断したのかね」

瀬戸は腕組みをして尋ねた。

「麻衣さん、よろしく」

池谷が笑顔で言った。完全に商売人の顔である。池谷はＴＣ２Ｉを自衛隊仕様にして、傭兵代理店の別会社であるＩＰＪ（池谷ピースジャパン株式会社）から販売する腹積もりなのだ。

麻衣は自席のモニターに表示されている〝大統領専用列車〟という表記をクリックした。すると画面の下部に、ブルーとホワイトにカラーリングされた八両編成の列車の写真が映し出される。

「下の写真はＣＩＡから得られたものです。中央の列車の天井部にあるドーム型アンテナが特徴だという、キャプションが付けられています。列車は窓も含めてライフルの銃弾にも耐えられるようです。ＴＣ２Ｉは武器の形が分かる設計図や写真などの情報をパラメーターとして入力することで、自動的に判断してくれるのです。今回ＴＣ２Ｉは、地上に出た列車のドーム型アンテナによって、専用列車と判定したのでしょう」

麻衣は英語のキャプションを読みながら落ち着いて説明した。

「素晴らしい」

瀬戸は腕組みを解いて大きく頷《うなず》いた。

「他にも戦略システムとしての使い方ができるのですか？」

眼鏡《めがね》をずり上げながら佐賀が尋ねた。

「ＴＣ２Ｉ上で輸送機や戦車などをクリックすると、進行方向から目的地などが予測され、パターン表示します。あくまでも予測ですので参考データです。現場で偵察ドローンを飛ばして生の情報を入力することで、予測値の的確率が高まります」

友恵は麻衣に代わって説明した。

「米軍の〝Ｃ４Ｉ〟との違いは、なんでしょうか？」

佐賀が質問を続けた。

「一言で言えば、規模の違いです。〝Ｃ４Ｉ〟は世界中に張り巡らされた軍事衛星とドローンの監視網、さらにＣＩＡや軍情報部からの情報もリアルタイムで入ります。それを地域に展開する艦艇や攻撃機や戦車、それに特殊部隊が共有し、作戦行動をします。一方、ＴＣ２Ｉも軍事衛星の情報を得ていますが、艦艇や攻撃機などとリンクされていません。現在は、傭兵特殊部隊専用の戦略システムです。当社で支給している特製のスマートフォンあるいはタブレットＰＣで利用できます」

友恵は淡々と説明する。

「これは仮に、という前提ですが、このシステムを自衛隊で採用した場合、艦艇や攻撃機や戦車などとリンクさせ、〝Ｃ４Ｉ〟と同じように活用できるようになりますか？」

佐賀は情報官らしく、質問を繰り出してきた。

「もちろん可能です。ただ、艦艇や航空機や戦車などに搭載されているコンピュータのアップデートが必要です。それに防衛省が独自に使用できる衛星が、少なくともあと二基は必要でしょうね。もっとも、米軍と共有できるのならそれは必要ありません」

友恵は一瞬だが、苦笑を浮かべた。ＴＣ２Ｉは米軍だけでなく、軌道上の軍事衛星を白動的にハッキングして使用しているからだ。池谷は防衛省に導入するつもりらしいが、米軍と情報を共有するのでないのなら、独自の軍事衛星を打ち上げなければならない。予算も最低でも何百億円という数字になるだろう。池谷と違って、友恵は防衛省にＴＣ２Ｉを売りつけるつもりはないのだ。

「TC2Iが専用列車の目的地はヴァルダイだと判断しました。確率は八十九パーセントです」

　麻衣が報告した。

「念のために、リベンジャーズに知らせます」

　友恵はトーンを抑えて言った。


　午前六時五十六分。ロシア、モスクワ郊外。

　傭兵たちを乗せた二台のマイクロバスは、サンクトペテルブルクに通じる高速道路M－11号線を走っていた。

「TC2Iが専用列車の目的地はヴァルダイと判断したって、分かっているよ」

　ワットは友恵からの暗号メールを見て頷いた。

　モスクワの隠れ家は一時間前に出発している。グルシャコフのGPSチップの信号をモスクワの北部で検知した時点で、ワットらは専用列車の行き先はヴァルダイだと判断して動いていたのだ。もし、南なら黒海に面したゲレンジークあるいはソチという可能性もあったのだ。少しでも後《おく》れを取らないようにと、信号をキャッチした時点で出発していたのだ。

「列車の方が速いかと思いましたが、意外に遅いですね。もうすぐ抜かしますよ」

　通路を挟んだ席に座っている柊真が、自分のスマートフォンを見ながら言った。走りながら打ち合わせをするべく、柊真だけΑ《アルファ》チームのマイクロバスに乗り込んでいるのだ。

「モスクワの地下は別として鉄道に乗り入れてからは、既存の線路を使うため、民間の列車を止めたり、ポイントを切り替えたりする必要があります。そのために大統領専用列車といえども、停止や減速するのです」

　後ろの席に座っているフォメンコが答えた。彼は徹夜で運転してきたので、田中に代わっているのだ。

「待ち伏せするのなら、攻撃ポイントを決め、そのうえ脱出路を確保しなければならない。列車と接触する前に三十分、いや、四十分は時間が欲しいな」

　ワットは自分のスマートフォンの地図を見ながら言った。

「それなら、トヴェリの郊外はどうでしょうか？」

　柊真はモスクワから百六十キロ北西に位置する都市を選んだ。それ以上郊外になると田舎《いなか》なので列車は速度を落とさずに走る可能性がある。

「それがベストだろう。代理店にも知らせておこう」

　ワットは暗号メールを送った。

2

トヴェリ州の州都トヴェリは、古い歴史を持つ人口四十一万六千二百十九人（二〇二一年）という中堅都市である。

午前八時五十分。

一台のマイクロバスが、市街を東西に分割しているヴォルガ川の北岸にある橋の工事現場のバリケードをすり抜けて停まった。車用の新しい橋をヴォルガ川に架ける工事をしているようだ。工事現場の六十メートル東に専用列車が通る鉄道橋がある。衛星画像であらかじめ周辺は調べておいたのだ。

また、工事現場に関することは友恵が調べてくれた。市の予算の都合で、橋脚の基礎工事で止まっている。そのため、気兼ねなく工事現場に入れるのだ。おそらくウクライナ侵攻のせいで中央政府から予算が下りないからだろう。

ワットと柊真は車から降りて周囲を見回した。線路際《ぎわ》の道路は舗装されておらず、土煙が立っている。近くに無人の作業小屋があるが、風に吹かれ、壊れたドアが何度も開いては閉まっていた。なんとも侘《わび》しい風景である。

「周囲四百メートルに人家はないが、思ったより防砂林が邪魔だな」

　ワットは舌打ちをした。線路は南北に走っており、ワットらがいる工事現場側には、高さ二十メートル近い木が線路際に並んでいるのだ。

「予測はしていましたが、やはり、衛星画像だけでは分かりませんね」

　柊真も防砂林を見て首を横に振った。

　チームを三つに分けている。Aチームはワットがリーダーとなり、柊真がサブリーダー、それに辰也とフェルナンドとフォメンコの五人。現場実行部隊として動くことを目的としている。

　ボルトカッターやバールを手にした辰也とフェルナンドが二十メートルほど戻り、工事現場手前の線路へと続く道に向かった。以前は遮断機も警報器もない踏切があったらしく、防砂林が三メートルほど途切れている場所がある。今はフェンスで通行止めになっており、二人はフェンスを破壊するのだ。

　B《ブラボー》チームは狙撃チームでスナイパーは宮坂とセルジオ、観測士（スナイパーサポート）に瀬川と浅野、それにサーボである。C《チャーリー》チームは車両チームとして田中、マット、岡田の三人とした。岡田は車の運転が得意で技術面でも詳しいらしい。

　彼らは街に入る前にガソリンスタンドに隣接する自動車修理工場近くで降ろしている。三人は自動車修理工場で車を一台調達することになっていた。

「専用列車はあと二十分で通過する予定です」

柊真はスマートフォンでTC2Iを立ち上げ、列車の位置と予測通過時間を確認した。

——こちら針の穴。位置に就いた。

宮坂から無線連絡が入った。線路の西側には高い建物はないが、彼らがいる東側には大きな倉庫や四階建ての建物がある。宮坂は線路から二百八十メートル離れた建物の屋上にいるはずだ。脱出する際に少しでも離れていた方が、追手の心配を気にしなくて済むからである。宮坂の腕なら三キロ離れても大丈夫だが、市内に高い建物がないのだ。

——こちらブレット。位置に就きました。

セルジオからも連絡が入った。彼は宮坂と同じビルではなく、倉庫の屋根に上がっている。場所を変えることにより、狙撃の角度を変えて命中率を高めるためだ。

二人はロシア製のKSVK狙撃銃を使っている。使用弾丸である12・7×108ミリ弾は、五百メートル離れた場所からでも厚さ二十ミリの鉄板を撃ち抜く。スペックは有効射程千五百メートルとされているが、四千二百メートル先の標的を破壊したという記録もある。この銃なら専用列車の防弾ガラスでも突き抜ける可能性は高い。

ただし、銃身が長いぶん、弾道は安定するが、照準を合わせるのが難しい。有効射程が千五百メートルとされているのはそのためだろう。ウクライナ軍から二丁も支給されたのは、使いこなすスナイパーがいないからのようだ。

「了解。そのまま待機してくれ」

　ワットは頷き、腕時計を見た。

「後はCチームだな」

　柊真は呟《つぶや》き、幹線に通じる北の方角を見た。線路際の道は、南に進めばヴォルガ川で途切れている。

「まだか。遅いな」

　八分ほどしてワットは再び腕時計を見た。

　――こちらヘリボーイ。遅くなってすまない。従業員が意外に多くてね。今向かっている。四分待ってくれ。

　車を購入すればいいのだが、それでは足が付くため、現場から拝借することになっていた。

「了解。首が長くなって、キリンになるところだったぞ」

　ワットは頭を掻《か》きながら笑った。

「来ましたよ」

　柊真が線路際の道を走って来る白い車に、右手を横に振ってみせた。マットが運転している。車はロシアのメーカーであるアフトワズのコンパクトSUVニーヴァのようだ。

　ニーヴァは柊真の合図に従って左折し、辰也とフェルナンドが破壊したフェンスを踏み越えて線路上に停まった。田中とマットと岡田の三人は車から離れ、防砂林の外側に出た。

「舞台は整った。そろそろ現れるぞ。準備をしろ」

ワットは仲間に無線連絡をすると、車からAK74Mを出した。

線路を塞《ふさ》ぐ車と発煙筒を使って専用列車を止め、宮坂とセルジオが狙撃するという単純な作戦である。

——こちら針の穴。確認させてくれ。標的は、ブラックユニットだけか？

宮坂は狙撃の標的は、グルシャコフとその部下だけかと聞いてきたのだ。

「抵抗する者はすべて撃て。だが、五分で作戦は終了させる。通報で地元の警察や軍に包囲されたら逃げ場はなくなるからな」

——いや、そうじゃなくて、〝小ネズミ〟も撃っていいかと聞いているんだ。

宮坂は苛立《いらだ》ち気味に聞いてきた。〝小ネズミ〟とは、プーチンがKGB局員としてレニングラードで勤務していたときに同僚から付けられたあだ名だそうだ。小柄で嗅《か》ぎ回るという意味なのだろう。今回の作戦ではコードネームとして使っている。

「いや、それは止めよう。紛争を複雑化させる。ボディガードを殺害するだけで、〝小ネズミ〟には充分警告になるはずだ」

ワットは渋い表情で首を振った。浩志はプーチンの暗殺も辞さないと言っていた。だが、一国の大統領を暗殺するとなると、やはり躊躇《ちゆうちよ》するのだ。成功しても中国は米国のせいだと必ず言うだろう。ウクライナの紛争を早期に終わらせる可能性はあるが、その後の世界情勢は混沌《こんとん》とするはずだ。

——了解。

宮坂は納得したのか、あっさりと返事をした。

——こちら爆弾グマ。列車がきた。距離三百。

辰也からの連絡だ。彼は線路上のニーヴァの百メートル手前に発煙筒を投下する役目である。

ワットと柊真をはじめとした仲間が、ＡＫ74Ｍを構えて防砂林の陰に隠れる。防弾ガラスはもちろん、装甲車両の車体に傷さえつけられそうにないが、停車して出てきた兵士を撃つことはできる。

「何！」

専用列車は速度を落とすことなくワットらの目の前を通り過ぎた。発煙筒の煙幕を無視したのだ。

次の瞬間、線路上のニーヴァを弾き飛ばし、専用列車は突き進んで行った。

「撤収！　撤収！」

ワットは仲間に命じると、マイクロバスを目指した。

3

午後五時二十八分。市谷、傭兵代理店。

スタッフルームの中央ディスプレーに、ロシアのノヴゴロド州にあるヴァルダイ湖周辺の衛星画像が映し出されていた。

ヴァルダイ湖は複雑な地形の中にあり、湖の中心には島がいくつもある。中でもセリヴィツキー島には、〝ロシアで最も美しい島の修道院5選〟にも選ばれているイヴェルスキー修道院があった。

「大統領の別荘地は、ヴァルダイ湖の東側の、ウジュン湖に囲まれているため半島状の地形になっている場所にあります。半島の南端に幅が三十メートルある水路を隔《へだ》ててテニスコートやグランドがある広大な緑地がありますが、橋がないため別荘地に渡ることはできません」

友恵はヴァルダイ湖の東側にある半島を拡大した。地形を見る限り、陸続きだった所を掘削して水路を造ったように見える。

「半島には建物がいくつもあるようだが、大統領の別荘はどれかな？」

佐賀が質問した。瀬戸は所用があるため一時間前に防衛省に戻っている。

「土地の登記簿を調べてみましたが、国有地になっているのかロシア当局の資料が見つかりませんでした。半島の南端から一キロ北側にくびれている場所があり、そこから百メートルほど南にある建物が別荘だとされています。また、半島の南端にある建物が別荘だとする説もあります。ただ、民間人の別荘と隣接するような場所に大統領が別荘を所有するとは思えませんので、この一帯にある建物はすべて大統領が所有していると思います」

友恵も首を傾《かし》げながら答えた。

「北の建物は舗装された道路から近い。警備上問題があるからゲストハウスじゃないのかな。もっとも、くびれの上部も大統領の私有地というのなら、それもありかな」

佐賀は映像を見ながら小さく頷いた。

「仰《おっしゃ》る通りです。半島の南端から一・八キロのところに可動式門があります。おそらくここがゲートで別荘の実質的な出入口なのでしょう。この門から南はいくつもの建物があり、所有者を調べることができないのもそのためだと思われます。国民に贅沢《ぜいたく》していると思われないように隠しているのでしょう。私は南端の別荘が主に使われていると思います。その建物の八十メートル東の木々に囲まれたエリアをご覧になってください」

友恵は半島の南端を拡大して見せた。

「なんだろう？　筒状の物がいくつも重なって見えるが？　建築資材かな」

佐賀は首を傾げた。

「うまく偽装してあるのでTC2Iも武器とは認識していませんが、パーンツィリ－S1です。筒に見えるのは地対空ミサイル57E6で左右に六発、計十二発。その隣りに2A38M30ミリ連装機関砲を左右に二基、計四門装備されています。緑色に塗装されているのでよく見えませんが、円形の追尾レーダーと赤外線探知機、それに索敵レーダーもあります。索敵範囲は三十キロあり、航空機だけでなく、装甲車など対空対地どちらにも対処できます」

友恵は抑揚もなく一気に説明した。パーンツィリ－S1は、ロシアが開発した近距離対空防御システムである。NATOコードネームは、SA－22グレイハウンドと呼ばれている。

「ロシアでも有数のリゾート地に、重トラック搭載型でなく設置型の防空システムを持ち込んでいるのか。別荘というより、要塞だな」

佐賀は首を振って溜息《ためいき》を吐いた。

「敷地内の建物を観察しないと分かりませんが、四名の兵士を熱感知しました。別荘の守備隊は大統領を迎えに行っているために、敷地内の人員は少ないのでしょう。専用列車で分隊クラスの特殊部隊が護衛に付いているので、合わせれば小隊クラスの護衛ということになります」

友恵は険《けわ》しい表情で言った。

「専用列車がヴァルダイ駅に到着しました」

自分のモニターで監視をしていた麻衣が声を上げた。同時に中央モニターの画面が変えられてヴァルダイ駅を中心に映し出される。

八両編成の大統領専用列車が駅舎の前に停車した。地方駅のためホームはなく、線路脇から乗降するのだが、中央の車両の出入口にステップが準備されている。

別の車両から黒い戦闘服を着た男たちが、サブマシンガンを手に次々と降りて等間隔に立ち、駅舎までの防護壁を作った。また駅舎のロータリーにはイタリア製軽装甲車であるイヴェコLMVが四台、それに黒塗りのベンツSタイプが二台停まっており、駅舎からベンツまで迷彩戦闘服の兵士が人間の壁を作っている。

駅構内の黒い戦闘服の男たちはブラックユニットで、外の迷彩戦闘服の兵士は別荘の守備隊の兵士なのあろう。

駅舎の内外で護衛の態勢が整った。前後を兵士に守られたスーツ姿の男が中央の車両から降りてきた。

「きっとプーチンですね」

池谷はメインモニターに近付いて言った。

「分かりません」

友恵は首を横に振った。監視衛星の映像がほぼ真上のため、判別できないのだ。

「あれっ？　また出てきましたよ」

池谷が頭を掻いた。やはり前後を兵士に守られたスーツ姿の男が、ステップを降りたのだ。彼らの後に、護衛が付いていない六人の男が降りてきた。おそらく側近なのだろう。二人がいかに特別かがよく分かる。

「一人は影武者かもしれませんよ」

池谷は腕組みをして言った。

二人のスーツ姿の男は、別々のベンツに乗り込んだ。

迷彩戦闘服の兵士がベンツの前に停めてあるイヴェコＬＭＶに乗り込むと、駅構内から黒い戦闘服の兵士が駆け足でベンツの後ろに停めてあるイヴェコＬＭＶに飛び乗る。二台のベンツは、四台の軽装甲車に前後を守られながら出発した。その後ろに六人の男が分乗した二台のロシア製アフトワズのラーダが続く。彼らは護衛の車列に加えられないらしい。

「リベンジャーズの現在位置はどこですか？」

池谷は暗い表情で友恵に尋ねた。

「ヴァルダイの一つ前にあるチェルヌシュキという無人駅の近くです」

友恵は自分のモニター上のＴＣ２Ｉで確認した。

「どうされるんでしょうね。このまま作戦を遂行するのは、自殺行為ですよ」

池谷は沈鬱《ちんうつ》な表情で言った。

午前十一時三十分。ヴァルダイ。

二台のマイクロバスとニーヴァは、チェルヌシュキという無人駅の脇にある鉄道橋を渡り、49K－14号線を北に向かっている。

一キロ先の二股で、マイクロバスは右に進み、ニーヴァは左に入った。左はイヴェルスキー修道院があるセリヴィツキー島に出る。湖の中心部にあるセリヴィツキー島までは別の島があり、橋で繋《つな》がっているのだ。

ニーヴァに乗っている宮坂とセルジオ、スポッター（観測手）の岡田とサーボらは、狙撃班のCチームとした。

セリヴィツキー島は、イヴェルスキー修道院だけでなく、ボロヴィチ教会や修道院の大聖堂、それに土産物を売っている教会売店もあり、観光地となっている。狙撃チームは夜になるのを待って、教会の高い場所に上って狙撃ポイントを確保するのだ。セリヴィツキー島からプーチンの別荘まではおよそ二キロあるが、宮坂とセルジオにはまったく問題ない距離である。

二台のマイクロバスは二股の交差点から四キロほどのところで左折した。未舗装の道を四百メートルほど進み、鉄製の門に突き当たる。

車から降りた瀬川が、ボルトカッターで門に巻き付けてある南京錠を切断した。辰也と瀬川が錆《さ》び付いている門を開き、マイクロバスを駐車場に誘導する。

門の左手にリクレーションセンターという看板があった。ネットで調べたところ、五月から十一月まで営業しており、湖畔に面した敷地内に洒落《しゃれ》たコテージが点在している。レストランがある管理棟でチェックインし、コテージを借りるらしい。

柊真とマットが銃を手に正面にある管理棟に入って行く。念のために安全確認をするのだ。仲間は二台の車から荷物や武器を下ろしながら周囲を警戒する。柊真がエントランスから手を振った。仲間は荷物を担《かつ》いで管理棟に入って行く。ここを作戦本部とするのだ。

フロントのカウンターの前はソファーやテーブルが並べられたラウンジになっており、左手奥にレストランの入口がある。

「大統領の車列が別荘に入ったぞ」

ワットはスマートフォンのTC2Iで確認した。

「日の入りまで五時間近くあります。最初に私とマットとフェルナンドが見張りに付きます。みなさんは先に休憩してください」

柊真はAK74Mとグロック17、それにタクティカルナイフを装備して言った。マットとフェルナンドも傍らで装備を整えている。

「遠慮しないが、一時間で交代にしよう。だが、今、存在を知られたらお仕舞いだ。何もしないでひっそりと身を隠すのが一番だぞ」

ワットは欠伸《あくび》をすると、ラウンジのソファーに横になった。

「確かにそうですね。近くを散歩してきます」

苦笑した柊真はＡＫ74Ｍを壁に立てかけ、マットとフェルナンドの三人で管理棟から出た。

「散歩って、本当にその辺を歩くのか？」

マットが訝《いぶか》しげな目で見た。

「これがある」

柊真はポケットから出したスマートフォンを見ながら言った。

「日本の傭兵代理店から支給されたスマートフォンか。戦略システムが使えるから、それはもはや武器だな」

フェルナンドが羨《うらや》ましげに言った。

「友恵さんと話したんだが、ケルベロスのメンバーなら日本の傭兵代理店に登録するだけで支給してくれるらしい。その代わり、一度、日本に行かないといけないがな」

答えた柊真はにやりとし、湖畔の遊歩道を進む。

「それはいい。ところで、何か見つけたのか？」

マットが尋ねた。柊真が立ち止まったのだ。

「湖畔に沿って四百メートル先に桟橋がある。そこに三艘《そう》のボートが係留してあるようだ。おそらく観光客用だろう」

柊真は右手を北北西に向けて答えた。プーチンの別荘には半島の北側から潜入しなければならない。湖の西側をかなり回り込まないといけないので、三十分以上掛かるだろう。グルシャコフが乗ったと思われる車列もヴァルダイ駅から三十分近くかけて別荘に入っている。

リクレーションセンターがある場所から対岸の半島東岸までは四百メートルもない。距離的に近いが、地の利を生かすのなら湖を渡る必要があるのだ。ザポリージャ原発の任務では、脱出用にインフレータブルボートが用意されていた。だが、今回使用しているマイクロバスの隠し場所は狭いため、武器を詰め込むだけで一杯になってしまったのだ。

「ボートか。いいね」

マットがフェルナンドと顔を見合わせて笑った。

「見張りと言ったが、攻撃手段を確保するのが目的だ。一番乗りは、リベンジャーズじゃない。俺たちだ」

柊真は拳《こぶし》を握り締めた。

4

午後十時五十八分。ヴァルダイ。

気温はマイナス六度まで下がっている。

ウジュン湖の暗闇をプーチンの別荘に向かって三艘のボートが進む。小さなボートなので二人ずつ乗り込んでいた。先頭のボートにＡＫ74Ｍを構えた柊真とオールを漕《こ》ぐ浅野が乗っている。二艘目は辰也と瀬川、三艘目はマットとフェルナンドが乗っていた。彼らはＡチーム、斥候《せっこう》である。

Ａチームの中で、柊真と辰也とマットの三人だけが暗視スコープを装備したヘッドギアを付けている。ウクライナ軍から供与されたのが三つだけだったという単純な理由だ。チームリーダーは柊真が任されていた。

二台のマイクロバスがプーチンの別荘がある半島に向かっている。

一台目のハンドルを田中が握りワットが同乗し、二台目にフォメンコが乗っていた。やがて半島の南端から二キロ離れた路上から外れ、雑木林の中で停められた。車を降りた三人は、銃を構えて周囲を窺《うかが》った。

田中は右手に提《さ》げていた小型のアタッシェケースを開いた。二機の小型ドローンとゲーム機のようなコントローラーが収めてある。田中は慣れた手つきで一機のドローンとコントローラーの電源を入れ、すぐさま飛ばした。

フォメンコは、ワットと田中がドローンの操作に専念できるように周囲を警戒する。

米軍の特殊部隊が使う〝ブラック・ホーネット3〟と呼ばれる、ヘリコプターと同じ構造のドローンである。池谷が米国の傭兵代理店を介して手に入れたもので、友恵がTC2Iとリンクするようにプログラムしてある。

〝ブラック・ホーネット3〟は本体十センチ、ローターのスパンが十二センチ、幅二・五センチ、重量はたったの三十二グラムだが、ほぼ無音で二キロの範囲を最大二十五分間、偵察飛行することが可能だ。

「やっぱり、ゲートに兵士がいる。四名確認」

田中はコントローラーのモニターを見ながら呟いた。

彼の呟きは無線で仲間が聞いている。同時に〝ブラック・ホーネット3〟の赤外線カメラで撮影された映像は、衛星モバイルWi-Fiでインターネットを介して日本の傭兵代理店に送られる。そのデータはスーパーコンピュータで瞬時に解析されてTC2Iに反映されるのだ。

「次にポイント・E《エコー》を調べる」

田中はゲートに一番近い二階建ての建物の窓に、〝ブラック・ホーネット3〟を近付ける。敷地内で調べるべき建物を二つとし、それぞれフォネティックコードを割り振ってあった。半島の北側をE《エコー》、南側をD《デルタ》とした。

友恵らは四台の軽装甲車に守られた二台のベンツを、軍事衛星で別荘まで監視している。一台はEの前で、もう一台はDの前で停まり、プーチンと思《おぼ》しき人物がそれぞれの別荘で降りたのだ。ちなみにA、B、Cがないのは、チーム名として使っているからだ。

「二階、無人。一階を確認する」

田中は〝ブラック・ホーネット3〟を二階で一周させて各窓から室内を確認した。

二階の照明は消えている。カメラで撮影すると同時に赤外線センサーで人影もチェックしているのだ。

高度を下げて一階の正面玄関のポーチから潜入する。玄関ドアのステンドグラスの窓が明るい。

「一階に人がいそうだ」

一階の東側にある正面玄関の左右に窓があるが、カーテンが固く閉じられている。僅《わず》かに光が漏れているが、窓のサッシが邪魔で覗《のぞ》けないのだ。

南側に回り込むと、窓のカーテンに隙間《すきま》があった。

田中は〝ブラック・ホーネット3〟を窓に寄せる。

「AK74Mで武装した兵士。一階の玄関ホールだけで八人確認」

田中は落ち着いて報告し、さらに玄関と反対側の西側の部屋で六人、北側の部屋で四人、計十八人の迷彩戦闘服を着た兵士を確認した。

「これは、別荘の守備隊だな。下手に潜入したら蜂《はち》の巣にされるぞ。プーチンらしき人物は地下室にでもいるのだろう」

ワットは無線で連絡した。〝ブラック・ホーネット3〟で最低限の偵察を行った後で、Aチームを上陸させて斥候に出すつもりである。実質的にAチームは攻撃チームになり、ワットらBチームは退路を確保することになる。そのため、マイクロバスで乗り付けたのだ。

別荘地がある半島は南北に長い。Cチームと合流できない場合は、東岸から湖に脱出してリクレーションセンターの管理棟に集合することになっていた。

「これより、ポイントDに向かう」

田中は〝ブラック・ホーネット3〟の高度を上げ、最高速度時速二十一キロで南に向かう。

「途中に、でかい倉庫がある。そこも確認してくれ」

ワットはタブレットPCで〝ブラック・ホーネット3〟の位置と電池残量を確認しながら言った。TC2Iとリンクしているため、操作こそできないが〝ブラック・ホーネット

３〟の情報も見ることができる。でかい倉庫とは南北に七十メートル、東西に三十五メートルほどの巨大な建物のことで、ポイントＤの別荘のすぐ北側にある。それに、護衛の四台のイヴェコＬＭＶが、大きな建物の横に停められていることも気になっていた。避暑地には不似合いな建物なのだ。

「了解」

田中は、コントローラーの画面と自分のスマートフォンのＴＣ２Ｉで位置を確認しながら、一気に大型の建物まで飛ばした。

「窓がないな」

田中は建物の周囲を飛ばしながら苛立ち気味に言った。

「すまない。ポイントＤに行ってくれ」

ワットはＴＣ２Ｉの画面で〝ブラック・ホーネット３〟の電池残量が六十パーセントになったので諦《あきら》めた。残量が五十パーセントになった時点で戻さなければ、ドローンを回収できないだけでなく、潜入の証拠を残すことになるからだ。米国製の〝ブラック・ホーネット３〟は米軍が多用しているだけに、ロシアに恐喝するための餌《えさ》を与えるようなものなのだ。

「了解」

田中はほっとしたものの残念な表情を見せた。建物の形状から航空機の格納庫に似ていたからだ。滑走路はないが、緊急時に使用するためのヘリコプターが格納してあるのではと期待していたに違いない。

百メートル移動し、ポイントDに到着する。事前の情報では二階建てで、屋根裏部屋と地下室があるそうだ。

屋根裏部屋の窓にはカーテンはなく、照明も点《つ》いていない。〝ブラック・ホーネット3〟のカメラは暗視モードになっているため、照明がなくても中は覗ける。二階は無人だったが、裏庭に面した東側と正面玄関がある西側に、黒い戦闘服の兵士が二人ずつ見張りに立っていた。

「ブラックユニットがいるのか。怪しいな。地下室をなんとか調べられないか？」

ワットは頭を掻きながら言った。

「おっ。換気口発見」

田中が声を弾《はず》ませ、建物の南側にある換気口に〝ブラック・ホーネット3〟を進入させた。〝ブラック・ホーネット3〟の操作は二十分で学べると言われるほど簡単だが、さすがに狭い場所を飛ばすとなると技術がいる。

小型ドローンはダクトを垂直に降りて、今度は水平に移動する。ダクトは幅が五十センチ、高さは三十センチほど、ドローンが飛行するのに充分な広さがある。ただ、電波の状態が少し悪くなった。

ドローンのコントローラーのスピーカーから音楽が聞こえてきた。ボリュームは絞ってあるが、それでも聞こえてくるのでかなり大きな音で流しているのだろう。

ダクトは十メートル以上続いており、途中で光が漏れているので、地下室の換気口なのだろう。

田中は換気口の前で姿勢を制御し、ヘッドのカメラを室内に向けた。

天井から黄金のシャンデリアが吊《つ》り下げられ、奥には黄金の暖炉がある。一階のリビングや二階の寝室や客室も黄金尽くしと言われているが、地下も同じような造りになっているようだ。

ドローンの姿勢を変えると、フロアで激しい音楽に合わせて男女が踊っている。反対側のソファーに年配の男が女性と座ってグラスの酒を呷《あお》っていた。七十平米ほどある部屋だが他にもカップルの姿があり、この男女六人以外に護衛の姿はない。親しい友人だけでパーティーを開いているようだ。

「親玉は見つけたが、肝心のターゲットの姿が見つからない。このまま直進します」

田中はダクトを直進し、次の換気口に向かった。親玉とはプーチンのことでソファーに座っていた年配の男である。替え玉かもしれないが、偽物が隠れてパーティーを開くとも思えないのだ。

ウクライナ侵攻が長期化したため、プーチンは別荘で過ごすことが多くなったと言われている。また愛人のカバエワのためにヘリポート付きの豪華な別荘を近くに建てたという情報もあった。

また、フロアで踊っていたのは、プーチンの〝金と愛人の管理をする男〟と言われているユーリー・コワルチュクに似ている。プーチンはコワルチュクといる時だけリラックスできると言われており、極端な反欧米主義者であるコワルチュクがウクライナ侵攻を促したと噂されている。

奥の換気口に到着し、ドローンのカメラを部屋に向ける。三十平米ほどの部屋で黒の戦闘服を着た六人の男が、武器の手入れをしている。右手奥にはモニターがいくつもあり、監視映像が映っているようだ。警備センターらしい。大統領の身辺警護をブラックユニットが担当しているのだ。

ドローンのカメラが、左手奥のソファーで煙草《たばこ》を吸っている男を捉えた。

「ターゲット発見。これより、帰投します」

田中は〝ブラック・ホーネット3〟の方向を変えてダクトを戻った。煙草を吸っていた男は、グルシャコフだったのだ。電池残量は五十パーセントを切っているが、戻るだけなら大丈夫だろう。

――こちらバルムンク、上陸します。Cチーム、サポートよろしく。

柊真から連絡が入った。田中の無線を聞いて動き出したのだ。Aチームはこのまま攻撃チームとして動く。

——了解。こちら針の穴、位置に就いている。だが、Cチームがサポートできるのは西側だけだ。健闘を祈る。

宮坂ら狙撃チームは見晴らしのいい教会の屋根にいるが、狙撃可能範囲は半島の西側だけで、それ以上の攻撃はできないのだ。

——了解です。

柊真の声に緊張は感じられない。だが、いつもよりも力が入っているようだ。

「こちらピッカリ。了解。深入りはするなよ」

ワットは険しい表情で返事をした。

5

午後十一時十分。

三艘のボートがウジュン湖に面した半島の岸辺に音も立てずに近付く。

六人の男たちは水際で降りると、ボートを持ち上げて岸辺のごろ石の上に下ろした。

柊真を先頭に斜面になっている雑木林を進む。

斜面を上り切って二十メートルほど先で、柊真は右拳をあげた。

後続の五人が後ろに付く。

柊真は辰也と瀬川を指差した。二人は先に進んで三十メートル先のパーンツィリ－S1に爆弾を仕掛ける。脱出の際、パーンツィリ－S1のロケット弾で狙われたらひとたまりもないからだ。

柊真は他の仲間と共に進み、パーンツィリ－S1の脇を進んでポイントDの別荘の二十メートル手前の雑木林に入る。緑に溢《あふ》れた景観は別荘としては贅沢であるが、戦略的にはマイナスでしかない。

「……！」

柊真は右拳を再び上げた。五メートル先で雑木林が途切れ、別荘の裏庭に出るのだが、その境界に赤外線センサーが張り巡らされている。裏庭はムードのある間接照明が要所に点いているが、間接照明の器具同士が赤外線で繋がっているのだ。おそらく別荘の周囲は赤外線センサーで囲まれているのだろう。それに裏庭がある東側にブラックユニットの兵士が二人立っていた。

彼らはＡＫ－12アサルトライフルを携帯している。第五世代のＡＫシリーズとされ、性能はＡＫ74Ｍより上だ。ロシア軍の中でも上位の部隊に支給されていると聞く。

辰也と瀬川が柊真の横に並んだ。早くも爆弾を仕掛けてきたのだ。

柊真は雑木林の左手を進んで屋敷の南側に出た。建物の東西に監視カメラが設置してあることを〝ブラック・ホーネット3〟は感知し、情報はTC2Iに反映されていた。南側は建物の構造上、見張りと監視カメラから死角になっているのだ。

柊真は仲間に向かって自分を指差して雑木林から出ると、走って赤外線を跨《また》いで建物の南側の壁に張り付いた。

仲間は柊真の通りに次々と走ってくる。足音を立てる者は誰もいない。

——こちら針の穴。ポイントDのサイド1をクリアできるぞ。こっちで対応しようか？

宮坂が尋ねてきた。別荘の玄関側の見張りを倒せるというのだ。

「こちらバルムンク。監視カメラに映るので、こちらで対処します」

柊真は西の暗闇を見た。宮坂とセルジオの狙撃銃には暗視スコープが装備してあるので、こちらの動きが見えるのだろう。ちなみにサイド1は正面玄関を基準とし、時計と反対回りに建物の四面に番号を振った呼び名で、左側面はサイド4となる。特殊部隊などでは共通語のようなものだ。

——了解。背中は心配するな。

「ありがとうございます」

にやりとした柊真は自分のAK74Mを浅野に預けると、マットにジャミング装置を出すように合図をした。

「私が玄関の敵を倒します。辰也さんと瀬川さんで彼らと入れ替わってください」

柊真はスマートフォンだけ建物の角から出して玄関の様子を撮影し、辰也らに見せた。二人の兵士と辰也らの背格好が似ているのだ。銃を交換すれば、カメラは上部から映像を捉えるので短時間なら誤魔化せるはずだ。

「倒した二人はどうするんだ？」

辰也が首を傾げた。

「任せてください」

柊真はマットの肩を叩《たた》いてジャミング装置をオンにさせると、建物の南側から飛び出してダッシュした。

「なっ！」

二人の兵士が突然現れた柊真に銃を向けた。だが、それよりも早く柊真は鉄礫《てつつぶて》を二人の眉間《みけん》に命中させている。倒れる寸前に柊真は兵士の一人を肩に担いだ。少し遅れてフェルナンドも現れて別の兵士を担ぐと、二人は建物の南側に走り込む。

辰也と瀬川は気絶している兵士からＡＫ－12を取り上げて肩に担ぐと、玄関に急いだ。同時にマットがジャミング装置を切った。十秒ほどで完了する。地下一階に警備センターがあるそうだが、一瞬のことなので機械の不具合と思うはずだ。

その証拠に裏庭の二人の兵士に動きはない。柊真は同じ手順で裏庭の兵士を倒した。今度はマットとフェルナンドを兵士の代わりに立たせる。

柊真と浅野は、倒した四人の兵士を縛り上げるべく、タクティカルバッグから樹脂製の結束バンドを出した。

「明さん。二人とも死んでいますよ」

浅野が倒れている兵士の首筋に指を当てて日本語で言った。ケルベロスでは加入した順に関係なく、名前で呼び合うことになっているが、浅野はまだ慣れていないので「さん」付けである。

「……本当だ」

柊真は自分が縛り上げるつもりだった兵士の脈をみて舌打ちをした。冷静に行動しているつもりだったが、心の奥底に封じてあるはずの怒りが優《まさ》っていたらしい。眉間に当てた鉄礫は頭蓋骨を砕いていたのだ。だからといって死亡させたことに悔いはない。

柊真は四人の兵士から予備のマガジンや手榴弾であるＲＧＤ－５などの武器を取り上げた。マガジンは銃を交換して見張りの振りをしている辰也らに渡すのだ。

「こちらバルムンク。合図で攻撃。爆弾グマとコマンド１はサイド１、ヘリオスとジガンテはサイド３。バルムンクと信長はサイド１。地下に通じる階段で合流。ジャミングを開始する。突入！」

柊真はジャミング装置のスイッチを入れると、浅野と玄関に向かった。

先に突入した二つのペアが、一階の各部屋をクリアリングしていく。

遅れて柊真と浅野もAK74Mを構えて踏み込む。エントランスホールがあり、正面の立派な階段が二階へと続く。だが、地階への階段は近くにはない。

――こちらヘリオス。裏庭に面した部屋で地階への階段発見。

マットからの無線連絡の直後に銃声が聞こえた。

――敵の反撃。応戦中。

すぐにマットからの報告がある。ジャミング装置で監視カメラや通信ができなくなったために早くも敵は対処してきたらしい。

「こちらバルムンク。すぐ行く。爆弾グマ組は二階をクリアリングせよ」

柊真は命じると、辰也と瀬川とすれ違う。彼らにAK-12の予備マガジンを渡すと、すぐさま廊下を奥へと進む。

裏庭に通じる部屋は、優に六十平米はあるだろう。黄金のシャンデリアがいくつも天井からぶら下がり、黄金の椅子に黄金の暖炉まである。

地下に通じる階段は、この部屋の左手にある両開きのドアの向こうにあった。マットがドアを開けた途端、下から銃撃を受けたのだ。

柊真はマットとフェルナンドの足元にAK-12の予備マガジンを置く。

地階からの銃撃はかなり激しい。柊真はおもむろにRGD-5の安全ピンを抜くと、地階への階段に投げ込んだ。

爆発とともに柊真は階段を駆け下りた。マットとフェルナンド、それに浅野が続く。

階段を下りた柊真は、手榴弾で倒れた敵兵の死体を跨いで廊下を進む。左手前に木製の両開きのドアがある。田中が操縦したドローンの映像はリアルタイムで見ていた。プーチンが親しい友人たちとパーティーを開いていた部屋に違いない。

柊真はハンドシグナルでマットとフェルナンドにドアを見張っているように合図し、AK74Mを背負った。室内でアサルトライフルは邪魔なのだ。グロック17を左手に、鉄礫を右手に握り、浅野を伴って廊下をさらに進む。十メートル先にあるドアが警備センターに違いない。先に制圧すべき場所なのだ。

ドアが開くと同時にRGD－5が廊下に投げられた。

柊真は咄嗟《とっさ》に鉄礫を空中でRGD－5に命中させる。RGD－5は、開かれたドアに勢いよく跳ね返って部屋の中で爆発した。この程度の芸当ならお手のものである。

柊真と浅野は、警備センターに突入する。三人の兵士が倒れていた。ドローンの映像ではグルシャコフも含めて七人いたはずだ。廊下はこの部屋の先で突き当たりになっており、周辺を調べたが隠し扉もない。

廊下を戻った柊真はポケットから携帯エンドスコープ（内視鏡）を取り出し、自分のスマートフォンに接続した。昨年から携帯するようにしている。やたらドアをぶち破るようなことはしないのだ。

——こちら爆弾グマ。二階をクリアリングした。無人かと思ったが、二人の兵士が潜んでいた。そっちの手が足りるなら、玄関で見張りをするが、指示をくれ。

辰也から無線連絡が入った。

「すみません。見張りをお願いします」

柊真は小声で答えると、エンドスコープの先端をドア下から差し込んだ。部屋の内部の様子がスマートフォンに映し出されるが、角度を色々変えても二人の兵士だけで年配の男女は見当たらない。

柊真はマットとフェルナンドにスマートフォンの画像を見せ、ドアから離れるように左手をゆっくりと振った。二人は指示に従って位置を決めると、壁に向く。柊真の意図が分かっているのだ。二人は壁に向かって左右に連射した。

「撃ち方、止め！」

室内の二人の兵士が、壁越しに撃たれて倒れると、柊真はエンドスコープを片づけて部屋に入った。テーブルや床には割れたグラスやウィスキーのボトルが散らかっている。慌てて逃げたことは確かだろう。

「どこかに脱出口があるはずだ。六人の男女と二人の兵士を探すんだ」

柊真は仲間に命じた。

6

ワットと田中とフォメンコの三人は、ゲートの四人の兵士を倒して敷地に潜入していた。倒した兵士らは銃撃音を聞いたものの、無線が通じないため焦っていたようだ。

南の方角から爆発音が響く。

銃撃音も聞こえていたが、手榴弾が炸裂した音である。

「派手にやっているな」

ワットは苦笑しながら敷地を抜ける舗装道路を走る。Eポイントに急いでいるのだ。Eポイントには少なくとも十八人の兵士がいる。ワットら三人だけでは少々手に余る人数なのだ。そのため先手を取る必要があった。

「こちらピッカリ。針の穴、Eポイントのサポートを頼む」

ワットは走りながら宮坂に連絡した。

——任せろ。

宮坂からの返事がいつもに増して頼もしく思える。

「くそっ」

ワットは舌打ちをした。Eポイントの別荘から銃を手にした大勢の兵士が続々と出てきたのだ。ワットらは気付かれないように彼らの五十メートル背後に付く。

先頭の二人が突然倒れた。

男たちは立ち止まって銃を四方に向ける。宮坂とセルジオが狙撃しているのだ。だが、二キロ以上離れているので銃声はほとんど聞こえない。そもそも、周囲は暗闇に包まれているので、湖の対岸から狙撃されているとは想像すらできないだろう。

続けて、二人の兵士が倒れた。

「戻れ！」

後方にいる兵士が叫ぶと、兵士らは慌てて別荘に駆け込んで行く。

「よし。行くぞ」

兵士が建物に戻ったことを確認すると、ワットらは別荘に駆け寄った。

ワットはタクティカルバックパックを下ろし、中から三つの防毒マスクを出した。暗視スコープもそうだが、特殊部隊で使う装備を三セットだけ供与されている。キーウのウクライナ軍に在庫がなかったのだ。ワットは退路を確保するために防毒マスクを選んでいた。

三人は防毒マスクを装着すると、それぞれ米国製の催涙弾M7A3を手にして建物の裏と左右に分かれる。

「カウント3、2、1、ファイア！」

ワットの無線の合図で三人はM7A3の安全ピンを抜き、窓ガラスに向けて投げた。M7A3は窓ガラスを突き破って催涙ガスを吐き出す。室内に叫び声が響き、至る所から激しい咳《せき》が聞こえる。白い煙が、建物の隙間から漏れてきた。催涙ガスが建物内に充満したということだ。

「二分経過。頑張るな」

ワットは腕時計で時間を見ながら首を横に振った。

兵士らは玄関から出れば撃ち殺されることが分かっているため、我慢しているのだろう。今頃、強烈な目と喉《のど》の痛みを覚え、息ができなくなっているはずだ。

田中とフォメンコは玄関の脇に立ち、ワットは十メートル離れて待った。

玄関から銃を手にした兵士が飛び出す。

ワットは容赦《ようしゃ》なく撃った。

「撃つな！」

別の兵士が叫びながら、両手を上げて飛び出してきた。

「両手を後頭部で組んで、その場で跪《ひざまず》け！」

ワットはロシア語で命令した。

それを契機に六人の兵士が咳《せ》き込みながら出てきた。田中とフォメンコが樹脂製の結束バンドで兵士らを後ろ手に縛り上げる。他にも八名いるはずだが、出てくる気配がない。

中で気を失っているのだろう。

六人の兵士の手足を縛り上げると、ワットと田中とフォメンコは家に突入し、八人の気を失った兵士を見つけた。意識はなくても、念のため全員を縛り上げる。屋根裏部屋と二階は無人で、一階を再度確認すると、地下室に通じるドアを発見した。

地下に下りると四十平米ほどの部屋にソファーやテーブルが置かれており、中年の男が倒れていた。首筋に指を当ててみたが脈はない。地下にも容赦なく催涙ガスは忍び込んでいたので、窒息死したらしい。

「似ているが、大統領ではないな。残念だよ」

ワットは溜息を漏らすと立ち上がった。大統領なら警護の兵士が誰か残っていたはずだ。それにテーブルに置かれていた夕食が、いわしの缶詰とウォッカだけというあまりにも粗末なものなのである。影武者だからと贅沢をさせてもらっていたわけではないらしい。

「こちらピッカリ。脱出路を確保。どうぞ」

ワットは無線で他のチームに報告した。

7

午後十一時三十分。

柊真らAチームはDポイントの別荘地下室で、鋼鉄の隠しドアを見つけている。だが、生体認証のロックキーのため開けることができないでいた。

——こちらモッキンバード。ターゲットが移動しています。TC2Iを見てください。

友恵から無線連絡が入った。

「やはり地下道があるらしいな」

柊真は自分のスマートフォンでTC2Iを見て舌打ちをした。自分がいる場所からグルシャコフは北北西に進んでいるのだ。その方角には巨大な倉庫のような建物があり、その脇にはイヴェコLMVが停められていた。装甲車に乗り込まれたら、アサルトライフルでは歯が立たない。ここまで追ってきたが、逃げられてしまう。

Aチームはグルシャコフの信号を全力で追った。

「うん？」

スマートフォンを手にした柊真は巨大な倉庫の前で立ち止まった。グルシャコフの信号が倉庫の中で止まったのだ。

大型トラックや戦車が出入りできそうな巨大なシャッターがあり、その隣りに鉄製のドアがある。

すぐ後ろを走っていた浅野がドアノブを回し、内側から鍵《かぎ》が掛かっていることを確認した。柊真はエンドスコープを出してドア下から中を覗いてみたが、ドアのすぐ向こうに障害物があるらしく、何も映らなかった。

「みんな下がってくれ」

辰也はタクティカルバックパックを下ろすと、円盤型時限爆弾を出した。

柊真は自分と浅野を軽く叩き、次にマットとフェルナンドの組と辰也と瀬川の組を順に指差した。突入の順番である。

頷いた辰也はドアノブのすぐ下に時限爆弾を設置し、五秒とカウントを入れてドア横に立つ。

爆弾は爆発し、鉄製のドアは開いた。

「ゴー！」

柊真は掛け声を発し、突入した。

目の前に燃料用ドラム缶が並んでいる。障害物はこれだったらしい。

「何！」

ドラム缶を回り込んだ柊真は両眼を見開いた。倉庫だと思っていたが、五メートル先に巨大な竪穴が開いており、下を覗くと三十メートル前後の深さがある。穴の底に重機が置かれていた。工事現場を倉庫に見立てたカバーで覆い隠していたらしい。

穴の縁《ふち》にパンチングメタルが敷かれた足場がある。足場の突端である四十メートル前方に鉄鋼枠が組まれており、その上部にあるモーターが稼働し始めた。工事用のエレベーターが地下から上がってきたのだ。

「あそこだ！」

辰也が叫び、銃を構えた。

エレベーターのすぐ近くに置かれている建設資材の陰から二人の兵士が出てきたのだ。

「まずい！　退避！　外に出ろ！」

柊真は叫ぶとエレベーターに向かって走った。

仲間は出入口から外に飛び出す。同時に兵士が撃った銃弾がドラム缶に命中し、爆発した。

二人の兵士はエレベーターに乗り込み、蛇腹《じゃばら》式のドアを閉めた。一人はグルシャコフである。

エレベーターが下がり始めた。

「させるか！」

柊真は走りながらＡＫ74Ｍを投げ捨て、足場から飛んだ。十メートルほど下のエレベーターの支柱にぶら下がった。目の前をエレベーターが下りていく。手を離して五メートル下の梁《はり》に着地した。

足元の鉄骨に銃弾が跳ね返る。柊真に気付いたグルシャコフがエレベーターの天井の金網越しに銃撃してきたのだ。

柊真もグロックで応戦した。エレベーターの鉄骨の枠が火花を上げ、一発がグルシャコフの部下に当たった。グルシャコフも激しく反撃する。

「くっ！」

一発が左腕を掠《かす》めた。

先にグルシャコフの銃弾が尽き、柊真のグロックもスライドが下がり、ホールドオープンになる。エレベーターが底に着いた。

グルシャコフは倒れた部下の銃を拾うと、エレベーターから出て柊真を撃ってきた。

柊真は鉄骨の支柱に隠れて銃弾がなくなったグロックを投げ捨てると、エレベーター目がけて飛び降りた。天井の金網を突き破り、受身を取ってエレベーターから転がり出る。

銃弾が右耳を掠めた。柊真は横に飛びながら、右手を鋭く振った。

「げっ！」

グルシャコフが銃を落とした。眉間を狙った鉄礫は、的を外れてグルシャコフの右こめかみを掠めたのだ。衝撃は与えられたが、手元が狂った。

柊真は走って銃を蹴《け》り飛ばす。

「残念だったな。大統領は工事車両ですでに脱出している。鉄道を別荘の地下に引き入れる工事をしていたのだ。今頃、大統領専用列車に乗り込んでいるはずだ。秘密の地下鉄の工事のことは知らなかっただろう。暗殺は失敗したんだよ」

グルシャコフはこめかみの血を拭《ぬぐ》うと、勝ち誇ったように笑った。

「おまえを殺せば目的は達せられる。ついでに大統領を殺すことができれば、なおよかったがな」

柊真は自然体に構えた。

「馬鹿な。どこの国の特殊部隊か知らないが、私を狙ったというのか？　目的はブラックユニットを潰《つぶ》すことか？」

グルシャコフは凶悪な表情で、ベルトのシースからタクティカルナイフを抜いた。

「おまえはドニプロ駅で俺の四人の仲間を殺害した。ミンスクでも大勢の市民を殺害し、仲間に重傷を負わせている。彼らの死をブラックユニットの血で贖《あがな》うのだ」

柊真は間合いを詰めた。

「馬鹿が、戦争で人が死ぬのは当たり前だろう。そもそもおまえのような外国人が介入してはいけないのだ。この戦争はロシア人の問題だ」

グルシャコフは、右手のナイフを左右に鋭く振った。動きは侮《あなど》れない。一瞬ナイフが視界から消え、戦闘服の左袖口《そでぐち》を切り裂いた。

「おまえたちのやり方は、人間のすることじゃない。もはやウクライナだけじゃなく、人類の敵だ」

柊真は軽くステップを踏み始めた。

「ウクライナ人など、最初からこの世に存在しないと大統領は言っている。俺もそう思う。正常なロシアに戻すための戦争なんだ」

鼻先で笑ったグルシャコフはナイフを鋭く突き入れた。

柊真は紙一重で左に避け、ナイフを持つグルシャコフの右手首を捻《ひね》って突き上げた。

「ぐっ！」

グルシャコフはにやりとしたが、その口から血が噴き出した。右手のナイフは深々と自らの胃に突き刺さっている。

「今のはケルベロスの分だ。リベンジャーズの分も味わえ」

柊真はナイフを抜いてグルシャコフの心臓に深々と突き刺した。

「大ロシアに……栄光あれ」

グルシャコフは崩れるように倒れた。

頭上から歓声が湧いた。

「えっ！」

見上げると、仲間が手を振っている。銃で狙えたはずなのに傍観していたらしい。柊真の意志を尊重したのだろう。

柊真は右拳を上げて歓声に応えた。

エピローグ

浩志は芳《かぐわ》しい香りに誘われて目覚めた。

白い天井が目に入る。

「やっとお目覚めね」

聞き慣れた声。

顔を向けると白衣を着た妻の森美香《もりみか》がそこにいた。彼女の香水の香りに鼻腔《びくう》が反応したようだ。

「記憶が飛んでいる。情報をくれないか?」

困惑した表情で尋ねた。ほっとしたものの、なぜ自分がベッドに横になっているのか分からないのだ。そもそも美香が白衣を着ていることも変である。これは夢かもしれない。それとも死んだのか。

「ここは、ミンスクの第四シティ病院の病室。四日前、あなたは任務中に爆弾テロに巻き込まれてこの病院で手術を受けたの。意識がなかったから記憶がないのは当たり前だけど、私は分かるわよね？」

首を捻《ひね》った美香が顔を近づけてきた。怒っているのか微妙に眉間《みけん》に皺《しわ》が寄っている。

「すまない。わざわざ来てくれてありがとう」

浩志は苦笑を浮かべた。

「たまたまイギリスで仕事をしていたから、傭兵代理店から連絡を受けて一昨日《おととい》ミンスクに着いたの。でもあなたは少々面倒なことになっている。意識が戻ったから始めるわよ」

美香は左腕のスマートウォッチに話しかけた。彼女は日本の非公開の情報機関である情報局の諜報員として働いている。結婚して何年も経《た》つが、未《いま》だにミステリアスな存在なのだ。

「俺が、何か悪いことをしたか？　おっ」

肩を竦《すく》めたら、点滴をしている左手に手錠が掛けられていることに気が付いた。ベッドのフレームに繋《つな》がっているのだ。

「あなたは爆弾テロに関わったと見られているの。そもそも中国人の偽造パスポートの他に二つも偽造パスポートを持っていたでしょう。ホテルの爆弾テロの真相をベラルーシの高官は知っているらしいから、それを暴けばあなたの容疑は晴れるわ。だけどそれを待つことはできそうにないの。ロシアがあなたのせいにしてもみ消そうとしているという情報が入ったから。だからここから出るわよ」

美香はそう言うと、浩志の手錠の鍵をヘアピンで簡単に開けた。

病室に二人の白衣の男が入ってきた。村瀬と鮫沼である。美香がスマートウォッチで連絡したのは、彼らだったらしい。

「目覚めて早々ですが、これからベラルーシを脱出します」

村瀬はベッドごと動かすらしい。

「任務はどうなっている？　加藤はどうした？　仲間は無事か？」

浩志は記憶が戻ってきたので不安を覚える。

「任務は柊真君がきっちりと方をつけてくれました。加藤さんなら無事ですよ。全員ロシアを脱出しています」

鮫沼が簡単に答えると、村瀬とベッドを動かし始めた。

美香は先に立って病室の両開きのドアを開ける。集中治療室に入っていたらしい。

「それはよかった」

浩志は大きく頷《うなず》く。廊下に出ると、マリアノが笑顔で立っていた。

「安心するのはまだだよ。歩いてもらうから」

美香が小声で言った。

「なんなら走ってみせるよ」

浩志はふうと息を吐くと目を閉じた。

この作品はフィクションであり、登場する人物および
団体はすべて実在するものといっさい関係ありません。

一〇〇字書評

切り取り線

購買動機（新聞、雑誌名を記入するか、あるいは○をつけてください）	
□（　　　　　　　）の広告を見て	
□（　　　　　　　）の書評を見て	
□ 知人のすすめで	□ タイトルに惹かれて
□ カバーが良かったから	□ 内容が面白そうだから
□ 好きな作家だから	□ 好きな分野の本だから

・最近、最も感銘を受けた作品名をお書き下さい

・あなたのお好きな作家名をお書き下さい

・その他、ご要望がありましたらお書き下さい

住所	〒				
氏名		職業		年齢	
Eメール	※携帯には配信できません	新刊情報等のメール配信を 希望する・しない			

この本の感想を、編集部までお寄せいただけたらありがたく存じます。今後の企画の参考にさせていただきます。Eメールでも結構です。

いただいた「一〇〇字書評」は、新聞・雑誌等に紹介させていただくことがあります。その場合はお礼として特製図書カードを差し上げます。

前ページの原稿用紙に書評をお書きの上、切り取り、左記までお送り下さい。宛先の住所は不要です。

なお、ご記入いただいたお名前、ご住所等は、書評紹介の事前了解、謝礼のお届けのためだけに利用し、そのほかの目的のために利用することはありません。

〒一〇一−八七〇一
祥伝社文庫編集長　清水寿明
電話　〇三（三二六五）二〇八〇

祥伝社ホームページの「ブックレビュー」からも、書き込めます。

www.shodensha.co.jp/
bookreview

祥伝社文庫

修羅《しゅら》の標的《ひょうてき》　傭兵代理店《ようへいだいりてん》・改《かい》

令和 5 年 8 月 20 日　初版第 1 刷発行

著　者　渡辺裕之《わたなべひろゆき》
発行者　辻　浩明
発行所　祥伝社《しょうでんしゃ》
東京都千代田区神田神保町 3-3
〒 101-8701
電話　03（3265）2081（販売部）
電話　03（3265）2080（編集部）
電話　03（3265）3622（業務部）
www.shodensha.co.jp
印刷所　萩原印刷
製本所　積信堂
カバーフォーマットデザイン　芥 陽子

Printed in Japan ©2023, Hiroyuki Watanabe　ISBN978-4-396-35003-1 C0193

祥伝社文庫　今月の新刊

梓　林太郎
大井川殺人事件
旅行作家・茶屋次郎の事件簿

この薬にかかわった者は死ぬ。南アルプス、寸又峡、蓬莱橋……茶屋次郎が大井川鐵道に乗って謎の錠剤にかかわる不審死事件を追う！

渡辺裕之
修羅の標的
傭兵代理店・改

ザポリージャ原発を奪回せよ！　ウクライナ国防省から極秘依頼を受けた傭兵たちは、謀略の限りを尽くすロシアの暴走を止められるか——。

辻堂　魁
母子草
風の市兵衛　弐《に》

遠い昔、別れの言葉もなく消えた三人の女性。市兵衛は初老の豪商の想い人を捜し出し、真心を届けられるか!?　感涙の大人気時代小説。

岩室　忍
初代北町奉行　米津勘兵衛
水月《すいげつ》の箏《そう》

警備厳重な商家を狙い、千両あっても十両だけ盗む錠前外しの天才盗賊が現れた。勘兵衛は仰天の策を打つが……興奮の〝鬼勘〟犯科帳！